琼 瑶

作品大全集

庭院深深

琼瑶

著

作家出版社

琼瑶，本名陈喆，作家、编剧、作词人、影视制作人。原籍湖南衡阳，1938年生于四川成都，1949年随父母由大陆赴台生活。16岁时以笔名心如发表小说《云影》，25岁时出版首部长篇小说《窗外》。多年来笔耕不辍，代表作包括《烟雨蒙蒙》《几度夕阳红》《彩云飞》《海鸥飞处》《心有千千结》《一帘幽梦》《在水一方》《我是一片云》《庭院深深》等。

多部作品先后改编成为电影及电视剧，琼瑶也因此步入影视产业。《六个梦》系列、《梅花三弄》系列、《还珠格格》系列等，影响至深，成为几代读者与观众共同的记忆。

琼瑶以流畅优美的文笔，编织了众多曲折动人的故事。其作品以对于梦的憧憬和爱的执着，与大众流行文化紧密结合，风靡半个多世纪，成为华文世界中极重要的文学经典。

我为爱而生，我为爱而写
文字里度过多少春夏秋冬
文字里留下多少青春浪漫
人世间虽然没有天长地久
故事里火花燃烧爱也依旧

                        覆辙

目录

第一部

废墟之魂

I

方丝萦走上了那座桥。

站在桥栏杆旁边，她默默地望着桥下的流水。桥下，河道并不太宽，但是，遍布着石块和小鹅卵石的河岸却占地颇广。溪水潺潺地流着，许多高耸的岩石突出了水面，挺立在那儿，带着股倨傲的神态。流水从岩石四周奔流下去，激起了无数小小的泡沫和回旋。五月的阳光遍洒在河水上，闪耀着万道光华。那流水琤琤的奔流声，像一支轻轻柔柔的歌。

站在那儿，方丝萦伫立了好一会儿。那流水，那泡沫，那岩石和那回旋都令她眩惑，令她感动，令她沉迷。她抚摩着桥栏杆，她深呼吸着那郊外带着松、竹、泥土混合气息的空气。然后，她慢慢地向桥的那一边走去。桥的那一边已远离了市区，一条宽宽的泥土路向前平伸着，泥土路的左边，是生长着松林、竹子的山坡；右边，是辽阔的田野，以及疏疏落落分布着的一些小农舍。

走过了桥，她回头看了看，桥柱上刻着：

松竹桥
一九五五年重建

她微微颦眉，"松竹桥"，名字倒不错，但是，为什么不用木材建造呢？水泥的桥多煞风景！不过，这是实用的，她可以从桥这边的泥地上看出车痕频繁，这儿是台北市的周边，许多有钱的人不喜欢台北市的烦嚣，反而愿意结庐于台北近郊，何况这儿是出名的风景区呢！她相信再走过去，一定可以发现不少的高级住宅，甚至楼台亭阁，画栋雕梁。

她走过去了，几步之外，路边竖着一块指路牌，上面写着：

松竹寺

牌子上的箭头指向山坡上的一条小径，小径两边都是挺直的松树。松竹寺！这就是那座小有名气的寺庙，很多信徒、很多游客都常去的。她呢？也要去看看吗？她在那小径的入口处停顿了片刻，然后，她摇了摇头，抛开了那条小径，仍然沿着那条宽阔的泥路向前走去。

午后的阳光明朗而炙热，五月，已不再是凉爽的季节。方丝萦不由自主地放慢了脚步，慢得不能再慢，她的额上已沁出了汗珠，她站住，用小手帕拭去了额上的汗。前面，有着好几栋白色的建筑，很新，显然是最近才造好的，造得很考究，很漂亮。

她看着那些房子，然后，她轻轻地锁了锁眉头，自己对自己说："你要做什么呢？你想到哪儿去呢？"

她没有给自己答案。但是，她又机械化地向前面走去了，走得好缓慢，走得好滞重。越过了这几栋花园洋房，两边的田野就全是茶园了。茶园！她眩惑地看着那一株株的茶树，该快到采茶的季节了吧！她模糊地想着。又继续走了一大段，接着，她猛地站住了，她的视线被路边一个建筑物吸引了。建筑物？不，那只能说曾经是建筑物而已——那是一堆残砖败瓦，一个火烧后的遗址。

她瞪视着那堆残破的建筑，从那遗剩的砖瓦和花园的镂花铁门上看起来，这儿一定原是栋豪华的住宅。从大路上有条石子路通向那镂花的铁门，门内还有棵高大的柳树。现在，那门是半开着的，杂草在围墙的墙脚下茂盛地生长着，那镂花的门上已爬满了不知名的藤蔓，垂着长长的卷须和绿色的枝叶。在那石子路边，还竖着一块木牌，由于杂草丛生，那木牌几乎被野草淹没了。方丝萦身不由己地走了过去，拂开了那些杂草，她看到木牌上雕刻着的字迹：

含烟山庄

是这个雅致的名字感动了她吗？是人类那份好奇的本性支配了她吗？她无法解释自己的情绪，只是，在一眼看到"含烟山庄"这四个字的时候，她就由心底涌上了一股奇异的情绪：含烟山庄，含烟山庄，这儿，曾经住过一些怎样的人？曾发生过怎样的故事？谁能告诉她？一场火，怎会有一场火？

她走向了那镂花的铁门，从开着的门口向内望去，她看到了一个被杂草蹂躏了的花园，在遍地的杂草中，依旧有一两株红玫瑰在盛开着，好几棵高大的榕树，多年没有经过修剪，垂着一条条的气根，像几个苍老的老人飘拂的长髯。那些绿树浓荫，很给人一种"庭院深深深几许"的感觉。

榕树后面，是那栋被烧毁的建筑，墙倒了，屋顶塌了，窗子上的玻璃多已破碎。可是，仍可看出这栋屋子设计得十分精致，那是栋两层楼的建筑，房间似乎很多，有弯曲的回廊，有小巧的阳台，有雕花的栏杆，还有彩色的玻璃窗。可以想见，当初这儿是怎么一番繁华景象，花园内，一定充满了奇花异卉，房子里……房子里会住着一些怎样的人呢？她出神地看着那栋屋子的空壳，那被烟熏黑了的外墙，那烧成黑炭似的门窗，那倒在地上的横梁……野草任意地滋生着，带着荆棘的藤蔓从窗子中由内而外、由外而内地攀爬着……啊！这房子！这堆废墟！现在是没有一个人了！她发出深深的叹息，一切"废墟"都会给人一种凄凉的感受，带给人一份难以排遣的萧索和落寞。

她踏进了花园（如果那还能算是花园的话），走到了那两株红玫瑰的旁边。五月，正是玫瑰盛开的季节，这两株玫瑰也开得相当绚烂。只是，杂在这些野草和荆棘中，看来别有种楚楚可怜的味道。她俯下身去，摘下了两朵玫瑰，握在手中，她凝视着那娇柔鲜艳的花瓣，禁不住又发出了一声叹息。玫瑰的香味浓而馥郁，她拿着玫瑰花，走向那栋废墟。

她是相当累了，她在郊外几乎走了一个下午，她从旅舍出来的时候是下午两点钟，现在，太阳都已经偏西了。她走上了几级石阶，然后，在一段已倒塌的石墙上坐了下来，握着玫瑰，托着下巴，她环视四周，被周围那份荒芜的景象深深地震慑住了。

她不知道她这样坐了多久，但是，暮色已不知不觉地游来。落日在废墟的残垣上染上了一抹柔和的金黄，傍晚的风带着几丝凉意向她袭来。她用手抱住了裸露的胳膊，看着那耸立未倒的残壁在地上投下的阴影越来越大，看着一条长尾巴的蜥蜴从那些藤蔓中穿过去，再看着那荒烟蔓草中的玫瑰，正在晚风的吹拂下颤动……她看着看着，不自禁地想起了以前念过的两个句子："原来是姹紫嫣红开遍，似这般都付与断井颓垣……"

于是，一股没来由的热浪冲进了她的眼眶，她的视线模糊了，她开始幻想起来，幻想这屋子中原有的喜悦，原有的笑语，和……原有的爱情。她幻想得那么逼真，一段故事，一段湮没了的故事……她几乎相信了那故事的真实性，看到了那男女主角的爱情生活，当然，这里面有痛苦，有挣扎，有眼泪，有误会，有爆发……泪水滑下了她的面颊，她闭上了眼睛，不由自主地，又发出了一声深长的叹息。

忽然间，她被一阵窸窣的声音惊动了，张开眼睛，她向声音的来源看去，不禁猛地大吃了一惊。在那儿，在一片断墙与砖瓦的阴影中，有个男人正慢慢地站起身来……她是那样吃惊，吃惊得几乎破口尖叫，因为，她一直没有发现，除了她之外，这儿还有另外一个人，而且，这个人显然比她更早就到了这儿，却不声不响地蜷伏在那墙角里，像个幽灵。她用手蒙住了嘴，阻止了自己的喊声，瞪大了眼睛望着那男人。那男人从阴影中走出来了，他一只手拿着一根手杖，另一只手扶着墙，面对着她。她的心跳得强而猛烈，她知道自己沐浴在落日的光芒下，无所遁形，他看到了她，或者，早就看到她了，因为他一直蛰伏在那儿啊！可是，立即，她发现她错了，那男人正缓慢地向前移动，一面用手杖敲击着地面，一面用手摸索着周围的墙壁，他的眼睛睁着，但是他视若无睹……他是个盲人！

她吐出一口长气，这才慢慢地把蒙在嘴上的手放了下来，却又被另一种怆恻的感觉抓住了。她仍然紧紧地盯着那男人，看着他在那些废墟中困难地、颠踬地、跟跄地移动。他不很年轻，似乎已超过了四十岁，生活很明显地在他脸上刻下了痕迹，他的面容在落日的余晖中显得非常清晰，那是张忧郁的面孔，是张饱经忧患的面孔，也是张生动而易感的面孔。而且，假如不是那对无神的眸子，他几乎是漂亮的。他有对浓黑的眉毛，挺直而富有个性的鼻子，至于那紧闭着的嘴，却很给人一种倔强和坏脾气的感觉。他的服装并不褴褛，相反，却十分考究和整洁，西装穿得很好，领带也打得整齐，他那根黑漆包着金头的手杖也擦得雪亮。一切显示出一件事实——他并不是个流浪汉，而是个上流社会的绅士。但是，他为什么蜷缩在这废墟之中？

他在满地的残砖败瓦和荆棘中摸索前进，他几度颠踬，又挣扎着站稳，落日把他的影子长长地投射在荒草之中，那影子瘦长而孤独。那份摸索和挣扎看起来是凄凉的，无助的，近乎绝望的。泪水重新湿润了方丝萦的眼眶，怎样的悲剧！人生还有比残疾更大的悲哀吗？眼看他直向一堆残砖撞上去，方丝萦不禁跳了起来，没有经过思索，她冲上前去，刚好在他被砖瓦绊倒之前扶住了他，她喘息着喊："哦！小心！"

那男人猛地一惊，他站住，怔在那儿，接着，他徒劳地用那对无神的眸子望向方丝萦，用警觉而有力的声音说："是谁？是谁？"

一时间，方丝萦没有答话，她只是愣愣地看着自己面前那张男性的面孔，她活了三十年，这还是第一次，她看到一个男人的脸上，有这样深刻的痛苦和急切的期盼。由于没有得到答案，他又大声说："是谁？刚刚是谁？"

方丝萦回过神来了，吸了一口气，用稳定的声音说："是我，先生。"

"你！"那人坏脾气地说，"但是，'你'是谁？"

"我姓方，方丝萦。"方丝萦无奈地介绍着自己，心底却有份荒谬的感觉。介绍自己！她为什么向他介绍自己？"你不认得我，"她语气淡漠地说，"我只是路过这儿，看到这栋火后的遗址，一时好奇，走进来看看而已。"

"哦，"他很专心地倾听着，"那么，我刚刚听到的叹息不是幻觉了？那么，这儿有一个活着的人，并不是什么幽灵了？"他闷闷地说，像是说给他自己听。

"幽灵？"方丝萦皱皱眉头，深思地看着他，"你在等待一个幽灵吗？"她冲口而出地说，因为，他的脸上明显地有着失望的痕迹。

"什么？"他的声音中带着点恼怒，"你说什么？"

"哦，没什么。"方丝萦答着，研究地看着面前这张脸，这是个易怒的人啊！"我只是奇怪，你为什么坐在一堆废墟里？"

"那么你呢？你为什么到这堆废墟里来？"

"我说过，我好奇。"她说，"我本来是到松竹寺去玩的。"

"一个人？"

"是的，我在台湾没什么朋友，我是个华侨，到台湾来度假的，我在美国住了十几年了。"

"哦。"他看来对她的身世丝毫不感兴趣，但他仍然仔细地倾听她，用一种属于盲人的专注，"可是，你的中文说得很好。"

"是吗？"她嘴角飘过了一抹隐约的微笑。她知道，她的中文说得并不好，有五六年的时间，她住在完全没有中国人的地方，不说一句中文，以至如今，她的中文中多少带点外国腔调。

"是的，很好。"他出神地说，叹了口气，"你身上戴了朵玫瑰花吗？我闻到了花香。"

"有两朵玫瑰，我在花园里摘的。"

"花园——"他愣了愣，"那儿还有花吗？"

"是的，有两株玫瑰，长在一堆荒草里。"

"荒草——"他的眉心中刻上了许多直线条的纹路，"这里到处都是荒草了吧？"

"是的，荒草和废墟。"

"荒草和废墟！"他的声音苍凉而空洞，低低地说，"这里曾经是花木扶疏的。"

"我可以想象。"方丝萦有些感动，这男人的神色撼动了她，"你一定很熟悉这个地方。"

"熟悉？！岂止熟悉？这是我的地方！我的房子，我的花园，我的家。"

"哦！"方丝萦瞪视着他，"那么，你失去了很多的东西了？"

"一个世界。"他低声地说，几乎只有他自己听得到。

"怎样失火的？"方丝萦掩饰不住自己的好奇和关切，不等回答，她又急切地问，"有人葬身火窟吗？"

"不，没有。"

"那还好。"她吐出一口气来，"花园和房屋是可以重建的。"

"重建！"他打鼻子里哼了一声，"没有人能重建含烟山庄，再也没有人了！除非……"他哽住了，把头转向天空，突然醒悟似的说，"天色不早了，是吗？"

"是的，太阳都已经下山了。"

"那——我得走了。"他匆忙地说，探索地用手杖去碰触那遍是杂草碎石的地面，这份无助深深地引起了方丝萦的怜悯，她本能地扶住了他。

"你住在什么地方？"她问。

"就在附近，几步路而已。"

"那么，我送你回去，反正我没事。"

"不！"他很快地说，几乎是恼怒地，"我可以自己走，我对这儿熟悉得像自己的手指！而且，我还不要回去呢！我要去接我的女儿。"

"女儿！"方丝萦顿了顿，紧紧地盯着面前这个男人，"你有个女儿吗？多大了？她在什么地方？你要到哪里去接她？"

那男人的眉峰很快地锁在一起。"这关你什么事吗？"他率直地说，"你倒是很喜欢管闲事的啊！"

方丝萦的脸蓦地涨红了。她掉头望向天际，太阳已经沉落了，最后的一抹彩霞还挂在远山的顶端，留下一笔淡淡的嫣红。

"我只是随便问问，"她轻轻地说，"我说过，我在这儿没有朋友，所以，我……"

她没有讲完她的话，但是，那男人显然已经了解了她那份孤寂，因为，他眉峰的结放开了，一个近乎温柔的表情浮上了他的嘴角，这表情缓和了他面部僵直的肌肉，使他看起来和煦而慈祥。

"我抱歉。"他匆促地说，"我的脾气一直很坏。"为了弥补他刚才的失礼，他又自动地答复了方丝萦的问题，"我女儿今年十岁，就在这儿的小学读书，平常她都自己走回家，今天我既然出来了，就不妨去接接她。"

"我送你去，好吗？"方丝萦热切地说，"我没有事，一点事都没有。"

"如果你高兴。"那男人说，声调却是淡漠的，不太热衷的。

方丝萦看了他一眼，她知道，他一定以为碰到了个最无聊的人，一个无所事事而又爱管闲事的人！但，她并不在乎他的看法。望着他，她说："注意，你前面有一堆石头，你最好从这边走！"她搀扶了他一下，"我搀你走，好吗？"

"不用！"他大声说。

方丝萦不再说话了，他们绕出了那堆废墟。一经走到花园里，没有那些绊脚的木头和石块，那男人的脚步就快了起来。方丝萦发现他确实对这儿很熟悉，而且，她这时才发现她刚才忽略了的地方，这花园中间有条水泥路，却并没有被杂草盘踞，显然是因为常有人走的关系。那么，他是真的常到这废墟中来了？一个失明的男人，经常到一堆废墟里来做什么？是凭吊过去，还是找寻过去？她不禁悄悄地，也是深深地，研究着旁边这个男人的脸谱。现在，那男人专注地走着路，似乎根本忘记了她的存在，那张脸是忧郁、冷漠、严肃而莫测高深的。

沿着那条大路，他们走了没有多远，方丝萦就看到路边有栋相当豪华的花园洋房，两扇大大的红门，高高的围墙，修剪得像一个个小亭子似的榕树从围墙顶端露了出来。围墙里有栋两层楼的建筑，外壁上贴着讲究的花砖，有美丽的壁灯和别致的圆形窗子。那围墙的红门上挂着一块黑底金字的牌子，是：

柏　宅

方丝萦再看了一眼身边的男人。

"这路边的大房子是你的家吗，柏先生？"她问。

那男人惊跳了一下。"你怎么知道我姓柏？"他迅速地问。

"这很简单，你说你的家就在附近，这栋房子是附近唯一考究的建筑，从你的服饰看来，你应该是这栋考究住宅的主人。而这房子的大门上，挂着'柏宅'的牌子。"

"唔，"那人放松了面部的肌肉，"你的联想力倒很丰富。你做什么的？一个作家？"

"没那份才华，却很有写作的兴趣。"她说，凝视着他，"我在美国学的是教育，当了五年的小学老师。"

"你可以改行学写作，你仿佛在搜寻故事！你探访一座废墟，你发现了一个瞎子，你希望从他身上找出故事，然后去写一本

《简·爱》《呼啸山庄》，或是《蝴蝶梦》。"他冷冷地说，声音里带点讽刺味道。

"哼！"方丝萦不由自主地哼了一声，"你错了，柏先生，我对你的故事不感兴趣。"

"是吗？"

方丝萦不再说话了，他们沉默地走了一大段路。然后，方丝萦看到了那所小学，成群的孩子正三三两两地从校门口拥出来。这所学校位于一个小镇市的顶端，门口的牌子是：

正心小学

显然，他们来晚了，孩子们已经放学了，大部分的孩子都往镇里面跑，也有一两个是往他们来的方向走的。他们站住了，方丝萦仔细看着那些孩子，穿着白衬衫、蓝短裤或蓝裙子，这些孩子们叽叽喳喳的像一群小鸟，彼此追逐着，嬉戏着，打打闹闹……这是多么活泼而喜悦的一群！

"他们已经放学了。"那盲人说。

"是的，"方丝萦的呼吸有些急促，她急于想见到这男人的女儿是怎样一个孩子，"你的女儿可能已经回家了。"

"可能。"那男人说，并不怎么在意。

"她高吗？矮吗？漂亮吗？"方丝萦热心而迫切地在孩子中搜寻着，"她是什么样子的？"

"我还希望有人告诉我她是什么样子的呢！"那男人喃喃地说。

"啊！"方丝萦惊异地看着他，"你竟然不知道……啊！"一股怜恤而怆恻的情绪从她胸口涌了上来。是的,他是盲人!他不知道自己的女儿长得什么样子!但是……他失明了很多年了吗?

"我要回去了,她一定早到家了。"那男人转过了身子。

"哦,等等!"方丝萦喊着,因为,她一眼看到校门口有个小女孩,正一个人孤独地走出校门,那是个瘦瘦小小而苍白稚弱的小东西,梳着长长的发辫,带着一脸早熟的寥落。是这孩子吗?她的心跳着,相信自己的判断,是这孩子!一定的!那孩子长得多像她父亲,她从没看过这样酷似的相像!浓眉大眼和挺直的鼻梁,连那股忧郁的神情都是她父亲的再版。

"我看到你的孩子了!"她喘息地说,"她果然是个漂亮的孩子!"

"你怎能断定……"那父亲的话还没说完,就被孩子的一声惊呼打断了。

那女孩已经发现了他们,她喊了一声,就狂奔着跑了过来,一面喘着气喊:"爸爸!爸爸!"

她一下子冲到了父亲的身边,用她的两只小手紧紧地抓住她父亲那只没有拿手杖的手。她的眼睛大而明亮,带着一种狂喜和受宠若惊的神情,仰视着她的父亲。她那苍白的小脸现在红润了,被喜悦和激动染红了。她的呼吸急迫而短促。

"爸爸!你来接我吗?是吗?爸爸!"她嚷着,环绕在她父亲的膝下。她是多么瘦小啊!十岁?她看来不足六岁,像株风吹一吹就会折断的小草。那苍白的皮肤几乎是半透明的,这是个多脆弱的小生命呀!

"我出来散步,顺便来看看你放学没有。"那父亲说,并没有被女儿那份狂喜感染，他的声调是平平淡淡的。这平淡几乎触怒了方丝萦。你竟看不出你的女儿是多么爱你吗？傻瓜！你竟不知道她那小心灵在怎样渴望着爱吗？傻瓜！你可曾好好照顾过这孩子吗？残酷的父亲哪！虽然你"看"不见，但你最起码感觉得到啊！

"哦，爸爸！"那孩子没有因父亲的平淡而失望，她仰视着父亲的那对眸子里闪耀着单纯的信赖和崇拜，除了信赖与崇拜之外，还有层薄薄的敬畏。她悄悄地把面颊倚在父亲的手背上，激动地说："你一个人走来的吗？亚珠和老尤没有陪你吗？"

"那位阿姨陪我走来的，你去谢谢她！"那盲人准确地指出她所站的位置。那小女孩转过脸来对着她，一时间，方丝萦竟有把她揽进怀里来的冲动。多美丽的小东西！多惹人疼爱的小东西！她是愿意牺牲世上一切，来博得这样一个小东西的笑靥的。

"噢，阿姨，谢谢你！"那孩子对她微微弯腰，但她舍不得离开父亲的身边，她的小手仍然紧紧地攥住她父亲的手。只这样马马虎虎地交代了一句，她就把她那张被喜悦燃烧得发亮的小脸又转向了父亲，兴高采烈地说："我搀你回去！爸爸！你要走小心一点，当心你脚边，那儿有个坑哪！"

"好，你带着我走吧，亭亭。"那父亲让女儿搀住他的手，但是，显然的，他这只是为了抚慰那孩子而已，他并不真的需要帮助，"我们回去吧！天不早了。"

"再见！阿姨！"那孩子没忘记对她抛下一句再见，然后，她搀着父亲的手，向那条宽宽的泥土路上走去了。

方丝萦目送着这父女二人的背影。暮色已经苍茫地笼罩了下来，那两人的身影像是走在一层浓雾里，飘浮而虚幻。在这一刹那，方丝萦心头竟涌上了一股莫名其妙的酸楚，她有种强烈的、被遗弃似的感觉。眼看着那父女二人的身子小了，远了，被暮色吞噬了……她呆呆地伫立着，不能移动，眼眶却逐渐地湿润了。

<h1 style="text-align:center">2</h1>

经过了一番布置，方丝萦这间小小的单身宿舍也就十分清爽，而且雅洁可喜了。

窗子上，挂着簇新的、淡绿色条纹花的窗帘，床上，铺着米色和咖啡色相间的床罩，一张小小的藤茶几，铺了块钩针空花的桌巾，两张藤椅上放了两个黑缎子的靠垫，那张小小的书桌上，有盏米色灯罩的小台灯，一个绿釉的花瓶里，插了几枝翠绿色的、方丝萦刚从后面山坡上摘来的竹子。一张小梳妆台上放着几件简单的化妆品。

一切布置就绪，方丝萦在书桌前的椅子里沉坐了下来，环室四顾，她有种迷茫的、不敢相信的情绪。想想看，几个月前，她还远在天的那一边，有高薪的工作，有豪华的公寓住宅。而现在，她却待在台湾一所郊区的小学校里，做一个小学教员，这简直是让人不能相信的！她还记得介绍她到这学校里来的那个教育厅的张先生，对她说的话："我不了解你，方小姐，以你的资历，教育厅很容易介绍你到任何一所大学去当讲师，你为什么偏偏选中这所正心小学？小学教员待遇不高，而且也不容易教，你还得会注音符号。"

"我会注音符号，你放心，张先生，我会愉快胜任的。"这是她当时的回答，"我不要当讲师，我喜欢孩子，大学生使我很害怕呢！"

"但是，你为什么偏选择正心呢？别的学校行吗？"

"哦，不，我只希望是正心，我喜欢那儿的环境。"

现在，她待在正心小学的教职员宿舍里了。倚着窗子，她可以看到远处的青山，可以看到校外的山坡和山坡上遍布的茶园，以及那些疏疏落落的竹林。是的，这儿的环境如诗如画，但是，促使她如此坚决留下来教书的原因仅是这儿的环境吗？还是其他不可解的理由呢？她也记得这儿的刘校长，那个胖胖的、好脾气的、四十余岁的妇人，对她流露出来的诧异和惊奇。

"哦，方小姐，在这儿教书是太委屈你了呢！"

"不，这是我渴望已久的工作。"她说，知道自己那张美国的硕士文凭使这位校长吃惊了。

"那么，你愿担任六年级的导师吗？"

"六年级？毕业班我怕教不了，如果可以，五年级行吗？最好是科任。"五年级，那孩子暑假之后，应该是五年级了。

就这样，她负责了五年级的数学。

这是暑假的末了，离开学还有两天，她可以轻松地走走，看看，认识认识学校里别的老师。她走到梳妆台前面，满意地打量着自己，头发松松地绾在头顶，淡淡地施了点脂粉，戴着副近视眼镜，穿了身朴素的、深蓝色的套装。她看起来已很有"老师"

样子了。

拿了一个手提包，她走出了宿舍。她要到校外去走走，这正是黄昏的时候，落日下的原野令人迷惑。走出校门，她沿着大路向前走，大路的两边都是茶园，矮矮的植物在田野中一棵棵整齐地栽种着。她看着那些茶树，想象着采茶的时候，这田野中遍布着采茶的姑娘，用头巾把斗笠绑在头上，用布缠着手脚，弯着腰，提着茶篮，那情景一定是很动人的。

走了没多久，她看到了柏宅，那栋房子在落日的光芒下显得十分美丽，围墙外面，也被茶园包围着。她停了片刻，正好柏宅的红门打开了，一辆六四年的雪佛兰开了出来，向着台北的方向疾驰而去，扬起了一阵灰尘。六四年的雪佛兰！现在是一九六五年，那人相当阔气啊！方丝萦想着。在美国，一般留学生没事就研究汽车，她也感染了这份习气，所以，几乎任何车子，她都可以一眼就叫出年份和车名来。

越过了柏宅，没多久，她又看到那栋"含烟山庄"了。这烧毁的房子诱惑着她，她迟疑了一下，就走进了那扇铁门，果然，玫瑰依然开得很好，她摘了两枝。站在那儿，对那废墟凝视了好一会儿。然后，转过身子，她走了出去。落日在天际燃烧得好美，她深吸着气，够了，她觉得浑身涨满了热与力量。

"我永不会懊悔我的选择！"她对自己说着。

回到宿舍，她把两枝玫瑰插进了书桌上的花瓶里，玫瑰的嫣红衬着竹叶的翠绿，美得令人迷惑。整个晚上，她就对着这花瓶出神。夜幕低垂，四周田野里传来了阵阵蛙鼓及虫鸣，她倾听着，然后，她发出一声低低的、柔柔的叹息。打开书桌抽屉，她抽出了一沓信笺，开始写一封英文的信，信的内容是：

亲爱的亚力：

　　我很抱歉，我已经决定留在台湾，不回美国了，希
望你不要跟我生气，我祝福你能找到比我更好的女人。
我无法解释一切是怎么回事，只是……只是一次偶然，
那个五月的下午，我会心血来潮地跑到郊外去，然后我
竟被一堆废墟和一个小女孩迷住了……

　　她没有写完这封信，丢下笔来，她废然长叹。这是无法解释
清楚的事，亚力永远无法明白这是怎么回事，她讲不清楚的。他
会当她发了神经病！是的，她对着案头的两朵玫瑰发愣，天知
道，她为什么留下来呢？海外有一个男人希望和她结婚，她已过
了三十岁了，早就该结婚。天知道！她可能真的发了神经病了！
　　开学三天了。
　　站在教室中，方丝萦一面讲课，一面望着那个坐在第一排正
中的女孩子。她正在讲授着鸡兔同笼，但是，那女孩的眼睛并没
有望向黑板，她用一只小手托着下巴，眼睛迷迷蒙蒙地投向了窗
外，她那苍白的小脸上有某种专注的神情，使方丝萦不能不跟着
她的视线向窗外望去。窗外是校园，有棵极大的榕树，远方的天
边，飘浮着几朵白云。
　　方丝萦停止了讲书，轻轻地叫了声："柏亭亭！"
　　那女孩浑然未觉，依然对着窗外出神。
　　方丝萦不禁咳了一声，微微抬高声音，再喊："柏亭亭！"

那孩子仍然没有听到，她那对黑眼珠深邃而幽黑，不像个孩子的眼睛，她那专注的神情更不像个孩子，是什么东西占据了这孩子的心灵？

方丝萦蹙紧了眉头，声音提高了："柏亭亭！"

这次，那孩子听到了，她猛地惊跳了起来，站起身子，她用一对充满了惊惶的眸子，一瞬也不瞬地看着方丝萦。她那小小的、没有血色的嘴唇微微地颤抖着，瘦削的手指神经质地抓着书桌上的课本。她张开嘴来，轻轻地吐出了一句："哦，老师？"

这个怯生生的、带着点乞怜意味的声调把方丝萦给折倒了。她不由自主地放松了紧蹙的眉头，走到这孩子的桌子前面。柏亭亭仰起脸来望着她，一脸被动的、等待责骂的神情。

"你没有听讲，"方丝萦的声音意外地温柔，"你在看什么呢？"

柏亭亭用舌尖润了润嘴唇，方丝萦那温柔的语气和慈祥的眸子鼓励了她。

"那棵树上有个鸟窝，"她低低地说，"一只母鸟不住地叼了东西飞进去，我在看有没有小鸟。"

方丝萦转过头，真的，那棵树的浓密的枝叶里，一个鸟窝正稳稳地建筑在两根枝丫的分叉处。方丝萦掉回头来，出神地看了看柏亭亭，她无法责备这个孩子。

"好了，坐下去吧，上课要用心听，否则，你怎么会懂呢？"她停了停，又加了一句，"放学之后，到教员休息室来，我要和你谈一谈。"

"哦？老师？"那孩子的脸上重新涌上了一层惊惶之色。

"不要怕，"她用手在那孩子的肩上抚慰地按了按，这肩膀是多么的瘦小啊，"没什么事，只是谈谈而已。坐下吧！我们回到书本上来，别再去管那些小鸟了。"

下午五点钟，降旗典礼行过了。方丝萦坐在教员休息室里，看着柏亭亭慢吞吞地走进来。她的桌子上摊着柏亭亭的作业本，她从没看过这么糟的一本练习，十个四则运算题几乎没有一个做对，而且错得荒谬，使她诧异这孩子的四年级是怎样读过来的。现在，望着这孩子畏怯地站在她面前，那两只瘦小的胳膊从白衬衫的短袖下露出来，瘦弱得仿佛碰一碰就会折断。她心中不禁涌起了一股强烈的、难言的怜惜和战栗。这是怎样一个孩子呢？她在过着怎样的一种生活？她的家长竟没有注意到她的羸弱吗？

"老师。"柏亭亭轻轻地叫了声，低垂着头。

"过来，柏亭亭。"方丝萦把她拉到自己的身边，仔细地审视着那张柔弱而美丽的小脸，"我上课讲的书你都懂吗？"

"哦，老师。"那孩子低唤了一声，头垂得更低更低了。

"不懂吗？"方丝萦尽量把声音放得温柔，"你如果不懂，应该问我，知道吗？你的练习做得很不好呢！"

那孩子低低地叹了口气。

"怎么？你有什么问题？告诉我。"她耐心地问。

"我只是不懂，"那孩子叹着气说，"干吗要把鸡和兔子关在一个笼子里呢？那多麻烦啊！而且，鸡的头和兔子的头根本不同嘛，干吗要去算多少个头、多少只脚啊！我家老尤养了鸡，也养了小兔子，它们从来没有让人这样麻烦过，我很容易数清它们的！"她又叹了口气。

"哦！"方丝萦愣住了，面对着那张天真的小脸，她竟不知怎样回答了，"这只是一种方法，教你计算的一种方法，懂吗？"她笨拙地解释。

那孩子用一对天真的眸子望着她，摇了摇头。

"教我们怎样把问题弄复杂吗？"她问。

"噢，数学就是这样的，它要用各种方法，来测验你的头脑，训练你计算的能力，你必须接受这种训练，将来你长大了，会碰到许多问题，需要你利用你所学的来解决。知道吗？"

"我知道，"柏亭亭垂下了眼睑，又叹了口气，"我想，我是很笨的。"

"不，别这样想，"方丝萦很快地说，把那孩子的两只小手握在她的手中，她的眼睛无限温柔地停在她的脸上，"我觉得你是个非常聪明而可爱的孩子。"

柏亭亭的面颊上飞上了两朵红晕，她很快地扬起睫毛，向方丝萦看了一眼，那眼光中有着娇羞，有着安慰，还有着喜悦。她的嘴角掠过了一抹浅浅的笑意，那模样是楚楚动人的。

"告诉我，你家里有些什么人？"方丝萦不自禁地问，她对这孩子的瘦弱有所怀疑。

"爸爸、妈妈、亚珠和老尤。"柏亭亭不假思索地回答，接着，又解释了一句，"亚珠是女佣，老尤是司机和园丁。"

"哦，"方丝萦愣了愣，又仔细地打量着柏亭亭，"但是——"她轻声说，"你妈妈喜欢你吗？"

那孩子惊跳了一下，她迅速地扬起睫毛来，直视着方丝萦，那对黑眼睛竟是灼灼逼人的。

"当然喜欢！"她几乎是喊出来的，脸色因激动而发红，呼吸急促，她看来十分激怒而充满了敌意，"他们都喜欢我，爸爸和妈妈！"垂下眼睫毛，她用那细细的白牙齿紧咬了一下嘴唇，又抬起头来，她眼中的敌意消失了，取而代之的，是一种近乎哀恳的神色，"方老师，"她低低地说，"你不要听别人乱讲，你不要听！我爸爸和妈妈都疼我，真的！我不骗你，真的！"

她的小脸上有股认真的神情，竟使方丝萦心头掠过了一阵痛楚。不要听别人乱讲，这话怎么说呢？她审视着这孩子，又记起了那个五月的下午，那盲父亲和这孩子……她吸了口气。

"好吧！柏亭亭，没有人怀疑你的父母不爱你哦！"方丝萦摸了摸那孩子的头发，有个发辫松了，方丝萦让她背对着自己，帮她把发辫扎好，再把她的脸转过来，"回去问你爸爸妈妈一件事，好吗？"

"好的。"

"去问问你爸爸和妈妈，每天能不能让你在学校多留一小时，我要给你补一补算术。你放学后到我房里去，我给你从基本再弄起，要不然，你会跟不上班，知道吗？"

"好的，老师。"

"那么，去吧！"

"再见，老师。"那孩子再望了她一眼，眼光中有着某种特殊的光芒，某种温柔的、孩子气的、依恋的光芒，这眼光绞紧了方丝萦的心脏。她知道，这孩子喜欢她，她更知道，这孩子一定生活在寂寞中，因为一丁点的爱和关怀就会带给她多大的快乐！望着她退向教员休息室的门口，方丝萦忍不住又叫住了她："还有句话，柏亭亭！"

"老师？"那孩子站住了，掉过头来望着她。

"你有弟弟妹妹吗？"

"没有。"

"你爸爸妈妈就你这一个孩子？"

"是的。"

"有爷爷奶奶吗？"

"奶奶三年前死了，爷爷早就死了，我从来没见过他。"

"哦。"方丝萦沉思地望着柏亭亭，"好了，没事了，你去吧。"柏亭亭走了。方丝萦深深地沉坐在椅子里，仍然对着柏亭亭消失的门口出神。她手里握着一支铅笔，下意识地用牙齿咬着铅笔上的橡皮头，把那橡皮头咬了一个好大的缺口。直到另一位女教员走过来，才打断了她的沉思。

"我看到你在问柏亭亭话，这孩子有麻烦吗？"那女教员笑吟吟地问。

"哦，"方丝萦抬起头来，是教五年级语文的李玉笙，这是个脾气很好，也很年轻的女教员，她在正心教了三年了，除教语文外，她还兼任柏亭亭班的导师。"没什么，"方丝萦说，"数学的成绩不好，找她来谈谈，这是个很特殊的孩子呢！"

"是的，很特殊！"李玉笙说，拉了张椅子，在方丝萦对面坐了下来，"如果你看到她的作文，你绝不会相信那是个十岁孩子写的。"

"怎么？写得很好？"

"好极了！想象力丰富得让你吃惊！"李玉笙笑着摇了摇头，叹口气说，"这种有偏才的孩子最让人伤脑筋，她一直是我们学校的问题孩子，每年，我们都为她的升班不升班开会讨论，她的数学始终不好，语文却好得惊人！不过，别让那孩子骗倒你，那是个小鬼精灵！"

"骗倒我？"方丝萦不解地说，"你的意思是什么？她撒谎吗？"

"撒谎？！"李玉笙夸张地笑了笑，"她撒谎是第一等的能手！你慢慢就会知道了。"

"怎么呢？"方丝萦不解地蹙起了眉。

李玉笙的身子俯近了些。

"你是新教员，一定不知道她家的故事。"李玉笙说，一脸的神秘。自从有人类以来，女性就有传布故事的本能。

"故事？"方丝萦的眉头蹙得更紧了，"什么故事？"她深深地凝视着李玉笙，眼前浮起的却是那个盲人的影子。

"柏亭亭的父亲是柏霈文，你知道柏霈文吧？"

方丝萦摇了摇头。

"嗨，你真是什么都不知道哦！"李玉笙说，"柏霈文在这儿的财势是尽人皆知的，你看到学校外面那些茶园吗？那全是柏家的！他家还不只这些茶园，在台北，他还有一家庞大的茶叶加工厂。这一带的人都说，谁也无法估计柏霈文的财产。也是太有钱了，才会好好地把一栋大房子放火烧掉！"

"什么？"方丝萦吃了一惊，"你说什么？放火烧掉？谁放火？"

"你有没有注意到一栋烧掉的房子，叫含烟山庄？"

"是的。"

"那原来也是柏家的房子，据说，是柏霈文自己放火把它烧掉的！"

"柏霈文自己？"方丝萦的眉心已紧紧地打了个结，"为什么？"

"有人说，因为那栋房子闹鬼，也有人说，因为那房子使柏霈文想起他死去的妻子，就干脆放一把火把它烧掉。不过，烧了之后，柏霈文又后悔了，所以常常跑到那堆废墟里去，想把他妻子的鬼魂再找回来。"

"他的妻子？"方丝萦张大了眼睛，"你是说，他的太太已经死掉了？"

"他的头一个太太，也就是柏亭亭的生母。现在这个太太是续弦。"

"哦。"方丝萦咽了一口口水，眼睛茫然地看着书桌上柏亭亭的练习本。

"据说，柏亭亭不是柏霈文的女儿。"李玉笙继续说，似乎有意要把这个故事一点点地泄露，来引起听故事的人一步步地惊奇。

"什么？"果然，方丝萦迅速地抬起头来，惊讶得张大了嘴，"你说什么？"

"是这样的，听说，柏霈文的第一个太太是个很美丽也很害羞的小东西，但是，并不是什么好出身，原来是柏霈文在台北的工厂里的一个女工，可是，柏霈文对她发了疯似的爱上了，他不顾家庭的反对，把她娶回家来。婚后两年，生了柏亭亭，一件意外就爆发了。据说，柏霈文发现他太太和他手下一个管茶园的人有隐情，一怒之下把他太太赶出了家门。谁知他太太当晚就投了河。至于那个管茶园的人，也被柏霈文赶走了。所以，大家都说，柏亭亭是那个茶园管理人的女儿，不是柏霈文的。"

"哦!"方丝萦困难地说,"但是……"她想起了柏亭亭和她父亲的相像。

"也就是这原因,"李玉笙自顾自地说了下去,没有注意到方丝萦的困惑,"柏亭亭从小就不得父亲的欢心,等到有了继母之后,柏亭亭的日子就更不好过了。何况,柏需文又瞎了……"

"他瞎了很多年吗?"

"总有六七年了。"

"怎么瞎的?"

"弄不清楚。"李玉笙摇摇头,"听说是火灾的时候受了伤,反正这是个传奇式的家庭,什么故事都可能发生,谁知道他怎么瞎的?"

"那继母不喜欢柏亭亭吗?"

李玉笙含蓄地笑了笑。

"柏亭亭一定告诉你,她母亲很爱她,是吗?"她说,"我不说了,你如果对这孩子有兴趣,你会在她身上发掘出许多故事。你是学教育,研究儿童心理的,这孩子是个最好的研究对象,你不妨跟她多接近接近,然后,我相信,"她抿着嘴一笑,望着方丝萦,全校都知道,方丝萦到正心来教书,只是为了对孩子有"兴趣",并不像他们别的教员,是为了必须"工作","她会使你大大惊奇的!你试试看吧!"

李玉笙站起身来,看了看窗外,太阳早就落下山去了,暮色已从窗外涌了进来,教员休息室里,别的教员早就走了。

"哦,"她惊觉地说,"一聊就聊得这么晚,我必须马上走了。"她是住在台北的,匆匆地拿起了手提包,说:"再见。"

"再见！"方丝萦目送她的离去。然后，她仍然坐在那张椅子里，一个人对着那暮色沉沉的窗外，默默地、出神地、长久地注视着。

3

门上有轻微的剥啄之声。

"进来！"方丝萦喊，从书桌上抬起头来。

房门推开了，柏亭亭背着书包走进屋里，反身关好了房门，她对方丝萦送来一个甜甜的微笑，轻声说："我来了，老师。"

"好，坐下吧，亭亭。"方丝萦把藤椅推到她面前，让她坐好，然后审视着她，微笑地说，"你知不知道，补了一个礼拜的课，你已经进步很多了？可见你平常不是做不好，只是不肯做，不肯用心而已。"

柏亭亭垂下睫毛，轻轻地叹了口气。

"瞧！又叹气了，"方丝萦好笑地说，"跟谁学的？这么爱叹气！你爸爸吗？"

"爸爸——啊！"那孩子忽然想起了什么，从书包里抽出了一个信封，递给方丝萦，说，"差点忘了，爸爸要我把这个给你。"

"是什么？"方丝萦狐疑地接过信封，打开来，里面是一沓一百元一张的钞票，数了数，刚好十张。方丝萦的微笑消失了，看着柏亭亭，她说："这是做什么？"

"爸爸说，不能让你白白帮我补习，这是一点小意思，算是补习费。"

"补习费？"方丝萦哑然失笑，把钞票装回信封里，她交还给柏亭亭，说，"拿去还给你爸爸，知道吗？告诉你爸爸，方老师给你补习，不是为了补习费，方老师也不缺钱用，有了这个，反而不自然了，懂吗？拿回去吧！"

"可是——"柏亭亭急急地说，"爸爸要我给你，拿回去，爸爸会生气。"

方丝萦愣了愣。

"你爸爸——"她犹豫地说，"常常跟你生气吗？"

"不，不是的！"那孩子用有力的声音喊着说，"爸爸从不跟我生气，从不！他爱我，你知道吗？"她喘口气，凝视着方丝萦，然后，她忽然换了语气，用一种软软的、温柔的、孩子气的语调说，"昨天是我的生日。"

"是吗？"方丝萦又愣了愣，她不知道这孩子葫芦里在卖什么药。

"是的，我自己都忘了。"那孩子睁大了眼睛望着她，那对眼睛好坦白，好天真，"一直到放学回家以后，我看到餐厅里放着一个三层的大蛋糕，满房间都是蜡烛和花，我吓呆了，爸爸才把我举起来，说：'生日快乐，我的小东西！'"那孩子又叹口气，显得无限的满足和喜悦，"爸爸总是叫我小东西，我想，那是因为他眼睛看不见了，不知道我长得多高了的原因。后来，妈妈把一个好漂亮的、扎着红色绸结的盒子放在我怀里，你猜！方老师，"那孩子的眼睛兴奋地发着光，"里面是什么东西？"

"是什么?"方丝萦听得出神了。

"一个大洋娃娃!"那孩子喘着气说,"有好长好长的、金色的头发,有会睁会闭的眼睛,还有白颜色、空纱的大裙子,噢,老师,你不知道那有多美,下次我带来给你看,好吗?那是我妈妈自己到台北去买的,她知道我最喜欢洋娃娃,从小,她就给我买好多洋娃娃,各种各样的。我有一个柜子,专门放洋娃娃,每个洋娃娃我都给她取了名字。有个黑娃娃我就叫她小黑炭,有个丑娃娃我就叫她小丑,你猜我给这个新的娃娃取名字叫什么?"

"叫什么?"

"金鬈儿。这名字好吗?如果你看到她那一头的金鬈儿和她那个小翘鼻子!"

"名字取得很好,"方丝萦说,怔怔地望着面前这张充满了稚气的脸庞,在这一刻,这张脸完全是孩子气的,找不着一丝一毫她最初在这孩子脸上看到的那份成人的忧郁了,"你有这么多洋娃娃,你妈妈为什么还送你洋娃娃呢?"

"怎么?"那孩子的浓眉抬得高高的,"洋娃娃不能只有一个的,她们会闷呀!当然越多越好,这样,她们可以一块儿玩,一块儿吃,一块儿睡,就不会闷了。"

方丝萦怜惜地看着柏亭亭,这是独生孩子的苦恼!

"你平常很闷吗,亭亭?"她轻柔地问。

"哦,不!"那孩子立刻回答,"我不会闷。妈妈总是陪着我,早上,她帮我梳头,扎小辫子,虽然亚珠也可以帮我梳,但是妈妈怕她弄痛我,然后陪我吃早饭,看着我走出大门去上学,晚上她陪我做功课,照顾我上床,我睡了,她还在床边为我唱催眠曲……哦，"她的眼睛陶醉地望向窗外，幸福的光彩把那张小脸烧得发亮，"她是世界上最好的妈妈！"

"噢，"方丝萦定了定神，说，"有这样的好妈妈是你的幸福。好了，我们不谈你妈妈了，拿出你的算术书来吧！"

"唉！"柏亭亭叹了一声，无限依恋地把眼光从窗外收回来，恳求似的看着方丝萦，说，"一定要拿出书来吗？你不喜欢听我说话？"

"哦，我喜欢，亭亭。"方丝萦急忙说，把那孩子的两只手抓在自己的手里，"可是，亭亭，功课也是很重要……"她忽然止住了，瞪视着柏亭亭的双手，她受惊地、激动地大声喊，"亭亭！"

柏亭亭猛地吃了一惊，迅速地，她想把自己的两只手抽回来，但是，方丝萦已经紧紧地抓住了这双手，不容她再逃走了。

"亭亭！"方丝萦喘着气，"怎么弄的？告诉我，这是怎么回事？"在那双小手上，遍是青紫的淤血和伤痕，手心、手背、手腕上都有，而且都一条条地肿了起来，显然是由于某种戒尺类的东西打击造成的。现在，因为方丝萦的紧握，那孩子已经痛得不住向肚子里吸气，但是，她忍耐着，用最勇敢的眸子直瞧着方丝萦，她清晰地说："我——摔了一跤。"

"摔了一跤？"方丝萦嚷着，激动得不能自已，"摔跤能造成这样的伤痕吗？亭亭，你最好对我说实话，要是你再不说实话的话，我就带你去找你父亲，我要弄清楚这是怎么回事！"

"不要！老师！"那孩子受惊了，恐慌了，她拉住了方丝萦，紧张而哀求地喊，"不要！老师！不要告诉我爸爸！求你！老师，你千万不要！"

"但是，你是怎么弄的？你说，你告诉我！"方丝萦抓住那孩子的肩膀，摇撼着她，"有人打你吗？有人欺侮你吗？说呀！"

"老师！"那孩子崩溃了，所有的伪装一刹那间离开了她，她凄楚地喊了一声，眼泪迅速地涌进了眼眶里。她的脸色苍白，嘴唇颤抖，小小的身子抖动得像寒风中的落叶。她的声音恳求地、悲哀地喊着："求你不要问吧！老师，求求你不要问吧！求求你！"

"走！"方丝萦站起身来，一把拉住那孩子，"我们到你家里去，我要找你父母谈！"

"不要！"那孩子哭喊着，抱住了方丝萦，把她那泪痕狼藉的小脸紧倚在方丝萦的怀里，哭泣着，抽噎着说，"别告诉爸爸，求你！好老师，求求你！爸爸不知道，爸爸什么都不知道，他瞎了，他看不见！你别告诉他，他会很生气，他会受不了，医生说过他不能生气，你知道吗？老师！求求你别让他知道。妈妈这样做，就是为了要气他……哦，老师！"她把头紧埋在方丝萦怀中，泣不成声。

方丝萦的心脏痉挛了起来。

"你是说……你是说……"她的呼吸急促，"这是你母亲弄的？她打你？"她困难地、不信任地问。

"噢，老师，你一定不告诉爸爸吧！你一定不告诉他！好吗？老师！"那孩子继续哭泣着，哀求着。

"哦，亭亭。"方丝萦咽了口口水，闭了一下眼睛，她必须先平定一下自己。用手托起柏亭亭的下巴，她审视着那张满是泪痕的、瘦弱的、憔悴的脸孔。谁知道这样一个小小的孩子，她身心上到底有多大的重负！"你对我说实话，我答应你，不告诉你爸爸。"她说，"是谁打你？你母亲吗？"

那孩子轻轻地点了点头。

方丝萦的心脏一阵绞痛，她紧闭了一下眼睛，把头转开去，半晌，她才回过头来，眼里已漾满了泪。

"可是，你刚刚还说你母亲很爱你，是世界上最好的母亲！"

"老师！"那孩子可怜兮兮地看着方丝萦，带着浓重的、乞谅的意味。

"都是你编造出来的，是吗？"

柏亭亭再点了点头。

"生日呢？"方丝萦追问，"也都是你编造出来的，是吗？昨天根本不是你的生日，是吗？"

那孩子惭愧地低垂了头。

"为什么编造出这些事来？"

那孩子默然不语。

"为什么？"

柏亭亭的头垂得更低了。

"我不要你认为妈妈不爱我。"她的声音低得像耳语，"我怕你会告诉爸爸。"

"你母亲常打你吗？为什么？"

那孩子扬起睫毛来，一对泪汪汪的眸子里带着成人的忧郁，一刹那间，这张小脸就不再是天真和稚气的了。这是张懂事的、颖慧的、成熟的脸孔。

"你一定知道，那不是我的真妈妈。"她幽幽地说，声音恢复了平静，没有埋怨，也没有仇恨，"我不能要求她像真妈妈一样爱我，是不是？而且，爸爸对她不好，她生气，就拿我出气，她要用我来气爸爸。"她摇摇头，用一种可爱的、忍让的神情看着方丝萦，"我不给她机会，我不让爸爸知道！你帮我保密，好吗？方老师！"

方丝萦的心被这孩子绞痛了，鼻子里好酸楚好酸楚。怎样一个孩子！大人们造了些什么孽，让这样一个瘦瘦小小的孩子承担身心双方面的折磨！她审视着这个孩子，好长好长一段时间。然后，她把这孩子紧紧地揽在胸前，用手抚摩着她那柔软的头发，微带战栗地说："好，亭亭，我跟你约定，我不把这件事告诉你爸爸。但是，你答应我一件事，以后永远不要对我撒谎，把一切事情都告诉我，好吗？"

"好。"

"再有，"方丝萦打了个冷战，"别去招惹你母亲，如果她再要打你，逃开吧！亭亭，逃得远远的，逃到我这儿来吧！知道吗？傻孩子！别让她再碰你！别让她碰你一根手指头！知道吗？亭亭！"

那孩子抬起头来看着她，眼光里已充满了孺慕的依恋。孩子都是些敏感的小动物，他们知道谁真正疼爱自己。

"好的，老师。"她说，又犹豫地、慢吞吞地说，"你也别去找我妈妈，好吗？我妈妈并不坏，你知道，她只是心情不好，不能都怪她，你知道。有时候爸爸和她吵得很凶，他骂她，"她眼里闪着骄傲的光，"说她赶不上我亲妈妈的一根头发！啊，如果我的亲妈妈没死啊！"她深深地叹气，不再说了。

方丝萦眩惑地望着面前这个孩子，怎样一个家庭呢？她不愿去想。但是，怎样一个孩子啊！

"老师！"

柏亭亭推开了方丝萦的房门，走了进来，这是中午休息的时间。方丝萦正斜倚在床上冥想着。

"什么事，亭亭？"

"我爸爸请你今天晚上到我们家去吃晚饭，他要我放学之后就带你回去，好不好，老师？"

"吃晚饭。"方丝萦一愣，"有什么事吗？是什么特别的日子吗？"

"不是，爸爸说，就是要请你来吃晚饭。"

"为什么呢？"方丝萦深思地微笑着，"你对你爸爸说了我些什么？"

"我就告诉爸爸，说你很喜欢我。爸爸问了我好多，我都告诉他了。"

"问了些什么呢？"

"他问你和不和气，脾气好不好，书教得好不好，还问你漂不漂亮。"

"你怎么说呢？"方丝萦微笑地问。

"我说，"那孩子走到床边来，亲昵地依偎着方丝萦，甜甜地微笑着，"我说，你是全世界最好、最温和、最漂亮的老师！"

"哦，"方丝萦不禁笑了起来，"你这孩子！"

"你去吧！好吗？"柏亭亭摇着方丝萦的胳膊，央求着，"你去吧，好吗？今天晚上妈妈也不在家。"

"你妈妈不在家？"方丝萦注意地问。

“她到台中去了，要过三天才回来。”

“她常常不在家吗？”

“是的。”

方丝萦沉思了片刻，然后，她点了点头，说：“好的，我去。”

“好啊！”柏亭亭欢呼了一声，对方丝萦做了一个愉快而喜悦的表情，接着，就又忽然沉下了脸，小心翼翼地说，“你可不能泄露我们的秘密哟。”

“当然啦！”方丝萦说，“你放心吧！”

“好，那我放学后到教员休息室来找你！我们走回去就行了，只有几步路远。”

“我知道。”

那孩子笑了笑，显得十分兴奋。转过身子，她一溜烟地跑出去了。她跑出去之后好久，方丝萦还能感到她所留下的笑语之声，像银铃般在屋子里回响着：“你是全世界最好、最温和、最漂亮的老师！”

她摇了摇头，从床上站起身来，走到梳妆台前面，镜子里出现一张深思的、略带忧郁的脸庞，那对眼睛是迷惑而困扰的。她审视着自己，然后，她慢慢地把长发绾在头顶上，梳成一个老式的发髻，再戴上眼镜，淡淡地抹上口红……她的手停在空中，对着镜子，她喃喃地、不安地、嘲弄地说：“你这是在干什么，方丝萦？那是个盲人！他根本看不见你啊！”甩开了口红，她沉坐在椅子里，陷进了颓然的沉思之中。

4

牵着柏亭亭的小手,方丝萦跨进了柏家的大门。

那是个占地颇广的花园,中间留着宽宽的、供汽车进出的道路。花圃里种满了菊花、木槿、扶桑和茶花。两排整齐的龙柏沿着水泥路的两边栽种着,几株榕树修剪成十分整齐的圆形和伞状。一眼看去,这花园给人一种整洁、清爽和豪华的感觉,但是,却缺少一份雅致,尤其——方丝萦忽然发现,整个花园中,没有一株玫瑰,对于酷爱玫瑰的方丝萦来说,这总是个缺陷。

房子是栋两层楼的建筑,旁边有着车库,那辆浅蓝色的雪佛兰正停在车库里。走上几级台阶,推开了两扇大大的玻璃门,方丝萦置身在一间华丽的客厅之中了。客厅中铺着柚木地板,一套暗红色的沙发,沙发前是厚厚的红色地毯。客厅两面是落地的玻璃窗,垂着白纱的窗帘。另两面墙则是原始的红砖砌成,挂了幅抽象派的画。客厅的陈设显得相当的富丽堂皇,可是,和那花园一样,给方丝萦的感觉,是富丽有余,而雅致不足。如果这间客厅交给她来布置,她一定会采用米色和咖啡色的色调,红色可以用来布置卧室,用来布置客厅总嫌不够大方。

"老师,你坐啊!"柏亭亭喊着说,一面提高声音叫,"亚珠!亚珠!"

一个面貌十分清丽可喜的女佣,穿了件蓝色的围裙,走了出来,笑眯眯地看着方丝萦。

"亚珠,这是方老师,你倒茶啊!"柏亭亭说,一面压低了声音问，"我爸爸呢？"

"在楼上。"亚珠指了指楼上，对柏亭亭鼓励地微笑着。方丝萦看得出来，这女佣相当喜爱她的这位小女主人。"你妈妈上午就走了。"她自动地加了句，笑意在那张善良而年轻的脸上显得更深了。

"真的？"那孩子挑高了眉毛，喜悦立即燃亮了她的小脸。拎着书包，她很快地说："我上楼找爸爸去！"一面回过头来对方丝萦抛下了一句，"老师！你等一等，我马上陪爸爸下来啊！"

方丝萦看着柏亭亭三步并作两步地奔上楼梯，她在沙发上坐了下来。这才注意到楼梯在餐厅那边，餐厅与客厅是相连的，中间只隔着一扇白色镂空的屏风。

亚珠送上了一杯茶，带来一阵茶叶的清香，她接过茶杯，那是个细致的白瓷杯子，翠绿色的茶叶把整杯水都染成了淡绿色。她轻轻地啜了一口，好香，好舒畅，是柏家茶园中的产品吧！她想起李玉笙提起过的柏家的茶园和茶叶加工厂。那口茶带着一股清冽的香甜一直蹿进了她的肺腑，她忽然有一阵精神恍惚，一种难以解释的、奇异的情绪贯穿了她，这儿有着什么？她猛地坐正了身子，背脊上透过了一丝凉意，有个小声音在她腹内说："离开这儿！离开这儿！离开这儿！"

为什么？她抗拒着，和那份难解的力量抗拒着。觉得头脑有些昏沉，视线有些模糊，神志有些迷茫……仿佛自己做错了一件什么大事，体内那个小声音加大了，仍然在喊着："离开这儿！离开这儿！离开这儿！"

这是怎么了？我中了什么魔？她想着，用力地甩了一下头，于是，一切平静了，消失了。同时，柏亭亭牵着她父亲的手，从楼梯上走了下来。那孩子满脸堆着笑，那盲人的脸孔却是平板的、严肃的、毫无表情的。

"爸爸，方老师在这儿！"柏亭亭把她父亲带到沙发前面来。

"柏先生，你好。"方丝萦说，习惯性地伸出手去，但是，立即，她发现对方是看不见的，就又急忙收回了那只手。

"哦！"柏需文的脸色陡地变了，一种警觉的神色来到他的脸上，他很快地说，"我们见过吗？我好像在什么地方听过你的声音。"

"是的，"方丝萦坦白地说，"几个月以前，我曾经在含烟山庄的废墟里碰到了你，我曾经和你聊过天，还陪你走到学校门口。"

"哦，"柏需文又哦了一声，大概是"含烟山庄"四个字触动了他某根神经，他的脸扭曲了一下，同时，他似乎受了点震动，"你就是那个想收集写作资料的女孩。"他自语似的说。

"你错了，"方丝萦有些失笑地说，"我从没说过我想收集写作资料，而且，我也不是'女孩'，我已经不太年轻了。"

"是吗？"柏需文深思地问了一句，在沙发里坐了下来，一面转头对他女儿说，"亭亭，你没有告诉我，这位方老师就是那天陪我到学校去的阿姨啊！"

"噢，"柏亭亭张大了眼睛，看看方丝萦，她有些惊奇，"我不记得了，爸爸，我没认出来。"

"孩子哪儿记得那么多。"方丝萦打岔地说，一面环顾四周，想改变话题，"你的客厅布置得很漂亮，柏先生。"她的话并不太由衷。

"你觉得好吗?"柏霈文问,"是红色的吧?我想,这是我太太布置的。"他轻耸了一下肩,"红色、黑色、蓝色,像巴黎的咖啡馆!客厅,该用米色和咖啡色。"

"哦。"方丝萦震动了一下,紧紧地看着柏霈文,"你为什么不把它布置成米色和咖啡色呢?"

"做什么?颜色是给能欣赏的人去欣赏的,反正我看不见,什么颜色对我都一样。那么,让能看得见的人按她的喜好去布置吧,客厅本不是为我设置的。"

方丝萦心头掠过一抹恒恻,看着柏霈文,她一时不知道该说什么好。

"我女儿告诉我,你对她很关怀。"

"那是应该的,她是我学生嘛!"方丝萦很快地说,一说出口,就觉得自己的话有些近乎虚伪的客套,因此,她竟不由自主地脸红了。

"仅仅因为是学生的关系吗?"柏霈文并没有放过她,他的问话是犀利的。

"当然也不完全是,"方丝萦不安地笑了笑,转头看看站在一边、笑靥迎人的柏亭亭。伸过手去,她把那孩子揽进了自己的怀中,笑着说,"我和你女儿有缘,我一看到她就喜欢她。"

"我很高兴听到你这句话。"柏霈文说,脸上浮起了一个十分难得的微笑,然后,他对柏亭亭说,"亭亭!去告诉亚珠开饭了,我已经饿了,我想,我们的客人也已经饿了。"

亭亭从方丝萦怀中站起来,飞快地跑到后面去了。这时,柏霈文忽然用一种压低的、迫切的语气说:"告诉我,方小姐,这孩子很可爱吗？"

"噢！"方丝萦一愣，接着，她用完全不能控制的语气，热烈地说，"柏先生，你该了解她，她是你的女儿哪！"

"你的意思是说……"

"她是世界上最可爱的孩子！"方丝萦几乎是喊出来的。

"多奇怪，"柏霈文深思地说，"她说你是世界上最好的老师，你说她是世界上最可爱的孩子，我看……"他沉吟了片刻，"你们是真的有缘。"

方丝萦莫名其妙地脸红了。

柏亭亭跑了回来。很快地，亚珠摆上了碗筷，吃饭的一共只有三个人，柏霈文、柏亭亭和方丝萦。可是，亚珠一共做了六个菜一个汤，内容也十分丰盛，显然，亚珠是把方丝萦当贵客看待的。

方丝萦非常新奇地看着柏霈文进餐，她一直怀疑，不知道一个盲人如何知道菜碗汤碗的位置。可是，她立刻发现，这对柏霈文并不困难，因为柏亭亭把她父亲照顾得十分周到，她自己几乎不吃什么，而不住地把菜夹到她父亲的碗里，一面说：

"爸，这是鸡丁。"

"爸，这是青菜和鲜菇。"

"爸，我给你添了一小碗汤，就在你面前。"

她说话的声音是那样温柔和亲切，好像她照顾父亲是件很自然的事，并且，很明显她竭力在避免引起被照顾者的不安。这情景使方丝萦那么感动，那么惊奇。她不知道柏亭亭上学的时候，是谁来照顾这盲人吃饭。像是看穿了方丝萦的疑惑，柏亭亭笑着对她说："爸爸平常都不下楼吃饭的，今天是为了方老师才下楼，我们给爸爸准备了一个特制的食盒，爸爸吃起来很方便的。"

"哦。"方丝萦应了一声，她不知如何答话，只觉得眼前这一切，使她的心内充满了某种酸楚的情绪，竟不知不觉地眼眶湿润了。

一餐饭在比较沉默的空气中结束了。饭后，他们回到了客厅中，坐下来之后，亚珠重新沏上两杯新茶。握着茶杯，方丝萦注视着杯中那绿色的液体，微笑地说："这是柏家茶园的茶叶吧？"

柏霈文掏出一支烟来，准确地燃着了火。他拿着打火机的手在空中停了一下。他那茫无视觉的眼睛虽然呆滞，但是，他嘴角和眉梢的表情却是丰富的。方丝萦看到了一层嘲弄似的神色浮上了他的嘴角。

"你已经听说过柏家的茶园了。"他说。

"是的。这儿是个小镇市，柏家又太出名了。"方丝萦直视着柏霈文，这是和盲人对坐的好处，你可以肆无忌惮地打量他，研究他。

"柏家最好的茶是玫瑰香片，可惜你现在喝不着了。"柏霈文出神地说。

"怎么呢？"方丝萦盯着他。

"我们很久不出产这种茶了。"柏霈文神色有点萧索，他沉默了好一会儿，似乎在深思着什么，然后，他忽然转过头去说，"亭亭，你在这儿吗？"

"是的。"那孩子急忙走过去，用手抓住她父亲的手，"我在这儿呢！"

"好的，"柏霈文说，带着点命令的语气，"现在你上楼去吧！去做功课去，我有些话要和方老师谈谈，你不要来打扰我们！"

"好的。"柏亭亭慢慢地、顺从地说，但是多少有点依恋这个环境，因此迟迟没有移动。又对着方丝萦不住地眨眼睛，暗示她不要泄露她们间的秘密。方丝萦对她微笑点头，示意叫她放心。

那盲人忍耐不住了，提高声音说："怎么，你还没有去吗？亭亭！"

"哦，去了，已经去了。"那孩子一迭连声地喊着，一口气冲进饭厅，三步并作两步地跑上楼去了。

等柏亭亭的影子完全消失之后，方丝萦靠进了沙发里，啜了一口茶，她深深地看着面前这个男人，慢吞吞地、询问地说："哦，柏先生？"

柏霈文深吸了一口烟，一时间没有说话，只是沉默地喷着烟雾。好一会儿，他才突然说："方小姐，你今年几岁？"

方丝萦怔了怔，接着，她有些不安，像逃避什么似的，她支吾地说："我告诉过你我并不很年轻，也不见得年老。在美国，没有人像你这样鲁莽地问一位小姐的年龄。"

"现在我们不在美国。"柏霈文耸了一下肩，但，他抛开了这个问题，又问，"你还没有结婚？为什么？"

方丝萦再度一怔。

"哦，柏先生，"她冷淡地说，"我不知道你想要知道些什么。难道你请我来，就是要调查我的身世吗？"

"当然不是，"柏霈文说，"我只是奇怪，像你这样一位漂亮的女性，为什么会放弃美国繁华的生活，到乡间来当一个小学教员？”

“漂亮？”方丝萦抬了抬眉毛，“谁告诉你我漂亮？”

“亭亭。”

“亭亭？”方丝萦笑笑，“孩子的话！”

“如果我估计得不错，”柏霈文再喷了一口烟，率直地说，“在美国，你遭遇了什么感情的挫折吧？所以，你停留在这儿，为了休养你的创伤，或者，为了逃避一些事，一段情，或是一个人？”

方丝萦完全愣住了，瞪视着柏霈文，她好半天都不知道该说什么。过了好久，她才轻轻地呼出一口气来，软弱地叫了一声：“哦，柏先生！”

“好了，我们不谈这个，”柏霈文很快地说，“很抱歉跟你谈这些。我只是很想知道，你在短时间之内，不会回美国吧？”

“我想不会。”

“那么，很好，”柏霈文点了点头，手里的烟蒂几乎要烧到了手指，他在桌上摸索着烟灰缸，方丝萦不由自主地把烟灰缸递到他的手里，他接过来，灭掉了烟蒂，轻轻地说，“谢谢你。”

方丝萦没有回答，默默地啜着茶，有些心神恍惚。

“我希望刚才的话没有使你不高兴。”柏霈文低低地说，声音很温柔，带着点歉意。

“哦，不，没有。”方丝萦振作了一下。

“那么，我想和你谈一谈请你来的目的，好吗？”

“好的。”

“我觉得——”他顿了顿，“你是真的喜欢亭亭那孩子。”

"是的。"

"所以，我希望，你能搬到我们这儿来住。"

"哦，柏先生？"方丝萦惊跳了一下。

"我的意思是，请你住到我们这儿来，做亭亭的家庭教师。我猜，这孩子的功课并不太好，是吗？"

"她可以进步的——"

"但，需要一个好老师。"柏霈文接口说。

方丝萦不安地移动了一下身子。

"哦，柏先生……"她犹豫地说，"我不必住到你家来，一样可以给这孩子补习，事实上，现在每天……"

"是的，我知道。"柏霈文打断了她，"你每天给她补一小时，而且拒收报酬，你不像是在美国受教育的。"

方丝萦没有说话。

"我知道，"柏霈文继续说，"你并不在乎金钱，所以，我想，如果我告诉你，报酬很高，你一定还是无动于衷的。"

方丝萦仍然没有说话。

"怎样，方小姐？"柏霈文的身子向前倾了一些。

"哦，"方丝萦困惑地皱了皱眉头，"我不了解，柏先生，假若你觉得一个小时的补习时间不够，我可以增加到两小时或三小时，我每晚吃完晚饭到这儿来，补习完了我再回去，我觉得，我没有住到你这儿来的必要。"

柏霈文再掏出了一支烟，他的神情显得有些急切。

"方小姐，"他咬了咬嘴唇，困难地说，"我相信你听说过一些关于我的传说。"

方丝萦垂下了头。

"是的。"她轻声说。

"那么，你懂了吗？"他的神色黯淡，呼吸沉重，"那是一个失去了母亲的孩子。"

"是的。"方丝萦也咬了咬嘴唇。

"所以，你该了解了，我不只要给那孩子找一个家庭教师，还要找一个人，能够真正地关切她、爱护她、照顾她，使她成为一个健康快乐的孩子。"

"不过，我听说……"方丝萦觉得自己的声音干而涩，"你已给这孩子找到了一个母亲了。"

柏霈文一震，一长截烟灰落在衬衫上了。他的脸拉长了，陡然间显得又憔悴又苍老，他的声音是低沉而压抑的。

"这也是我要请你来的原因之一，"他说，带着一份难以抑制的激动，"告诉你，那不是一个寻常的孩子，如果她受了什么委屈，她不会在我面前泄露一个字，哪怕她被折磨得要死去，她也会抱着我的脖子对我说：'爸爸，我好快乐！'你懂了吗，方小姐？"

方丝萦倏然把头转向一边，觉得有两股热浪直冲进眼眶里，视线在一刹那间就成为模糊一片。一种感动的、激动的、近乎喜悦的情绪掠过了她。啊，这父亲并不是像她想象的那样懵懂无知，并不是不知体谅、不知爱惜那孩子的啊！她闪动着眼睑，悄悄地拭去了颊上的泪，在这一瞬间，她了解了，了解了一份属于盲人的悲哀！这人不只要给女儿找一个保护者，这人在向她求救啊！

"怎样呢，方小姐？"柏霈文再迫切地问了一句。

"噢，我……"方丝萦心绪紊乱，"我不知道……我想，我必须要考虑一下。"

"考虑什么呢？"

"你知道，我是正心的老师，亭亭是我的学生，我现在再来做亭亭的家庭教师，似乎并不很妥当，会招致别人的议论……"

"哼！才无稽呢！"柏霈文冷笑地说，"小学教员兼家庭教师的多的是，你绝不是唯一一个。如果你真在乎这个，要避这份嫌疑的话，那么，辞掉正心的职位吧！正心给你多少待遇，我加倍给你。"

方丝萦不禁冷冷地微笑了起来，心里涌上了一层反感，她不了解，为什么有钱的人，总喜欢用金钱来达到目的，仿佛世界上的东西，都可以用钱买来。

"你很习惯于这样'买'东西吧？"她嘲弄地说，"很可惜，我偏偏是个……"

"好了，别说了。"他打断了她，站起身来，他熟悉地走到落地长窗的前面，用背对着她。他的声音低而忧郁，"看样子我用错了方法，不过，你不能否认，这是人类最有效的解决问题的方法。好了，如果我说，亭亭需要你，这有效吗？"

方丝萦的心一阵酸楚，她听出这男人语气里的那份无奈、请求的意味。她站起身来，不由自主地走到柏霈文的身边。落地长窗外，月色十分明亮，那些盛开的花在月色下摇曳，洒了一地的花影。方丝萦深吸了一口气，看着一株修长的花木说："多好的玫瑰！"

"什么？"柏霈文像触电般惊跳起来，"你说什么？玫瑰？在我花园中有玫瑰？"

"哦，不，我看错了。"方丝萦凝视着柏霈文那张突然变得苍白的脸孔，"那只是一株扶桑而已。我不知道……你不喜欢玫瑰吗？为什么？你该喜欢它的，玫瑰是花中最香、最甜、最美的，尤其是黄玫瑰。"

柏霈文的手抓住了落地窗上的门钮，他脸上的肌肉僵硬。

"你喜欢玫瑰？"他泛泛地问。

"谁不喜欢呢！"她也泛泛地回答。面对着窗外，她又站了好一会儿。然后，她忽然振作了。回过头来，她直视着柏霈文，用下定决心的声音说："我刚刚已经考虑过了，柏先生，我接受了你的聘请。但是，我不能放弃正心，所以，我住在你这儿，每天和亭亭一起去学校，再一起回来。我希望有一间单独的房间，每月两千元的待遇，和——全部的自由。"她停了停，再加了句，"我这个星期六搬来！"掉转身子，她走到沙发边去拿起了自己的手提包。

柏霈文迫切地回过头来，他的脸发亮。

"一言为定吗？"他问。

"一言为定！"

5

星期六下午没课，方丝萦刚吃过午饭，柏亭亭就窜进了屋里来，嚷着说："方老师！马上走吧，老尤已经开了车来接你了。"

"哦!"方丝萦轻蹙了一下眉梢,又微微一笑,"你爸爸记得倒挺清楚的。"

"你的箱子收拾好了吗?我去叫老尤来搬!"柏亭亭喊着,又一溜烟地跑出去了。

方丝萦站在室内。一时间,有份迷惘而荒谬的感觉。怎么回事?自己真的要搬到柏家去住吗?这好像是不可能的,是荒诞不经的,是缺乏考虑的。她还记得刘校长和李玉笙她们听到这消息后所露出的惊讶之色,她也体会出她们都颇不赞成。但是,没有人对她说什么。她知道,在刘校长她们的心目里,她始终是个怪异的、不可解的人物,是个让她们摸不清、想不透的人物。事实上,自己真的有些荒唐!搬到柏家去住,她每根神经都在向她提示,这个决定是不妥当的。那是个太复杂的家庭,她卷进去,必定不会有好结果!可是,她无法抵制那股强大的、要她住进去的诱惑力。那柏宅有些魔力,那含烟山庄、那废墟、那盲人、那孩子、那逝去的故事……在在都有着魔力,她抗拒不了!或者,有一天,她真会写下一本小说,像《简·爱》一般,有废墟,有盲人,有家庭教师……她猛地打了个冷战,多奇异的巧合!现在,所缺的是一个疯妇,那柏宅的大院落里,可真藏着一个疯妇吗?

柏亭亭跑回来了,来回地奔跑使她不住地喘着气,额上,一绺头发被汗水濡湿了,静静地贴在那儿。脸庞也因奔跑而红润,眼睛却兴奋地闪着光。在她后面,一个年约四十岁、瘦瘦高高的男人正站在那儿,穿着件整洁的白衬衫,灰色的西服裤,身子是瘦削而挺拔的。方丝萦接触了那人的眼光,她不禁瑟缩了一下,这眼光是锐利的。

"是方小姐吗？我是老尤，柏先生让我来接你。"

"哦，谢谢你。"方丝萦说，推了推鼻梁上的眼镜，她希望自己看起来威严一点，"箱子在那儿，麻烦你了。"

老尤拎起了箱子，先走出去了。方丝萦到校长室去，移交了宿舍的钥匙。然后，她坐进了汽车，挽着柏亭亭那瘦小的肩膀，她看着车窗外面，那道路两旁，全是飞快地后退的茶园。柏家的茶园！她的精神又恍惚了起来，自己到底在做些什么事呢？

这段路程只走了三分钟。亚珠跑来打开了大门，车子滑进柏家的花园，停在正房的玻璃门前面。柏亭亭首先钻出车子，嚷着说："方老师，我带你去你的房间，别管那箱子，老尤会拿上来的。"

牵着方丝萦的手，她们走进了客厅，柏亭亭的脚步是连跑带跳的。客厅中阒无一人，柏亭亭拉着方丝萦向楼上冲去。猛然间，她收住了脚步，仰头向上看，欢愉立即从她的脸上消失，那小小的嘴唇变得苍白了。方丝萦也诧异地站住了，跟着柏亭亭的视线，她也仰头向上看，然后，她和一个女人的视线接触了。

那是个相当美丽的女人，与方丝萦心中所想象的"后母"完全不同。她有张椭圆形的脸庞，尖尖的小下巴，一对又大又亮的眼睛，挺秀的眉毛和小巧的嘴。这张脸几乎没什么可挑剔的，如果硬要找毛病的话，只能说她的神情过于冷峻，过于严苛，过于淡漠。她的身材也同样美好，纤秾合度，高矮适中。她穿了件粉红色滚蓝边的洋装，宽袖口，小腰身，相当漂亮，相当时髦，也相当配合她。她的头发蓬蓬松松的，梳成了很多小鬈，给她平添了几分慵懒的韵致，缓和了她面部的冷峻。在她耳朵上，垂着两个粉红色的大圈圈耳环，摇摇晃晃的，显得俏皮，显得娇媚。她很会装扮自己，而且，她还很年轻，顶多三十出头而已。那身装束把她的年龄更缩小了一些。方丝萦很为她惋惜，如果柏需文的眼睛不瞎，他怎可能冷淡这样一个年轻美貌的妻子！

在她打量这女人的同时，对方也在静静地打量着她。方丝萦猜想，自己给对方的印象，一定远不如对方给自己的。近视眼，梳着老式的发髻，穿着那样一身黑色的旗袍，该是个典型的教员样子吧！她在对方脸上看出了一抹隐约的、轻蔑的笑意。然后，那女人静静地说："欢迎你来，方小姐。"

"是柏太太吧？"她说，慢慢地走上楼去，仍然牵着柏亭亭的手。

"是的，"柏太太微笑了一下，那微笑是含蓄的、莫测高深的，"亭亭会带你去你的房间，"她说，适度地表示了她雇主的身份，"我很忙，不招待你了，希望你在我们家住得惯，更希望亭亭不会使你太麻烦。"

"她不会，"方丝萦微笑地说，迎视着对方的眼睛，这对眼睛多大，多美，多深沉！"亭亭是个乖孩子，我跟她已经很熟了。"

"是吗？"柏太太笑了笑，眼光从柏亭亭身上扫过去，方丝萦立即觉得那只抓住自己的小手痉挛了一下。出于下意识，她也立刻安慰地把那只小手紧握了一下。于是，在这一瞬间，一种奇异的、了解的情感联系了她和亭亭，仿佛她们成了联盟者，将要并肩对抗一些什么。柏太太扶着栏杆，开始走下楼梯，她的背脊挺直，步伐娴雅而高贵。方丝萦眩惑地望着她，觉得这走路的姿势，这神情都那么熟悉，一种典型的、贵妇人的样子。她一面下楼，一面说："那么，很好，让亭亭带你去吧。"她的眼睛已不再看方丝萦，而直视着那正拎着皮箱走上楼来的老尤说："老尤，准备车子，送我去台北。"

"是的。"老尤应了一声，径自把箱子送到楼上去了。

方丝萦牵着柏亭亭继续上楼，她听到柏太太的声音，在楼下清晰地吩咐着："亚珠，不要等我吃晚饭，我不回来吃。"

一上了楼，亭亭又恢复了她的活泼，她高兴地指给方丝萦看，哪一间是她父亲的房间，哪一间是她母亲的，哪一间是她的。方丝萦发现这幢房子设计得相当精致，楼上有个小厅，陈设着一套很小的沙发，放了一个花架和电话机等，除了这小厅之外，只有四个房间，是两两相对的，中间是走廊。阳台成为环形，围绕着整栋房子，方丝萦猜想，每间房间一定都有门通向阳台。柏霈文和他的妻子住面对面的两间，方丝萦和柏亭亭就住了剩下的面对面的两间，柏亭亭隔壁是柏太太，方丝萦隔壁是柏霈文。

"你爸爸和妈妈怎么不住一间房？"方丝萦问。

"他们一直这样住的。"柏亭亭不以为奇地说，一面告诉方丝萦，"你住的房间原来是客房，现在给你住，我们就没有客房了。"

"你们家常常有客人来住吗？"

"不常常，只有高叔叔，每年来住一两次。"

"高叔叔？"

"是的，高叔叔，他是爸爸的好朋友！"柏亭亭说，"他在南部开农场，不常来的。他来也没关系，可以睡楼下。"拉着她，柏亭亭一下子冲进了为方丝萦准备的房间，兴奋地喊，"你看！方老师，你喜欢吗？"

方丝萦有一阵晕眩，她必须扶住墙，以稳定自己。这是怎样一间房间！她置身在一座宫殿里了，一座梦寐已久的宫殿！她意乱神迷地打量着这房间，地上，铺着的是纯白的地毯，窗子上，垂着黑底金花的窗帘，一张有白色栏杆的、美丽的双人床，一个白色金边的梳妆台，一张小小的白色书桌……所有的颜色都是白、黑与金色混合的，但是，那张床上，却铺着一床大红色的床罩，因此，也缓和了黑白颜色所造成的那份"冷"的感觉，给整个房间增添了不少温暖。在墙上，有个很小的古董架，放了几件瓷器的摆设，架子的正中，是个长方形的格子，里面放着一个大理石的雕塑——希腊神话故事里的欧律狄刻和她的爱人俄耳甫斯，雕刻得十分精致和传神。这种种种，倒也都罢了，最让方丝萦激动的，是床边的一个白色金边的小床头柜上，放了盏有白纱灯罩的台灯，台灯旁边，有个黑色大理石的花瓶，里面插着一瓶鲜艳的黄玫瑰。

"你喜欢吗，方老师？你喜欢吗？"柏亭亭仍然在喊着，迫切地摇着方丝萦的胳膊。

"哦，我喜欢，真——喜欢。"方丝萦说，靠在墙上，觉得好乏力。她望着那两扇落地的玻璃窗，玻璃窗外，果然是阳台，那么，这阳台可以通往任何一个房间了。阳台上，放着好几盆菊花，这正是菊花初开的季节，那些黄色的花朵在阳光下绚烂地绽开着。越过这阳台再往外看，就是那高低起伏的山坡和那一片片的茶园了。

"老师，你一定不喜欢……"那孩子敏感地说。

"哦，不，不，我喜欢，真的。"方丝萦慌忙打断了她，把她揽在怀里，低低地问，"告诉我，亭亭，这房间本来就是这样子布置的吗？"

"当然不是。"那孩子笑了，"只有地毯没换，其他的家具都是新换的，爸爸指定的家具店里买的。"

"那座塑像呢？"方丝萦指着那个大理石的雕塑问。

"那是家里原来就有的，本来在爸爸房间里，爸爸说他反正看不见，叫我搬到你屋里来算了。"

"哦。"方丝萦的目光又落回到那瓶黄玫瑰上面，这玫瑰，显然也是让人去买来的了，因为柏家花园里没有玫瑰花。她走到床边去，在床沿上坐了下来，觉得精神恍惚得厉害。玫瑰花浓郁的香味弥漫在屋子里，初秋的阳光透过落地玻璃窗斜射进来，暖洋洋的。花和阳光，以及这屋子里的气氛，每一样都熏人欲醉。

"还满意吗，方小姐？"

一个低沉的、男性的声音使方丝萦吓了一跳。回过头去，她看到柏霈文瘦长的身子正斜靠在敞开的门框上，他那样无声无息地走来，使方丝萦怀疑他是否来了很久了，是否听到了她和亭亭的对白。她站起身来，虽然柏霈文看不见，她仍然下意识地维持着礼貌。

"这未免太考究了，柏先生。"她说。

"我不知道他们是否照我的意思配色的。"

"颜色配得很好。"方丝萦凝视着他，这盲人虽然看不见，对颜色却颇有研究呢！"我没想到你对配色也是个专家。"

"我学来的。"柏霈文慢吞吞地说，"我曾经和一个配色的专家一起生活过。"

"哦。"方丝萦应了一声，对屋内的一切再扫了一眼，"其实，你真不必这样费心。"她不安地说，"这使我很过意不去呢！"

"一个准作家应该住在一间容易培养灵感的房间里。"柏霈文笑了笑说。

"准作家？"

"你不是想要收集写作资料吗？"柏霈文的笑意更深，但是，忽然间，他的笑容又完全收敛了，"住在这儿吧，方小姐，"他深沉地说，"我答应你，你可以在这儿找到一篇写作资料，一部长篇小说！"

"我说过我要收集写作资料吗？"方丝萦有些啼笑皆非，"我……"

"别说！"柏霈文阻止了她下面的话，"我想，我知道你。"

方丝萦呆了一呆，这人多么武断！知道她！他真"知道"她吗？她扬了扬眉毛，不愿再和他争辩了。走到屋子中间，她打开了老尤早已拎进来的那只箱子，准备把东西收拾一下。

那盲人敏锐地听着她的行动，然后说："我想，你一定希望一个人休息休息。亭亭！我们出去吧！"

"噢，"亭亭喊了起来，"我帮方老师收拾东西。好吗？"她把脸转向方丝萦，"我帮你挂衣服，好吗？"

"让她留下来吧，柏先生。"方丝萦说，"我喜欢她留在这儿帮我的忙，跟我说说话。"

"那么，好，等会儿见。"柏霈文点了一下头，转过身子，他走开了。

这儿，方丝萦从壁橱里取出了挂衣钩，让柏亭亭帮她一件件地把衣服套在钩子上，她再挂进壁橱里。亭亭一面忙着，一面不住地说着话，发表着她的意见："老师，你有很多很多漂亮的衣服，像这件红的、这件黄的、这件翠绿的……为什么你都不穿？你总是喜欢穿黑的、白的、咖啡的、深蓝的……为什么？"

"这样才像个老师呀！"方丝萦笑着说。

"你把头发放下来，不要戴眼镜，穿这件浅紫色的衣服，一定好看极了。"柏亭亭举起了一件紫色滚小银边的晚礼服说。

"哦，小丫头，你想教我美容呢！"方丝萦失笑地说。

"可是，你以前穿过这件衣服的，是吗？"

"当然。"

"为什么现在不穿呢？"

"没有机会，这是晚礼服，赴宴会的时候穿的，知道吗？"方丝萦把那件衣服挂进了橱里。然后，她忽然停下来，把那孩子拉到身边来，问："你喜欢漂亮的衣服吗？"

"嗯，"那孩子点点头，"妈妈有好多漂亮的衣服。"

"你呢？"方丝萦问，"我只看你穿过制服。"

柏亭亭低下了头，用脚踢弄着床罩上的穗子。

"我每天要上课，有漂亮衣服也没有时间穿……"她忸怩地、低声地说。

"哦。"方丝萦了解了，站直身子，她继续把衣服一件件地挂进橱里，一面用轻快的声音说，"快点帮我弄清楚，亭亭。然后，你带我去参观你的房间，好吗？"

"好！"柏亭亭高兴地说。

方丝萦的东西原本不多，只一会儿，一切都弄清爽了。跟着柏亭亭，方丝萦来到亭亭的房间。这房间也相当大，相当考究，深红色的地毯，深红色的窗帘，床、书桌、书橱都收拾得十分整洁，整洁得让方丝萦诧异，因为不像个孩子的房间了。在方丝萦的想象中，这房子的地上，应该散放着洋娃娃、小狗熊、小猫等玩具，或者是成堆的儿童读物。但是，这儿什么都没有，只是一间干干净净、整整齐齐的卧房。

"好了，亭亭，"方丝萦笑着说，"把你那些洋娃娃拿给我看看。"

"洋——娃——娃——"柏亭亭结舌地说。

"是呀！"方丝萦亲切地看着那孩子，"你的小黑炭啦，小丑啦，金鬈儿啦……"

柏亭亭的脸色发白了，笑容从她的唇边隐没，她僵硬地看着方丝萦。

"怎么，亭亭？"方丝萦不解地问。

那孩子的头低下去了。

"怎么回事，亭亭？"方丝萦更加困惑了。

那孩子抬起眼睛来，畏怯地溜了方丝萦一眼，那张小脸更白了，那对大眼睛里已满盈着泪水。带着种哀恳的神色，她微微颤抖地、可怜兮兮地说："你一定知道的吧，老师？"

"知道？知道什么？"方丝萦把那孩子拉到自己面前，坐在床沿上，用手托起了她的下巴，仔细地注视着这张畏缩的小脸，"到底是怎么回事？"

柏亭亭又沉默了好一会儿，然后，她走开去，翻开了枕头，她从枕头下掏出了一件东西，怯生生地把这样东西捧到方丝萦的面前来。

方丝萦诧异地看过去，不禁吃了一惊。在那孩子手中，是个布制的、最粗劣的娃娃。而且，是已经断了胳膊又折了腿的，连那个脑袋，都摇摇晃晃的，就剩下几根线连在脖子上了。不但如此，那个娃娃的衣服早已破烂，白布做的脸已经黑得像地皮，连眉毛眼睛都看不出来了。

方丝萦接过了这个娃娃，目瞪口呆地说："这——这是什么？"

"我的娃娃，"那孩子喃喃地说，被方丝萦的神色伤害了，"我想，她不太好看。"

"可是，可是——你其他那些娃娃呢？"

柏亭亭很快地抬起头来了，她的眼睛勇敢地看着方丝萦，下决心地、一口气地说："没有其他的娃娃，我只有这一个娃娃，是我从后面山坡上捡来的。小黑炭、小丑、金鬟儿……都是她，我给她取了好多个名字。"

方丝萦瞪大了眼睛，看着那孩子无限怜惜地把娃娃抱回到手里，徒劳地想弄好娃娃那破碎的衣服。她张口结舌，一句话都说不出来。怎样一个富豪之家啊！她咬紧了嘴唇，觉得心情激动，眼眶潮湿，心底的每根神经都为这孩子而痉挛了起来。好半天，她才能恢复她的神志，抚摩着亭亭的头发，她用安慰的、真挚的声调说："这娃娃可爱极了，亭亭。我想，过两天，我们可以给她做一件新衣服穿。"

"真的？你会吗？"亭亭的眼睛发着光。

"我会。"方丝萦说，泪水几乎夺眶而出。她不想再参观亭亭的衣橱了，她可以想象衣橱里的情况。看着柏亭亭把娃娃收好，她拉着这孩子的手说："今天下午我们不做功课，晚上再做，现在，你愿不愿意陪我到外面去散散步？"

"好啊！"孩子欢呼着。

"那么，快！去告诉你爸爸一声，我们走！"

柏亭亭飞似的跑开了。

半小时之后，方丝萦和柏亭亭站在含烟山庄的废墟前面了。凝视着那栋只剩下断壁残垣的房子，柏亭亭用一种神往的神情说："他们说，我死去的妈妈一直到现在，还常常到这儿来。"

"什么？"方丝萦问，"谁说的？"

"大家都这么说。"柏亭亭仰视着那房子的空壳，"我希望我看到她，我不会怕我妈妈的鬼魂。"

方丝萦愣了一下。

"世界上没有鬼魂的，你知道吗？"

"有。"那孩子用坚定的语气说，"妈妈会回来，我和爸爸都在等，等她的鬼魂出现。"

"有人看到过她的鬼魂吗？"方丝萦深思地问。

"有。很多人都说看到过。上星期，有天晚上，亚珠从这儿经过，还发誓说看到一个女人的影子，在这空花园里走，吓得她飞快地跑回家去了。如果是我，我不会跑，我会过去和她谈谈。"

"噢，别胡思乱想了，"方丝萦不安地说，她最恨大人把鬼魂的思想灌输给孩子，"我们走吧。"

"你怕？"柏亭亭问。

"我不怕！"

"你别怕我妈妈，"亭亭继续说，眼光热烈，"我妈妈是顶温和、顶可爱的人。"

"是吗？你怎么知道？"

"我爸爸说的！"

"哦！"方丝萦站住，她再看向含烟山庄，那幢残破的房子耸立在野草、荆棘和藤蔓之中。她幻想着它完整时候的样子，幻想着那个"温和、可爱"的女主人，和她那眼睛明亮的、多情的丈夫，在这儿怎样地生活着！

她幻想得出神了，在她身边，那个小女孩也同样出神地伫立着，幻想着她那逝去的母亲。

6

到柏家的第一夜，方丝萦就失眠了。

躺在那张华丽的大床上，用手枕着头，方丝萦瞪视着屋顶上那盏小小的玻璃吊灯。床头的玫瑰花香绕鼻而来，窗外的月色如水，晚风轻拂着窗帘，整个柏宅静悄悄的，方丝萦一动也不动地躺着，虽然相当疲倦，却了无睡意，只觉得心神不定，思潮起伏。

回想这天的下午——这天下午做了些什么事呢？带着柏亭亭在山坡上的松林里散步，又到竹林里去采了两枝嫩竹子，然后，她们信步而行，走到松竹桥边，方丝萦问柏亭亭说："我们到桥下去捡小鹅卵石好吗？"

亭亭犹豫了一下，她对那河水憎恶地望着，脸色十分特别。

方丝萦诧异地说："怎么，不喜欢鹅卵石吗？"

"不是，"亭亭摇了摇头，然后，她指着那河水说，"就是这条河，我的亲妈妈就是跳这条河死的。"

"噢。"方丝萦迅速地皱了一下眉，大人们为什么要让孩子们知道这些不幸呢！他们竟不顾那些小心灵是否承受得了？残忍啊，柏霈文！

"他们说，那天河水涨了，因为头一天有台风，这条桥也被河水冲断了。所以，爸爸说，妈妈可能是不小心摔下去的，这儿没有路灯，晚上天又黑，她一定没看到桥断了。"

"你怎么知道那么多？"

"这是大家都知道的，他们背着我说，以为我听不到，他们还说……"那孩子猛地打了个冷战。

不要！难道他们连那孩子出身之谜也不保密吗？方丝萦一把拉住了亭亭的手，迅速地另外找出一个话题来："我们不谈这个了，亭亭。你带我去松竹寺玩玩好吗？我听说松竹寺很有名，可是我还一次都没去玩过呢！"

"好啊！我带你去！"

于是，她们去了松竹寺，沿着那松树夹道的小径，她们拾级而上，两边的松林绿茵茵的，静悄悄的。松树遮断了阳光，石级上有着苍苔，周围有份难言的肃穆和宁静。她们走了好久好久，上了不知道多少级石阶，然后，她们来到了那栋佛寺之前。佛寺前花木扶疏，前后是松林，左右都是竹林，这座庙就被包围在一片松竹之中。想必"松竹寺"也由此而得名。庙中供奉的是观音大士，神堂前香烟缭绕，在庙门前，还有个很大的铜鼎，里面燃着无数的香。站在庙门前，可以眺望台北市，周围风景如画。

她们在庙前站了好一会儿，亭亭摇着她的手说："老师，你去求一个签吧！"

抱着份无可无不可的心情，她真的燃上了一炷香，去求了一个签，签上的句子却隐约得出奇：

> 姻缘富贵不由人，心高必然误卿卿，
>
> 婉转迂回迷旧路，云开月出自分明。

亭亭在旁边伸长了脖子好奇地看着，一面问："它说什么，老师？你问什么？"

方丝萦揉皱了那签条，笑着说："我问我所问的，它说它所说的。好了，亭亭，天不早了，我们也该回去了。"

回到家里，已经是吃晚饭的时候了。柏太太还没有回来，柏霈文交代把他的饭菜送上楼去，于是，餐桌上只有方丝萦和柏亭亭。亭亭因为一个下午都在外面奔跑，所以胃口很好，一连吃了两碗饭，方丝萦却吃得很少。亭亭的好胃口使她高兴，看着亭亭，她说："平常是不是常常是这种局面，爸爸不下楼，妈妈出去，就你一个人吃饭？"

"是的。"亭亭说，"我常常不吃。"

"不吃？"

"一个人吃饭好没味道，我就不吃，有的时候，亚珠强迫我吃，我就吃一点点。"

怪不得这孩子如此消瘦！方丝萦看着亭亭，心里暗暗地下着决心，她要让这孩子正常起来，快乐起来，强壮起来。至于功课，在目前，倒还成为其次的问题。因此，饭后，她监督着她把功课做完，又给她补了一会儿算术，就让她把她那个破娃娃拿来。然后，方丝萦整整费了一个半小时的时间，把那娃娃给重新缝缀起来。因为没有碎布，方丝萦竟撕碎了自己的一件衬裙，用那白绸子和衬裙上的花边，给那娃娃缝制了一件新衣。整个制作的过程中，亭亭都跪在方丝萦身边，满脸喜悦地看着她做，一面不住地帮着忙，一会儿递针，一会儿递线。等到那娃娃终于完工了，方丝萦从地毯上站起身来，笑着说："好了，你的娃娃好看得多了。"

亭亭用一种崇拜的眼光，看了方丝萦一眼。然后她骄傲地审视着她那个娃娃，再把它紧紧地抱在胸前，喃喃地说："乖娃娃，我好可爱好可爱的娃娃。"

方丝萦颇受感动。接着，因为时间实在不早了，她逼着亭亭去洗澡睡觉，眼看着亭亭换上了睡袍，钻进被窝里，方丝萦弯下腰去，帮她整理着棉被。就在这一瞬间，那孩子忽然抬起身子来，用两只胳膊圈住了方丝萦的脖子，把她的头拉向自己，然后，她很快地用她那濡湿的小嘴唇，在方丝萦的面颊上吻了一下，一面急促地说："我好爱你，老师。"

说完，由于不好意思，她放松了方丝萦，一翻身把头埋进了枕头里，闭上眼睛装睡觉了。方丝萦呆立在那儿，好半天都没有移动，亭亭这一个突发的动作使她那样感动，那样激动，那样不能自已。她的眼睛濡湿，眼镜片上浮着一层雾气，她竟看不清楚眼前的东西了。许久之后，看到亭亭始终不再翻动，她俯身再看了一眼，原来这孩子在一日倦游之后，真的沉沉入睡了。她叹了口气，在那孩子的额上轻轻地吻了吻，低声地说："好好睡吧，孩子，做一个香香甜甜的梦吧。"

她再叹息了一声，悄悄地退出了亭亭的房间，并且带上了房门。于是，她发现柏霈文正站在那小厅与走廊的交界处，面向着自己。她知道他的耳朵是很敏锐的，她走过去，招呼着说："柏先生，还没睡吗？"

"到这儿来坐坐吧。"柏霈文说。

方丝萦走了过去，在小厅中的沙发上坐了下来。小厅里没有开大灯，只亮着一盏壁灯，光线是幽幽柔柔的。

柏霈文斜倚在落地窗上，静静地说："你忙了一个下午。我看，你是真心在关怀着那个孩子，是吗？"

"我关怀她，因为她太'穷'了。"方丝萦说。

"穷？"柏霈文怔了一下，"你是什么意思？"

"我从没看过比她更贫乏的孩子！"方丝萦有些激动，"没有温暖，没有爱，没有关怀，没有一切！"

"你在指责我吗？"柏霈文问。

"我不敢指责你，柏先生。"方丝萦说，竭力缓和自己的情绪，"但是，多爱她一点吧，柏先生，那孩子需要你！"她的声调里竟带着点祈求的意味。

柏霈文为之一动。

"我知道，"他说，这次声音是恳切而真挚的，"你一定认为我是个不负责任的父亲。可是，你要知道，我一向不太懂孩子，而且，我不知该怎样待她，这孩子，她总引起我一些惨痛的回忆。咳，方小姐，我想你听说过她生母的事吧？"

"是的，一点点。"方丝萦轻声说。

"那是个好女人，值得我终生回忆……"柏霈文陷入了沉思之中，"人，常常由于一时糊涂，造成一辈子不能挽回的错误，如果她还活着……"他深吸了一口气，用一种痛楚的、渴切的语气，冲动地说，"我愿牺牲我所有的一切，挽回她的生命！"

"哦，先生！"方丝萦不由自主地喊了一声，她被撼动了，她在这男人的脸上，看到了一份烧灼般的热情和痛苦，这把她击倒了。她感到迷茫，感到困惑，感到仓皇失措。

"噢，"柏霈文猛地醒悟了过来，一层不安的神色浮上了他的眉梢，他立即退缩了，一面支吾地说，"对不起，方小姐，请原谅我，我不该对你说这些，我有些失态，我想。"

"哦，不，柏先生，"方丝萦仓促地说，心情激荡得很厉害，她懊恼引起了柏霈文的这些话。站起身来，她匆匆地说："我很累了，柏先生，我想回房间去睡觉了，明天见，柏先生！"

"等一下，"柏霈文说，敏感地，"你似乎有些怕我，方小姐。"

"不。"方丝萦情不自禁地瑟缩了一下，觉得十分软弱。

"别怕我，方小姐，"那男人深沉地说，"如果我有什么失态和失礼的地方，请你原谅，那是因为我很少和别人接触，尤其是女性。我几乎已经忘记了礼貌，也忘记了该如何谈话。"

"哦，你很好，先生，"方丝萦有些生硬地说，"我并不怕你，从来没有。好，再见了，柏先生。"

转过身子，她匆促地回到了自己的房间，她走得那么急，好像要逃避什么。

现在，她躺在床上，瞪视着天花板，无法让自己成眠。白天所经历的一切，都在她的脑海里重演，一幕一幕地，那样清晰，那样生动，她简直摆脱不开这父女二人的形象。那盲人的岁月堪哀，那小女孩的境况堪怜，怎样才能帮助他们呢？为他们找回那个死去的妻子和母亲吗？她猛地打了个寒战，带着秋意的晚风从纱窗外吹来，夜，已经深了。

　　她看了看手表，快一点钟了，四周那么安静，那个柏太太还没有回来。拿起一本英文版的《傲慢与偏见》，她开始心不在焉地阅读了起来。事实上，她的思想一点都不能集中，她的目光也不能长久地停驻在书上。每看几行，她就会不知不觉地抬起眼睛来，对着那瓶玫瑰花，或是那个欧律狄刻的雕塑像，默默地出神。时间不知道过去了多久，一声汽车喇叭声惊动了她，那个柏太太回来了。何必按喇叭，这样夜静更深的时候！难道她没有带大门钥匙吗？她放下了书，下意识地倾听着。汽车开进了花园，车门"砰"地关上，发出巨大的声响。接着，是高跟鞋清脆地走进客厅的声音，然后，她走上楼来了，一面上楼，一面唱着歌，声音唱得很高，她的歌喉倒相当不错。唱的并非时下流行的小曲子，而是那支有名的旧诗，被谱成的歌：

　　　　我住长江头，
　　　　君住长江尾，
　　　　日日思君不见君，
　　　　共饮长江水……

　　她并没有唱完这支歌，她的歌声猛地中断了，似乎受到了什么打扰。方丝萦没有听到隔壁房间门打开的声音，但是，现在，她听到柏霈文那压抑的、恼怒的低吼："爱琳！"

爱琳？那么，这是那个柏太太的名字了？

"怎么？是你，柏霈文？"那女人的声调是高亢而富有挑战性的，"你有什么事？"

"你能不能别吵醒整栋房子的人？"

"哦？你怕我吵醒了谁吗？你那个家庭教师吗？哈哈！"爱琳的笑声尖锐，"你别怕吵醒她，假若你不是个瞎子，你就会发现她根本还没睡呢！她的门缝里还有灯光，我打赌，她现在一定正竖着耳朵在听我们谈话呢！"

"爱琳！"

"哈，我告诉你，柏霈文，你别在我面前捣鬼，我不知道你弄一个家庭教师到家里来做什么。但是，我不喜欢你那个家庭教师，她的眼睛有一股贼气，我告诉你，一股贼气！"

"爱琳！你疯了！你喝了多少酒？"柏霈文的声音里充满了愤怒和无奈，而且，多少还带着几分焦灼，"你能不能少说几句？"

"少说几句？我为什么要少说几句？是你拦在我面前惹我说话呀！现在你怕了？怕被她听到？那个你为她布置房间，你千方百计弄来的人？一个老处女！哈！瞎子主人和家庭教师，我等着看你们的发展！这是很好的小说资料啊！"

"住口！你这个卑鄙下流的东西！"柏霈文的声音颤抖，这几句话显然是从齿缝里迸出来的。

"什么？卑鄙下流？你说我卑鄙下流？"爱琳的声音更高了，"真正下流的是你那个跳了河的太太，我再下流，还没给你养出杂种孩子来啊！"

"啪"的一声，清脆而响亮，显然，是柏霈文挥手打了他的妻子。方丝萦预料下面将有一场更大的风暴，她提心吊胆地听着，但是，外面却反而沉寂了，好半天都没有声响，然后，仿佛已过了一个世纪，方丝萦才听到爱琳的声音，压低地、咬牙切齿地、充满了仇恨地说："柏霈文，如果你再对我动手的话，你别怪我做得狠毒，我要毁掉你所有的一切！"

"你毁吧！"柏霈文的语气却低沉而苍凉，"我还有什么可毁的？我的一切早就毁得干干净净了。"

一声门响，方丝萦知道柏霈文回到他自己屋里去了。屏住气息，方丝萦有好一会儿无法动弹，觉得自己浑身每根肌肉都是僵硬的，每根神经都是痛楚的。她所听到的这一篇谈话使她那样吃惊，那样不能置信，还有那样深重的、强烈的、一种受侮辱的感觉。瞪视着天花板，她是更加无法成眠了。她早就猜到柏霈文夫妇的感情恶劣，但还没料到竟然敌对到如此地步，这是怎样一个家庭啊！而她呢？她卷入这个家庭里来，又将扮演怎样的角色呢？一个单纯的家庭教师吗？听听爱琳刚刚的语气吧！

"方丝萦，你错了，你错了，你错了！"她对自己一迭连声地说。然后，她猛地呆了呆，有个思想迅速地通过了她的脑海，撤退吧！现在离开，为时未晚，撤退吧！但是……但是……但是那无母的孩子将怎么办呢？

第二天早上，由于晚间睡得太晚，方丝萦起床已经九点多了，好在是星期天，不需要去学校。她梳洗好下楼，柏亭亭飞似的迎了过来，一张天真的、喜悦的、孩子气的脸庞。

"老师，你睡得好吗？"

"好。"她说，却忍不住打了个呵欠。

"我在等你一起吃早饭。"

"你爸爸呢？"

"他在楼上吃过了。"

"妈妈呢？"

"她还在睡觉。"

"哦。"方丝萦坐下来吃早餐，但是，她是神思不属的。柏亭亭用一种敏感的神情看着她，由于她太沉默，那孩子也不敢开口了。

饭后，方丝萦坐在沙发里，把亭亭拉到自己的身边来，轻轻地说："亭亭，方老师还是住回学校去，每天到你家来给你补习吧。"

那孩子的脸色苍白了。"为什么？是我不好吗？我让你太累了吗？"她忧愁地问，脸上的阳光全消失了。

"啊，不是，不是因为你的关系……"方丝萦说，精神困顿而疲倦。

"那么，为什么呢？"亭亭望着她，那对眼睛那么悲哀，那么乞求地、怯生生地望着她，这把她给折倒了，"老师，我乖，我听话，你不要走，好吗？"

"谁要走？"

一个声音问，方丝萦抬起头来，柏霈文正沿阶而下，他在自己的家里，行动是很熟练而容易的，他没有带拐杖。

"哦，爸爸，"亭亭焦虑地说，"你留一留方老师吧！她说要搬回学校去。"

柏霈文怔在那儿，很久没有说话。方丝萦也沉默着，一层痛苦的、难堪的气氛弥漫在空气中。然后，好一会儿，柏霈文才轻声地，像是自语似的说："她毕竟是厉害的，我连一个家庭教师都留不住啊！"

这语气刺伤了方丝萦。"哦？先生！"她痛苦地喊，"别这样说！"

"还怎样说呢？"柏霈文的脸上毫无表情，声音空洞而遥远，"她一直是胜利的，永远！"

"可是……"方丝萦急促地说，"我并没有真的走啊！"

"那么，你是留下了？"柏霈文迅速地问，生气恢复到那张面孔上。

"我……啊，我想……"方丝萦结舌，但，终于，一句话冲口而出了，"是的，我留下了。"这句话一说出口，她心底就隐隐地觉得，自己是中了柏霈文的计了。但是，她仍然高兴自己这样说了，那么高兴，仿佛一下子解除了某种心灵的羁绊，高兴得让她自己都觉得惊奇。

7

从这一夜开始，方丝萦就明白了一件事实，那就是：她和这个柏太太之间是没有友谊可言的。岂止没有友谊，她们几乎从开始就成了敌对的局面。方丝萦预料有一连串难以应付的日子，头几日，她都一直提高着警觉，等待随时可能来临的风暴。但是，什么事都没有发生。方丝萦发现，她和爱琳几乎见不着面，每天早上，方丝萦带着亭亭去学校的时候，爱琳都还没有起床；等到下午，方丝萦和亭亭回来的时候，爱琳就多半早已出去了，而这一出去，是不到深夜，就不会回来的。

这样的日子倒也平静，最初走入柏宅的那份不安和畏惧感渐渐消失了，方丝萦开始一心一意地调理柏亭亭。早餐时，她让亭亭一定要喝一杯牛乳，吃一个鸡蛋。中午亭亭是带便当（饭盒）的，便当的内容，她亲自和亚珠研究功能表，以便增加营养和改换口味。方丝萦自己，中午则在学校里包伙，她是永远吃不惯饭盒的。晚餐，现在成为最慎重的一餐了，因为，不知从何时开始，柏霈文就喜欢下楼来吃饭了，席间，常在亭亭的笑语呢喃，和方丝萦的温柔呵护中度过。柏霈文很少说话，但他常敏锐地去体会周遭的一切，有时，他会神往地停住筷子，只为了专心倾听方丝萦和亭亭的谈话。

亭亭的改变快而迅速，她的面颊红润了起来，她的身高惊人地上升，她的食量增加了好几倍……而最大的改变，是她那终日不断的笑声，开始像银铃一般流传在整栋房子里。她那快乐的本性充分地流露了出来，浑身像有散发不尽的喜悦，整日像只小鸟般依偎着方丝萦。连那好心肠的亚珠，都曾含着泪对方丝萦说："这孩子是越长越好了，她早就需要一个像方老师这样的人来照顾她。"

方丝萦安于她的工作，甚至沉湎在这工作的喜悦里。她暂时忘记了美国，忘记了亚力，是的，亚力，他曾写过那样一封严厉的信来责备她，把她骂得体无完肤，说她是个傻瓜，是个疯子，是没有感情和责任感的女人。让他去吧，让他骂吧，她了解亚力，三个月后，他会交上新的女友，他是不甘于寂寞的。

柏霈文每星期到台北去两次，方丝萦知道，他是去台北的工厂，料理一些工厂里的业务。那工厂的经理是个五十几岁的老人，姓何，也常到柏宅来报告一些事情，或打电话来和柏霈文商量业务。方丝萦惊奇地发现，柏霈文虽然是个残疾人，但他处理起业务来却简洁干脆，果断而有魄力，每当方丝萦听到他在电话中交代何经理办事，她就会感慨地、叹息地想："如果他没有失明啊！"

如果他没有失明，他没有失明会怎样？方丝萦也常对着这张脸孔出神了。那是张男性的脸孔，刚毅、坚决、沉着……假若能除去眉梢那股忧郁，嘴角那份苍凉和无奈，他是漂亮的！相当漂亮的！方丝萦常会呆呆地想，十年前的他，年轻而没有残疾，那是怎样的呢？

日子平稳地滑过去了，平稳？真的平稳吗？

这是一个星期天的下午，方丝萦第一次离开柏亭亭，自己单独地去了一趟台北，买了好些东西。当她拎着那些大包小包回到柏宅，却意外地看到亭亭正坐在花园的台阶上，用手托着腮，满面愁容。

"怎么坐在这里，亭亭？"方丝萦诧异地问。

"我等你。"那孩子可怜兮兮地说，嘴角抽搐着，"下次你去台北的时候，也带我去好吗？我会很乖，不会闹你。"

"啊!"方丝萦有些失笑,"亭亭,你变得依赖性重起来了,要学着独立啊!来吧,高兴些,我现在不是回来了吗?我们上楼去,我有东西要给你看。"

那孩子犹豫了一下。"先别进去。"她轻声说。

"怎么?"方丝萦奇怪地问,接着,她就陡地吃了一惊,因为她发现亭亭的脸颊上,有一块酒杯口那么大小的淤紫,她蹲下身子来,看着那伤痕说,"你在哪儿碰了这么大一块?还是摔了一跤?"

那孩子摇了摇头,垂下了眼睑。"妈妈和爸爸吵了一架,吵得好凶。"她说。

"你妈妈今天没出去?"

"没有,现在还在客厅里生气。"

"为什么吵?"

"为了钱,妈妈要一笔钱,爸爸不给。"

"哦,我懂了。"方丝萦了然地看着亭亭面颊上的伤痕,"你又遭了池鱼之灾了。她拧的吗?"

亭亭还来不及回答,玻璃门突然打开了,方丝萦抬起头来,一眼看到爱琳拦门而立,满面怒容。站在那儿,她修长的身子挺直,一对美丽的眼睛森冷如寒冰,定定地落在方丝萦的身上。方丝萦不由自主地站直了身子,迎视着爱琳的眼光,她一语不发,等着对方开口。

"你不用问她,"爱琳的声音冷而硬,"我可以告诉你,是我拧的,怎么样?"

"你——你不该拧她!"方丝萦听到自己的声音,愤怒的、勇敢的、战栗的、强硬的，"她没有招惹你，你不该拿孩子来出气！"

"呵！"爱琳的眼睛里冒出了火来，"你是谁？你以为你有资格来管我的家事？两千元一月买来的家教，你就以为是亭亭的保护神了吗？是的，我打了她，这关你什么事？法律上还没有说母亲不可以管教孩子的，我打她，因为她不学好，她撒谎，她鬼头鬼脑，她像她死鬼母亲的幽灵！是的，我打她！你能把我怎么样？"说着，她迅速地举起手来，在方丝萦还没弄清楚她的意思之前，她就劈手给了柏亭亭一耳光。亭亭一直瑟缩地站在旁边，根本没料想这时候还会挨打，因此，这一耳光竟然结结实实地打在她的脸上，声音好清脆好响亮，她站立不住，踉跄着几乎跌倒。

方丝萦发出一声惊喊，她的手一松，手里的纸包纸盒散了一地，她扑过去，一把扶住了亭亭。拦在亭亭的身子前面，她是真的激动了，狂怒了，而且又惊又痛。她喘息着，瞪视着爱琳，激动得浑身发抖，一面嚷着说："你不可以打她！你不可以！你……"她说不出话来，愤怒使她的喉头堵塞，呼吸紧迫。

"我不可以？"爱琳的眉毛挑得好高，她看来是杀气腾腾的，"你给我滚开！我今天非打死这个小鬼不可！看她还扮不扮演小可怜！"

她又扑了过来，方丝萦迅速地把亭亭推在她的背后，她挺立在前面，在这一刻，她什么念头都没有，只想保护这孩子，哪怕以命相拼。爱琳冲了过来，几度伸手，都因为方丝萦的拦阻，她无法拉到那孩子，于是，她装疯卖傻地在方丝萦身上扑打了好几下，方丝萦忍受着，依然固执地保护着亭亭。

爱琳开始尖声地咒骂起来："你管什么闲事？谁请你来做保

镖的啊？你这个老处女！你这个心理变态的老巫婆！你给我滚得远远的！这杂种孩子又不是你养的！你如果真要管闲事，我们可以走着瞧！我会让你吃不了兜着走！"

突然间，门口响起了柏霈文的一声暴喝："爱琳！你又在发疯了！"

"好，又来了一个！"爱琳喘息地说，"看样子你们势力强大！好一个联盟党！一个瞎子！一个老处女！一个小杂种！好强大的势力！我惹不起你们，但是，大家看着办吧！走着瞧吧！"说完，她抛开了他们，大踏步地冲进车房里去，没有用老尤，她自己立刻发动了车子，风驰电掣地把车子开走了。

这儿，方丝萦那样地受了刺激，她觉得无法控制自己的情绪，她甚至没有看看亭亭的伤痕，就自管自地从柏霈文身边冲过去，一直跑上楼，冲进了自己的房间，关上房门，她倒在床上，取下眼镜，就失声地痛哭了起来。

她只哭了一会儿，就听到有人在轻叩着房门，她置之不理，可是，门柄转动着，房门被推开了，有人跑到她的床边来。接着，她感到亭亭啜泣着用手来推她，一面低声地、婉转地喊着："老师，你不要哭吧！老师！"

方丝萦抬起头来，透过一层泪雾，她看到那孩子的半边面颊，已经又红又肿，她用手轻轻地抚摩着亭亭脸上的伤痕，接着，就一把把亭亭拥进了怀里，更加泣不可仰。她一面哭着，一面痛楚地喊："亭亭！噢，你这个苦命的小东西！"

亭亭被方丝萦这样一喊，不禁也悲从中来，用手环抱着方丝萦的腰，把头深深地埋在方丝萦的怀里，她"哇"的一声，也放声大哭了起来。

就在她们抱头痛哭之际，柏霈文轻轻地走了进来，站在那儿，他伫立了好一会儿，然后，他才深深地叹了口气。

"我抱歉，方小姐。"他痛苦地说。

方丝萦拭干了泪，好一会儿，她才停止了抽噎。推开亭亭，她细心地用手帕在那孩子的面颊上擦着。她已经能够控制自己了，擤擤鼻子，深呼吸了一下，她勉强地对亭亭挤出一个笑容来，说："别哭了，好孩子，都是我招惹你的。现在，去洗把脸，到楼下把我的纸包拿来，好吗？"

"好。"亭亭顺从地说，又抱住方丝萦的脖子，在她的面颊上吻了一下。然后她跑下楼去了。

这儿，方丝萦沉默了半晌，柏霈文也默然不语，好久，还是方丝萦先打破了沉默。

"这样的婚姻，为什么要维持着？"她问，轻声地。

"她要离婚，"他说，"但是要我把整个工厂给她，作为离婚的条件，我怎能答应？"

"你怎会娶她？"

他默然，她感到他的呼吸沉重。

"我是瞎子！"他冲口而出，一语双关地。

她觉得内心一阵绞痛。站起身来，她想到浴室去洗洗脸，柏霈文恳求地喊了声："别走！"

她站住，愣愣地看着柏霈文。

"告诉我，"他的声音急促而迫切，带着痛楚，带着希求，"你怎么会走入我这个家庭？"

"你聘我来的。"方丝萦说，声音好勉强，好无力。

"是的，是我聘你来的，"他喃喃地说，"但是，你从哪儿来的？那个五月的下午，你从哪儿来的？另一个世界吗？"

"对了，另一个世界。"她说，背脊上有着凉意，她打了个寒战，"在海的那一边，地球的另一面。"

柏需文还要说什么，但是，柏亭亭捧着那些大包小包的东西，喘着气走了进来，方丝萦走过去，接过了那些包裹，把它放在床上。柏需文不再说话了，但他也没有离去，坐在书桌前的椅子里，他带着满脸深思的神情，仔细地、敏锐地倾听着周围的一切。

"亭亭，过来。"方丝萦喊着，让她站在床旁边。然后，她一个个地打开那些包裹，她每打开一个，亭亭就发出一声惊呼，每打开一个，亭亭的眼睛就瞪得更大一些，等她全部打开了，亭亭已不大喘得过气来，她的脸涨红了，嘴唇颤抖着，张口结舌地说："老——老师，你买这些，做——做什么？"

"全是给你的，亭亭！"方丝萦说，把东西堆在柏亭亭的面前。

"老——老师！"那孩子低低地呼喊了一声，不敢信任地用手去轻触着那些东西。那是三个不同的洋娃娃，都是最考究的，眼睛会睁会闭的那种。一个有着满头金发，穿着华丽的、绉纱的芭蕾舞衣。一个是有着满脸雀斑，拿着球棍的男娃娃，还有个竟是个小黑人。除了这些娃娃之外，还有三套漂亮的衣服，一套是蓝色金扣子的裙子，一套是大红丝绒的秋装，还有一套是纯白的。亭亭摸了摸这样，又摸了摸那样，她的脸色苍白了。抬起头来，她用带泪的眸子看着方丝萦，低声地说："你——你为什么要买这些呢？"

"怎么？你不喜欢吗？"方丝萦揽过那孩子来，深深地望着她，"你看，那是金鬈儿，那是小丑，那是小黑炭，这样，你的布娃娃就不会寂寞了，是不是？至于这些衣服，告诉你，亭亭，我喜欢女孩子打扮得漂漂亮亮的，你可愿意拿到你房里去穿穿看，是不是合身？我想，一定没有问题的。"

"啊！"那孩子又喊了一声，终于对这件事有了真实感，泪水滚下了她的面颊，她把头埋进方丝萦的怀里，去掩饰她那因为极度欢喜而流下的泪，然后，她抬起头来，冲到床边，她拿起这个娃娃，又拿起那个娃娃，看看这件衣服，又看看那件衣服，嘴里不住地、一迭连声地嚷着："喔，老师！喔，老师！喔，老师！喔，老师……"接着，她又拿着那金发娃娃，冲到她父亲身边，兴奋地喊着："爸爸，你摸摸看！爸爸，方老师给我好多东西，好多，好多，好多！哦！爸爸！你摸！"

柏霈文轻轻地摸了摸那娃娃，他没说什么，脸色是深思而莫测高深的。

"噢，老师，我可以把这些东西拿到我房里去吗？"亭亭仰起她那发光的小脸庞，看着方丝萦。

"当然啦，"方丝萦说，她知道这孩子急于要关起房门来独享她这突来的快乐，"你也该把这些新娃娃拿去介绍给你那个旧娃娃了，它已经闷了那么久，再有，别忘了试试衣服啊！"

孩子捧着东西，冲进自己的屋子里去了。

方丝萦站在床边，慢慢地收拾着床上的包装纸和盒子绳子等东西。和柏霈文单独在一间房间里，使她有份紧张与压迫的感觉。尤其，柏霈文脸上总是带着那样一个深思的、莫测高深的表情，使她摸不透他心里在想些什么。

"你在用这种方式来责备一个疏忽的父亲吗？"他终于开了口。

"我没有责备谁的意思……"

"那么，你是在'惩罚'了？"他紧盯着问。

方丝萦站住了，她直视着柏霈文那张倔强的脸。

"倒是你的语气里，对我充满了责备和不满呢！"她说，微微有点气愤，"惩罚？我有什么资格惩罚人？两千元一月买来的家庭教师而已！"

"这样说太残忍！"

"这是你'太太'的话！"她加重了"太太"两个字，把床上的纸扫进了字纸篓中，"残忍？这原是个残忍的世界！最残忍的，是你们在戕害一个孩子的心灵。你们在折磨她、虐待她，如果不是为了这个孩子，我不会在你家多待一小时！"

"是吗？"柏霈文的声音好低沉，一层痛楚之色又染上了他的眉梢，"你以为我不疼爱那个孩子？"

"你疼爱吗？"方丝萦追问，"那么，你不知道她衣橱里空空如也，你不知道她唯一的玩具是从山坡上捡来的破娃娃，你不知道她生活在幻想中，一天到晚给自己编造关心与怜爱，你甚至不知道她又瘦又小又苍白！"

柏霈文打了个冷战。

"从没有人告诉我这些。"他说，声音是战栗的，"她像她的生母，忍辱负重，委曲求全……她完全像她的生母！"

方丝萦心底一阵收缩，又是那个"生母"！她怕听这两个字。

"你有个好孩子，"她故意忽略掉"生母"的话题，恳切地说，"好好地爱她吧！柏先生，她虽然没有母亲，她到底还有父亲呀！"

"她漂亮吗？"柏霈文问。

"是的，她长得像你。"

"像我？"柏霈文愣了一下，"我希望她像她的生母！她生母是个美人儿。"又是生母！方丝萦转开头去。忽然间，柏霈文从衣服口袋里掏出了一样东西，递给方丝萦说："打开它！"

方丝萦怔住了，她下意识地伸手接了过来，那是一个小小的金鸡心，由两枝玫瑰花合抱而成的心形，制作得十分考究。她慢慢地打开这鸡心，里面竟嵌着一张小小的照片，她瞪视着这早已变色的照片，呆立在那儿，她一动也不能动了。

这是一张合照，一男一女的合照，照片里的那男人，当然毫无问题的是柏霈文，年轻、漂亮，双目炯炯有神，充满了精神与活力、爱情与幸福。那女人呢？长发垂肩，明眸皓齿，一脸出奇的温柔，满眼睛梦似的陶醉，那薄薄的小嘴唇边，带着个好甜蜜好甜蜜的微笑。方丝萦注视着，眼眶不自禁地潮湿了。

"这是我唯一还保存着的一张照片，含烟不喜欢照相，这是仅有的一张了。"

"含烟？"她喃喃地念着这两个字。

"哦，我没告诉过你？那是她的名字，章含烟，我跟她结婚后，就把我们的房子取名叫含烟山庄。含烟！她的人像她的名字，飘逸、潇洒、雅致！"

"你还怀念她？"方丝萦有些痛苦地说。

"是的，我会怀念她一辈子！"

方丝萦震动了一下。合起了那个鸡心，她把它交还给柏霈文。忍不住地，她仔细地打量着这张脸，柏霈文似乎在幻想着什么，他的脸是生动而富于感情的。

　　"你相信鬼魂吗，方小姐？"他说。

　　"不，"方丝萦呆了呆，"我想我不信，起码，我不太信，我没看见过。"

　　"但是，她在。"

　　"谁在？"方丝萦吃了一惊。

　　"含烟！"

　　"在哪儿？"

　　"在我身边，在我四周，在含烟山庄的废墟里！我感觉得到，她存在着！"

　　"哦，柏先生，"方丝萦张大了眼睛，"你吓住了我！"

　　"是吗？"他的声调有些特别，他的思绪不知道飘浮在什么地方，"几天前的一个晚上，我曾到含烟山庄的废墟里去，我听到她走路的声音，我听到她的叹息，我甚至听到她衣服的细碎声响。"

　　"哦，柏先生！"

　　"我告诉你吧，她存在着！"柏霈文的语气坚定，面容热烈。方丝萦被他的神情眩惑了，迷糊了，感动了，她觉得说不出话来。

　　"她存在着！"他继续说，陷在他自己的沉思和幻觉中，"你相信吗，方小姐？"

　　"或者……"方丝萦吞吞吐吐地说，"你是思之心切，而……产生了错觉。"

"错觉！"柏霈文喊着，"我没有错觉！我的感觉是锐利的，一个瞎子，会有超过凡人的感应能力，我知道，她在我身边！"

方丝萦愕然地看着那张热烈的脸，那张被强烈的痛楚与期盼燃烧着的脸。一个男人，在等待着一个鬼魂，这可能吗？她战栗了，深深地战栗了。然后，她走过去，站在柏霈文的面前，用手轻轻地按在柏霈文的肩上，诚心地说："上帝保佑你，柏先生。祝福你，柏先生。愿你有一天能找到你的幸福，柏先生。"

她含着泪，匆匆地走开，到亭亭房里去看她试穿那些衣服。

8

应该是阴历十五六吧，月亮圆而大，月色似水，整个残破的花园、废墟、铁门和断墙都染上了一层银白，披上了一层虚幻的色彩，罩上了一层雾似的轻纱。那断壁、那残垣，在月光下像画，像梦，像个不真实的境界。但是，那一切也是清晰的，片瓦片砖，一草一木，都毫无保留地暴露在月光下。

方丝萦轻悄地走进了这满是荒烟蔓草的花园，她知道自己不该再来了，可是，像有股无形的力量在吸引她，推动她，左右她，使她无法控制自己，她来了，她又来了，踏着月光，踏着夜露，踏着那神秘的、夜晚的空气，她又走进了这充满魔力的地方。

那幢房子的空壳耸立在月光之下，一段段东倒西歪的墙垣在野草丛生的地上投下了幢幢黑影，那些穿窗越户的藤蔓伸长着枝丫和卷须，像一只只渴求着雨露的手。那两株玫瑰仍然在野草中绽放，鲜艳的色彩映着月光，像两滴鲜红的血液。方丝萦穿着一双软底的鞋子，无声无息地走过去，摘下了一朵玫瑰，她把它插在自己风衣的纽孔中。她穿着件米色的长风衣，披着一头美好的长发，她没有戴眼镜，在这样的夜色里，她无须眼镜。

她从花园里那条水泥路上走过去，一直走到那栋废墟的前面，那儿有几级石阶，石阶上已遍布着绿色的青苔。两扇厚重的、桧木的、古拙的大门，现在歪倒地半开着。她走了进去，一层阴暗的、潮湿的、冷冷的空气向她迎了过来，她深吸了口气，迈过了地上那些残砖败瓦和横梁，月光从没有屋顶的天空上直射下来，她看到地上自己的影子，盖在那些砖瓦之上，长发轻拂，衣袂翩然。

她走过了好几堵断墙，越过了好些家具的残骸，然后，她来到一间曾是房间的房间里，现在，墙已塌了，门窗都已烧毁，地板早已尸骨无存，野草恣意蔓生在那些家具残骸的隙缝里。她抬起头，可以看到二楼的部分楼板，越过这楼板的残破处，就可直看到天空中的一轮皓月。低下头来，她看到靠窗处有个已烧掉一半的书桌，书桌那雕花的边缘还可看出是件讲究的家具。她走过，下意识地伸手去拉拉那合着的抽屉。想在这抽屉里找到一些什么吗？她自己也不知道，抽屉已因为时光长久，无法开启了，但这整个书桌却由于她的一拉，而倾倒了下来，发出好大一声响声，她跳开，被这响声吓了一大跳。等四周重新安静了，她才惊魂甫定。于是，她忽然发现，在那书桌背后的砖瓦上，有一本小小的册子，她走过去，拾了起来，册子已被火烧掉了一个角，剩下的部分也潮湿而霉腐了。但那黑皮的封面还可看出是本记事册，翻开来，月光下，她看不清那些已因潮湿而漾开了的钢笔字，何况那些字迹十分细小。她把那小册子放进了风衣的口袋里，转过身子，她想离去，可是，忽然间，她站住了。

她听到一阵清晰的脚步声，向着她的方向走了过来，她的心脏加速了跳动，她想跑，想离开这儿，但她又像被钉死似的不能移动。她站着，背靠着一堵墙，隐藏在墙角的阴影里。她听到一个绊跌的声音，又听到一阵喃喃的自语，然后，她看到了他，他瘦长的影子挺立在月光之中，手杖上的包金迎着月光闪耀。她松出一口气，这不是什么怪物，不是什么鬼魅，这是他——柏霈文，他又来了，来找寻他妻子的鬼魂。她不禁长长地叹息了。

她的叹息惊动了他，他迅速地向前移动了两步，徒劳地向她伸出了手来，急迫地喊："含烟！你在哪儿？"

不，不，我不扮演这个！方丝萦想着，向另一堵已倒塌的断墙处移动，我要离去，我马上要离去，我不能扮演一个鬼魂。

"含烟，回答我！"他命令式地低喊，继续向前走来，一面用他那只没有握手杖的手，摸索着周遭的空气。他的声音急切而热烈，"我听到了你，含烟，我知道你在这儿，你再也逃不掉了，回答我，含烟，求你！"

方丝萦继续沉默着，屏住气息，她不敢发出丝毫的声响，只是定定地看着面前这个盲人。月光下，柏霈文的面容十分清晰，那是张被狂热的期盼烧灼着的脸，被强烈的痛苦折磨着的脸。由于没有回答，他继续向前移动，他的方向是准确的，方丝萦发现自己被逼在一个角落里，很难不出声息地离开了。

"含烟，说话！请求你！我知道这绝不是我的幻觉，你在这儿！含烟，我每根神经都知道，你在这儿！含烟，别太残忍！你曾经是那样温柔和善良的，含烟，我这样日日夜夜地找寻你，等待你，你忍心吗？"

他逼得更近了，方丝萦试着移动，她踩到了一块瓦，发出一声破裂声，柏霈文迅速地伸手一抓，方丝萦立即闪开，他抓了一个空。他站定了，喘息着，呼吸急促而不稳定，他的面孔被痛苦扭曲了。

"你躲避我，含烟？"他的声音好凄楚、好苍凉，"我知道，你恨我，你一定恨透了我，我能怎样说呢？含烟，我怎样才能得到你的原谅？这十年来，我也受够了，你知道吗？我的心和这栋烧毁的房子一样，成为一片废墟了，你知道吗？我拒绝接受眼睛的开刀治疗，只是为了惩罚我自己，我应该瞎眼！谁叫我十年前就瞎了眼？你懂吗，含烟？"他的声调更加哀楚，"想想看，含烟，我曾经是多么坚强，多么自负的！现在呢？我什么志气都没有了，我只有一个渴望，一个祈求，哦，含烟！"

他已停到她的面前了，近得连他呼吸的热气，都可以吹到她的脸上。她不能移动，她无法移动，她仿佛被催眠了，被柏霈文那哀求的、痛楚的声音催眠了，被他那张受着折磨的面容催眠了。她怔怔地、定定地看着他，听着他那继续不停的倾诉：

"含烟，如果你要惩罚我，这十年，也够了，是不是？你善良，你好心，你热情，你从不肯让我受委屈，现在，你也饶了我吧！我在向你哀求，你知道吗？我在把一个男人的最骄傲、最自负的心，抖落在你脚下，你知道吗？含烟，不管你是鬼是魂，我再也不让你从我手中溜走了。再也不让！"

　　他猛地伸出手来，一把抓住了她。方丝萦发出一声轻喊，她想跑，但他的手强而有力，他抛掉了手杖，把她拉进了怀里，立刻用两只手紧紧地箍住了她。她挣扎，但他那男性的手臂那样强猛，她挣扎不出去，于是，她不动了，被动地站着，望着那张鸷猛的、狂喜的、男性的脸孔。

　　"哦，含烟！"他惊喊着，用手触摸她的脸颊和头发，"你是热的，你不像一般鬼魂那样冷冰冰。你还是那样的长头发，你还是浑身带着玫瑰花香，啊！含烟！"他呼唤着，是一声从肺腑中绞出来的呼唤，那样热烈而痛楚的呼唤，方丝萦的视线模糊了，两滴大粒的泪珠沿着面颊滚落。他立刻触摸到了。他喃喃地，像梦呓似的说："你哭了，含烟，是的，你哭吧，含烟，你该哭的，都是我不好，让你受尽了苦，受尽了委屈。哭吧，含烟，你好好地哭一场，好好地哭一场吧！"

　　方丝萦真的啜泣了起来，这一切的一切都使她受不了，都触动她那女性的、最纤弱的神经，她真的哭了，哭得伤心，哭得沉痛。

　　"哦，哭吧！含烟，我的小人儿，哭吧！"他继续说，"只是，求你，别再像一股烟一样从我手臂中幻灭吧，那样我会死去。啊！含烟啊！"他的嘴唇凑上了她的面颊，开始吸吮着她的泪，他的声音震颤地、压抑地、模糊地继续响着，"你不会幻灭吧，含烟？你不会吧？你不会那样残忍的。老天！我有怎样的狂喜，怎样的狂喜啊！"

　　于是，猛然间，他的嘴唇滑落到她的唇上了，紧紧地压着她，紧紧地抱着她，他的唇狂热而鸷猛，带着全心灵的需求。她无法喘息，无法思想，无法抗拒……她浑身虚软如绵，思想的意识都在远离她，脚像踩在云堆里，那样无法着力，那样轻轻飘飘。她的手不由自主地圈住了他的脖子，她闭上了眼睛，泪在面颊上奔流，她低低呻吟，融化在那种虚幻的、梦似的感觉里。

忽然间，她惊觉了过来，一阵寒战穿过了她的背脊，她这是在做什么？竟任凭他把她当作含烟的鬼魂？她一震，猛地挺直了身子，迅速地用力推开了他，她喘息着退向一边，接着，她摸到了一个断墙的缺口，她看着他，他正扑了过来，她立即翻出缺口，发出一声轻喊，就像逃避瘟疫一样没命地向花园外狂奔而去。她听到柏霈文在她身后发狂似的呼喊："含烟！含烟！含烟！"

她跑着，没命地跑着，跑了好远，她还听到柏霈文那撕裂似的狂叫声："含烟！你回来！含烟！你回来！含烟！你回来！"

她跑到了柏宅门口，掏出她自备的那份偏门的钥匙，她打开了偏门，手是颤抖的，心脏是狂跳着的，头脑是昏乱的。进了门，她急急地向房子里走，她走得那样急，差点撞在一个人身上，她站住，抬起头来，是老尤。他正弯下身去，拾起从她身上掉到地下的一朵红玫瑰。

"方小姐，你的玫瑰！"老尤说着，把那朵玫瑰递给了方丝萦，方丝萦看了他一眼，他的眼光是锐利的、研究的。

她匆匆接过了玫瑰，掩饰什么似的说："你还不睡？"

"我在等柏先生，他还没回来。"

"哦。"她应了一声，就拿着玫瑰，急急地走进屋里去了，但她仍然感到老尤那锐利的眼光，在她身后长久地凝视着。

上了楼，一回到自己的屋子里，她就觉得浑身像脱力一般瘫软了下来。她关上房门，把自己的身子沉重地掷在床上，躺在那儿，她有好久一动都不动。然后，她坐起来，慢慢地脱掉了风衣和鞋子，衣服和鞋子上还都沾着含烟山庄的碎草，那朵玫瑰已经揉碎了。换上了睡衣，她躺下来，心里仍然乱糟糟的不能平静，柏霈文在她唇上留下的那一吻依旧鲜明，而且，她发现自己对这一吻并不厌恶，相反，她始终有份沉醉的、痛苦的、软绵绵的感觉。她不喜欢这种感觉，她心灵的每根纤维都觉得刺痛——一种压迫的、矛盾的、苦恼的刺痛。

她听不到柏霈文回房间的声音，他还在那废墟中徒劳地找寻吗？那阴森的、凄凉的、幽冷的废墟！她几乎看到了柏霈文的形状，那样憔悴地、哀苦无告地向虚空中伸着他那祈求的手，摸索又摸索，呼唤又呼唤，找寻又找寻……但是，他的含烟在何处呢？在何处呢？

她把脸埋进了手心里，痛苦的、恼人的关怀啊！他为什么还不回来呢？那儿苍苔露冷，那儿夜风侵人，为什么还不回来呢？

她忽然想起那本黑色的小册子，爬起身来，她从风衣口袋里摸出了那本又霉湿又残破的小册子，翻过来，那些细小而娟秀的字迹几乎已不可辨认，在灯光下，她仔细地看着，那是本简简单单的记事册，记着一些零零星星的事情，间或也有些杂感，她看了下去：

六月五日

今日开始采茶了，霈文终日忙碌，那些采茶的姑娘在窗外唱着歌，音韵极美。

六月八日

"她"又来找麻烦了，我心苦极。我不知该怎么办好，此事绝不能让霈文知道。我想我……（下面烧毁）

六月十一日

我决心写一点什么，我常有不祥的预感，我该把许多事情写下来。

六月十二日

霈文终日在工厂，"她"使我的精神面临崩溃的边缘，高目睹一切，他说要告诉霈文，经我苦求才罢。

六月十五日

霈文整日都在家，我帮他整理工厂的账目，我不愿他离开我，我爱他！我爱他！我爱他！

六月十七日

我必须要写下来，我必须。（下面烧毁）

六月十八日

高坚持说我不能这样下去，他十分激动，他说霈文是傻瓜，是瞎子。

六月二十二日

我要疯了，我想我一定会疯。"她"今日盘问我祖宗八代，我背不出，啊！

六月二十四日

我希望霜文不要这样忙，我希望！为了霜文，什么都可以牺牲，什么都可以！

六月二十五日

怎样的日子！霜文，你不该责备我啊，多少的苦都吃过了，你还要责备我吗？霜文，你好忍心，好忍心，好忍心哪，我哭泣终日，"她"说我……（下面烧毁）

六月二十六日

高陪伴我一整日，他怕我寻死。

六月二十九日

我决心写一点东西了，写一本小小的书，我要把我和霜文的一切都写下来。

六月三十日

着手写书，一切顺利。

七月五日

我想我太累了，今日有些发烧。

七月八日

风暴又要来临了，我感觉得出。霈文又不在家，我终日伏案写稿，黄昏的时候，突然⋯⋯（下面烧毁）

七月九日

果然！"她"又寻事了，天哪！今日豪雨，霈文去工厂，我不能忍受，我跑出去，淋湿了，高把我追了回来。

七月二十日

病后什么都慵慵懒懒的，霈文对我颇不谅解，我心已碎。

七月二十二日

浑身乏力，目眩神迷，虽想伏案写书，奈力不从心。高劝我休息，他说我憔悴如死。

七月二十五日

续写书，倦极。

七月二十六日

小生命将在八月中旬降生，连日腰酸背痛，医生说我体质太弱，可能难产。

七月二十七日

天气热极，烈日如焚，"她"要我为她念书，《刁刘氏演义》，我不知她是什么意思。（下面烧毁）

七月二十八日

晕倒数次，高找了医生来，我恳求他不要告诉霈文，霈文实在太忙了，一切事都不能怪他。

七月三十日

发热，口渴，我命将尽。我必须把书先写完，天哪，我现在还不想死。

七月三十一日

霈文和高大吵，难道霈文也相信那些话，我勉力起床写书，终不支倒下。

八月一日

我有怎样的晕眩，我有怎样的幻觉！霈文，别离开我！霈文，我的爱，我的心，我的世界！

……

她猛地合起了那本小册子，不愿再读下去了。这些片片段段、残破不全的记载使她的内心绞痛，泪眼模糊。把小册子锁进了床头柜的抽屉，她躺回床上，侧耳倾听，柏霈文仍然没有回来。只有山坡上的松涛和竹籁，发出低柔如诉的轻响。

9

一清早，亭亭就告诉方丝萦说，柏霈文病了。方丝萦心头顿时掠过了一阵强烈的惊疑和不安。病了？她不知道他昨夜是几点钟回来的，她后来是太疲倦了而睡着了。可是，回忆昨夜的一切，她仍然满怀充塞着酸楚的激情，她记得自己怎样残忍地将他遗弃在那废墟之中。病了？是身体上的病呢，还是心里头的病呢？她不知道。而她呢，以她的身份，她是多难表示适度的关怀啊！

"什么病呢？"她问亭亭。

"不知道。老尤已经开车去台北接刘医生了，刘医生这几年来一直是爸爸的医生，也是我的。"

"你看到他了吗？"她情不自已地问，抑制不住自己那份忐忑、那份忧愁和那份痛苦的关怀。

"谁？刘医生吗？"

"不，你爸爸。"

"是的，我刚刚看到他，他叫我出去，我想他在发烧，他一直在翻来覆去。"

"哦。"方丝萦呆愣愣地看着窗外的天空，几朵白云在那儿浮游着。人哪，你是多么脆弱的动物！谁禁得起身心双方面的煎熬？为什么呢？为什么你要到那废墟中去寻觅一个鬼魂？你找着了什么？不过是徒劳地折磨自己而已。她把手压在唇上，他梦寐里的章含烟！如今，他仍相信昨夜吻的是含烟的鬼魂吗？她猜他是深信不疑的。噢，怎样一份纠缠不清的感情！

"方老师，你怎么了？"

亭亭打断了她的沉思，是的，她必须摆脱这份困扰着她的感情，她必须！这样是可怕的，是痛苦的，是恼人的！方丝萦啊方丝萦，你是个坚定的女性，你早已心如止水，你早已磨炼成了金刚不坏之身，坚强挺立得像一座山，现在你怎样了？动摇了吗？啊，不！她打了个冷战，迅速地挺直了背脊。

"噢，快些，亭亭，我们到学校要迟到了。"

"我能不能不去学校？"亭亭问，担忧地看着她父亲的房门。

"中午我们打电话回来问亚珠，好吗？"方丝萦说，"我想，你爸爸不过是受了点凉，没什么关系的。"

她们去了学校。可是，方丝萦整日是那样的心神恍惚，她改错了练习本，讲错了书，而且，动不动就陷入深深的沉思里。她没有等到中午，已经打了电话回柏宅，对亚珠，她是这样说的："亭亭想知道她爸爸的病怎样了。"

"刘大夫说是受了凉，又受了惊吓，烧得很高，刘大夫开了药，已经买来了，他脾气很坏，不许人进屋子呢！"

"哦，"她的心一阵紧缩，"不要住医院吗？"

"刘大夫说用不着，先生也不肯进医院的。"

"哦，好了，没事了。"

挂断了电话，她的情绪更加紊乱了。昨夜！昨夜自己是万万不该到那废墟里去的！更不该沉默着，让对方认为自己是个鬼魂。那缠绵的、饥渴的一吻，那些掏自肺腑的心灵的剖白！还有那声嘶力竭的呼号："含烟！你回来！含烟！你回来！含烟！你回来！"

啊！自己到底在做些什么事呢？事情越弄越复杂了。她早就警告过自己，不该走入这个家庭的啊！现在，自己还来得及摆脱吗？还能摆脱吗？还愿意摆脱吗？如果再不摆脱，以后会怎样呢？啊！这些烦恼的思绪，像含烟山庄那废墟里的乱藤，已经纠缠不清了。

下午放学之后，方丝萦带着亭亭回到柏宅，出乎意料的，爱琳竟在客厅中。燃着一支香烟，她依窗而立，呆呆地看着窗外的远山。这是方丝萦第一次发现，她原来是抽烟的。她没有化浓妆，脸容看起来有些憔悴，眼窝处的淡青色表示出失眠的痕迹，短发也略显凌乱，穿了件家常的、蓝缎子的睡袍。

看到爱琳，亭亭就有些瑟缩，她不太自然地喊了一声："妈！"

爱琳回过头来，淡漠地扫了她们一眼，这眼光虽然毫无温情，可喜的是尚无敌意。她显然心事重重，竟一反常态地对她们点了点头，说："亭亭，去看看你爸爸，问问他晚上想吃点什么。"

方丝萦有一阵愕然，她忽然觉得需要对爱琳另行估价。她的憔悴是否为了柏霈文的病呢？她真像她所认为的那样残酷无情，还是——任何不幸的婚姻，都有好几面的原因，把所有责任归之于爱琳，公平吗？

上了楼，亭亭先去敲了敲柏霈文的房门，由于没有回答，她就轻轻地推开了门。方丝萦站在门口，看着那间暗沉沉的屋子，红色的绒幔拉得密不透风，窗子合着。柏霈文躺在一张大床上。闭着眼睛，像是睡着了。方丝萦正想拉着亭亭退出去，柏霈文忽然问："是谁？"

"我。"方丝萦冲口而出，"我和亭亭。想看看你好些没有。"

床上一阵沉默，接着，柏霈文用命令的语气说："进来！"

她带着亭亭走了进来，亭亭冲到床边，握住了她父亲露在棉被外的手。立即，她惊呼着："爸爸，你好烫！"

柏霈文叹息了一声，他看来是软弱、孤独而无助的。方丝萦看到床头柜上放着药包和水壶，拿起纸包来，上面写着四小时一粒的字样，她打开来，药是二日份，还剩了十一粒，她惊问："你没按时吃药吗？"

"吃药？"柏霈文皱起了眉毛，一脸的不耐，"我想我忘了。"

方丝萦想说什么，但她忍了下去。倒了一杯水，她走到床边，勉强地笑着说："我想，我要暂充一下护士了。柏先生，请吃药。"

亭亭扶起了她的父亲，方丝萦把药递给他，又把水凑近他的唇边，立刻，他接过了杯子，如获甘霖般，他仰头将一杯水喝得涓滴不剩。然后，他倒回枕上，喘息着，大粒的汗珠从额上滚了下来，面颊因发热而呈现出不正常的红晕，他似乎有点神思恍惚。喃喃地，他呓语般地说："我好渴，哦，是的，我饥渴了十年了。"

方丝萦又觉得内心绞痛。她注视着柏霈文，后者的面容有些狂乱，那对失明的眸子定定地、呆怔地瞪视着，带着份无助的恓惶和绝望的恐怖。她吃惊了，心脏收缩得使她每根神经都疼痛起来，他病得比她预料的严重得多。她有些愤怒，对这家庭中其他人的愤怒，难道竟没有一个人在床边照料他吗？他看不见，又病得如此沉重，竟连个招呼茶水的人都没有！想必，他也一天没有吃东西了。

"亭亭，"她迅速地吩咐着，"你下楼去告诉亚珠，要她熬一点稀饭，准备一些肉松。人不管病成怎样，总要吃东西的，不吃东西如何恢复元气？"

亭亭立刻跑下楼去了。方丝萦站在室内，环室四顾，她觉得房内的空气很坏，走到窗边，她打开了窗子，让窗帘仍然垂着，以免风吹到病人。室内光线极坏，她开亮了灯，想起这屋里的灯对柏霈文不过虚设，她就又涌起一股怆恻之情。回到床前面，她下意识地整理着柏霈文的被褥，突然间，她的手被一只灼热的手捉住了。

"哦，柏先生！"她低声惊呼，"你要做什么？"

"别走！"他喘息地说。

"我没走啊！"她勉强地说，试着想抽出自己的手来。

"不，不，别走，"他喃喃地说着，抓得更紧了，"含烟，你是含烟吗？"

啊，不，不，又来了！不能再来这一套，绝对不能了。她用力地抽回了自己的手，她听到自己的声音，冷冰冰地、生硬地响着："你错了，柏先生，我是方丝萦，你女儿的家庭教师，我不知道含烟是谁，从来不知道。"

"方——丝——萦——?"他拉长了声音念着这三个字,似乎在记忆的底层里费力地搜索着什么,他的神志仍然是紊乱不清的,"方丝萦是什么?"他说,困惑地、迷惘地,"我不记得了,有点熟悉,方丝萦?啊,啊,别管那个方丝萦吧,含烟,你来了,是吗?"他伸出手来,渴切地在虚空中摸索着。

方丝萦从床边跳开,她的心痛楚着,强烈地痛楚着,她的视线模糊了。柏霈文陡地从床上坐起来了,他那划动着空气的手碰翻了床头柜上的玻璃杯,洒了一地毯的水。方丝萦慌忙奔上前去扶起那杯子。柏霈文喘息得很厉害,在和自己的幻象挣扎着。由于摸索不到他希望抓到的那只手,他猛地发出一声裂人心肺的狂叫:"含烟!"

这一声喊得那么响,使方丝萦吓了一大跳。接着,她一抬头,正好看到爱琳站在房门口,脸色像一块结了冻的寒冰。她的眼睛阴阴沉沉地停在柏霈文的脸上,那眼光那样阴冷,那样锐利,有如两把锋利的刀,如果柏霈文有视觉又有知觉,一定会被它刺伤或刺痛。但,现在,柏霈文是一无所知的,他只是在烧灼似的高热下昏迷着,在他自己蒙昧的意识中挣扎着,他的头在枕上辗转不停地摇动,汗水濡湿了枕套,他嘴里喃喃不停,全是沉埋在内心深处的呼唤:"含烟,含烟,我求你,请你求你含烟,含烟,看在上帝分上!救我……含烟!啊,我对你做了些什么,含烟?啊!我做了些什么?……"

爱琳走进来了,她的背脊是挺直的,那优美的颈项是僵硬的,她那样缓慢地走进来,像个移动着的大理石像。停在柏霈文的床边,她低头看他,那冰冷的眼光现在燃烧起来了,被某种仇恨和愤怒燃烧起来，她唇边涌上了一个近乎残酷的冷笑。抬起头来，她直视着方丝萦，用一种不疾不徐、不高不低的声音，清晰地说："就是这样，含烟！含烟！含烟！日里，夜里，清醒着，昏迷着，他叫的都是这个名字。如果你的敌人是一个人，你还可以和她作战，如果是个鬼魂，你能怎么样？"

方丝萦呆呆地站着，在这一刹那间，她了解爱琳比她住在这儿两个月来所了解的还要深刻得多。看着爱琳，她从没有像这一瞬间那样同情她。爱情，原是一株脆弱而娇嫩的花朵，它禁不起长年累月的干旱啊！她用舌尖润了润嘴唇，轻声地、不太由衷地说："柏太太，他在发热呢！"

"发热？"爱琳的眉毛挑高了一些，"为了那个鬼魂，他已经发热了十年了！"

像是要证实爱琳这句话，柏霈文在枕上猛烈地摇着头，一面用手在面前挥着，拂着，仿佛要从某种羁绊里挣扎出来，嘴里不停地嚷着："走开，走开，不要扰我，她来了，含烟，她来了！啊，不要扰我，不要遮住我，我看到她了，含烟！含烟！含烟！啊，这讨厌的雾，这雾太浓了，它遮着我，它遮着我，它遮着我……"他喘息得像只垂危的野兽，他的手在虚空中不住地抓着，捞着，挥着，"啊，不要遮着我，走开！走开！不要遮着我！哦，含烟！含烟！请你，求你，含烟！别走……"

爱琳愤怒地一甩头，眼睛里像要冒出火来，她的手紧握着拳，头高高地昂着，声音从齿缝里低低地迸了出来："你去死吧！柏霈文！你既爱她，早就该跟随她于地下！你去死吧！死了就找着她的魂了！你去死吧！"

说完，她迅速地掉转身子，大踏步地走出室外，一面抬高了声音，大声喊着说："老尤！老尤！准备车子！送我去火车站，我要到台中去！亚珠，上楼帮我收拾东西！"

方丝萦下意识地追到了房门口，她想唤住爱琳，她想请她留下，她觉得有许多话想对爱琳说……可是，她什么都没做，什么都没说。折回到柏霈文的身边，看着那张烧灼得像火似的面庞，听着那不住口的呓语和呼唤，她感到的只是好软弱，好恐惧，好无能为力。

亭亭回到楼上来了，她父亲的模样惊吓了她，用一只小手神经质地抓着方丝萦，她颤颤抖抖地说："老——老师，爸爸——会——会死吗？"

"别胡说！"方丝萦急忙回答，"他在发烧，有些神志不清，烧退了就好了。"

从浴室弄了一盆冷水来，方丝萦绞了一条冷毛巾，盖在柏霈文的额上，一等毛巾热了，就换上另一条冷的。柏亭亭在一边帮忙绞毛巾。冷毛巾似乎使柏霈文舒服了一些，他的呓语减轻了，手也不再挥动了，一小时后，他居然进入了半睡眠的状态中。只是睡得十分不安稳，他时时会惊跳起来，又时时大喊着醒过来，每次，总是迷惘片刻，就又昏昏沉沉地再睡下去。

爱琳收拾了一个小旅行袋走了，方丝萦知道，她这一去，起码三天不会回来。她不知道下人们对于爱琳丢下病重的柏霈文，这时到台中去做何想法。好心的亚珠只悄悄地摇了摇头。老尤呢？他那深沉的脸上没有任何表情，他看起来是沉默寡言的，也是深不可测的。

晚饭之后，方丝萦和亭亭回到楼上来，方丝萦曾试着想给柏霈文吃点稀饭，但柏霈文始终没有清醒过来，热度也一直持续不退，她只有让亚珠把稀饭再收回去。到了九点多钟，她强迫亭亭先去睡觉，那孩子已经累得摇头晃脑的了。

孩子睡了，爱琳走了，下人们也都归寝，整栋房子显得好寂静。方丝萦仍然守在柏霈文身边，为他换着头上的冷毛巾。她用一个保温瓶，盛了一瓶子冰块，把冰块包在毛巾里，压在他发烫的额上。由于冰块融化得快，她又必须另外用一条干毛巾，时时刻刻去擦拭那流下来的水，以免弄湿棉被和枕头。高烧下的他极不安稳，他一直说着胡话，呻吟，挣扎，也有时，他会忽然清醒过来，用疲倦的、乏力的、沙哑的声音问："谁在这儿？"

"是我，方丝萦。"她答着，乘此机会，给他吃了药，在他昏迷时，她不知怎样能使他吃药。

他叹息，把头扭向一边，低低地说："让你受累了，是吗？"

她没有回答。他的清醒只是那样一刹那，转眼间，他又陷入呓语和噩梦里，一次，他竟大声惊喊了起来："不要走！不要走！水涨了，山崩了，桥断了！不要走！含烟哪！"

他喊得那样凄厉和惨烈，他的手在空中那样紧张地抓握，使她情不自已地用自己的双手，接住了他在空中的手，他一把就握住了她，紧紧地握住了她。他的声音急促地、断续地、昏乱地囔着："你不走，你不走，是不，含烟？你不走……你好心……你善良……你慈悲……那水不会淹到你，它无法把你抢走，你是我的……你是我的……你是我的……"他用那发热的手摸索着她的面颊，摸索着她的头发。方丝萦取下了她的眼镜，放在床头柜上，她又被动地、违心地去迎合了他。她让他摸索，让他抓牢了自己。听着他那压抑的、昏乱的、烧灼着的低语，"我爱你，含烟。别离开我，别离开我，你打我、骂我、发脾气，都可以，就是别离开我。外面在下雨，你不能出去，你会受凉……别出去，别走！含烟……我最爱的……我的心，我的命！你在这儿，你在这儿，你说一句话吧！含烟，不不，你别说……别说什么，你在这儿，在这儿就好……"他抓紧了她，抓得那样牢，仿佛一松手她就会逃掉，抓得她疼痛。她坐在床边的地毯上，让他紧握着自己的手，她的头伏在他的床上，让他摸索。她不想动，不想惊醒他的美梦。可是，眼泪却沿着她的眼角，无声无息地滑落在棉被上。她忍声地啜泣，让自己的心在那儿滴血。然后，她觉得他的抓握减轻了，他的呓语已变为一片难辨的呢喃。她慢慢地抬起头来，他的眼睛合着，他睡着了。

她拿开了他额上那滴着水的毛巾，用手轻按了一下他的额角，感谢天，热度退了。她抽开了他那个潮湿了的枕头，一时间，她找不到干的来换，只好到自己房里去，把自己的枕头拿来，扶住他的头，让他躺在干燥的枕头上，再用毛巾拭去了他额上的水和汗。一切弄清爽，他是那样的疲乏和脱力，她不敢马上离去，怕他还有变化。拉了一张躺椅，她在床边坐下来，自己对自己说："我只休息一会儿。"

她躺在椅子里，合上了眼睛，疲倦立刻向她四面八方地包围了过来。她发出一声低低的叹息，几乎是同时，陷入沉沉的睡乡了。

当她醒来的时候，已经满窗帘都映满了阳光，她惊跳起来，才发现自己身上盖着一床毛毯，谁给她盖的？她向床上看过去，柏霈文躺在那儿，他是清醒而整洁的，听到了她的声音，他立即说："早，方小姐。"

几点了？她看了看手表，十点过五分！自己是怎么回事？她错过早上的课了，她忍不住喊了一声："糟了！我迟到了。"

"我已经让亭亭帮你请了一天假。"柏霈文说，他虽憔悴，看来精神却已恢复了不少。

"噢，"她有些惭愧和不安，从床头柜上拿起了眼镜，她勉强地说，"很高兴看到你恢复了，你的病来得快，好得倒也快。想吃什么吗？"

"我已吃过一餐稀饭。"柏霈文说，"你昨天吩咐给我做的。"

方丝萦有点脸红，她的不安更重了，自己竟睡得这样熟呀！那么，连亚珠、亭亭都看到她睡在这里了。她转身向室外走去，一面说："你记住吃药吧！又该吃了，药就在你手边的床头柜上面。"

"你如果肯帮忙，递给我一下吧。"他说。

她迟疑了一下，终于走了过去，倒了一杯水，拿了一粒药，她递给他，他用手撑着身子坐起来，到底是高烧之后，有些头晕目眩。她又忍不住扶了他一把。吃了药，看着他躺回枕头上，她转身欲去，他却喊了声："方小姐！"

她站住，瞪视着他。

"我希望夜里没有带给你太大的麻烦，尤其——我希望我没有什么失礼的地方。"

她怔了片刻。

"哦，你没有，先生。"

"那么，在你走出这个屋子之前，"他又说，声音好温柔好温柔，温柔得滴得出水来，"请你接受我的谢意和歉意，我谢谢你所有所有的一切，如我有什么错失，请你尽你的能力来原谅。"

"哦，"她有点惊愕，有点昏乱，"我已经说过了，根本没什么。好，再见，先生。"

她匆匆地走出了这房间，走得又急又快。一直回到了自己房里，她仍然无法了解，柏需文的脸上和声音里，为什么带着那样一份特殊的激动和喜悦？

IO

洗了脸，漱了口，方丝萦站在镜子前面，仔细地打量着自己，隔夜的疲倦在脸上没有留下太多的痕迹。只是，眼底的困惑和迷惘却比往日更加深了一层。她叹口气，慢慢地用发刷刷着那头美好的长发，不自禁地想起亭亭所说的话："你把头发放下来，不要戴眼镜，穿这件浅紫色的衣服，一定好看极了。"

现在她就放下了头发，没有戴眼镜，漂亮吗？她在镜中顾盼自己。不，不，没有爱琳漂亮，爱琳是个名副其实的美人。但是……自己干吗要去跟爱琳比漂亮呢？她望着镜子，你疯了，你脑中在胡思乱想些什么？这儿的环境不适合你，你没看到吗？你消瘦而苍白，你现在根本就应该在美国，嫁给亚力，生一群活活泼泼的儿女，不该在这儿，瞪着一对迷惘的大眼睛跟自己发呆！你疯了！你是真的糊涂了，从那个五月的下午，你就失了魂了，你的魂被含烟山庄的废墟勾走了。从那个下午起，你就没有做过一件对的事情，那含烟山庄有些邪气，你是真的失了魂了。

她对自己喃喃地说着，刷子在头发上已刷了几百下了。她并不赞成柏霈文自作主张地帮她请这一天假，但也庆幸有一天的清闲。把刷子丢在梳妆台上，她又熟练地把头发盘在脑后，用几根长发针插好，再戴上眼镜，还是这样比较好，这样的打扮给她安全感。

有人轻叩着房门，她叫了声"进来"，门开了，亚珠拿着一大束黄玫瑰走了进来，笑吟吟地看着方丝萦。方丝萦愣了一下，惊奇地说："这是做什么呀，亚珠？"

"先生让我买菜的时候买来的，他要我放在方小姐房里。"亚珠笑着说，圆圆的脸上，一副心无城府的样子。走到架子边，她拿起了花瓶，装好了水，把玫瑰一朵一朵地插入瓶中。

"我来吧。"方丝萦接过了玫瑰，用剪刀修剪着长短，慢慢地插进瓶子里，她曾是个插花的好手，对插花一直有很高的兴趣。但是，今天她有些神思恍惚，有些心不在焉，还有种奇异的感觉。黄玫瑰！黄玫瑰！第一天她住进来，房里就有一瓶黄玫瑰，如今，又是黄玫瑰！柏霈文眼睛虽瞎，心智不瞎，他在玩什么花样？

亚珠没有立刻离去，站在一边，她笑嘻嘻地看着方丝萦剪花插花，对方丝萦，她一直有种单纯的崇拜心理，她认为自从方丝萦走入了柏宅，这家庭里才有了几分"家"的气息，才有了生气，有了活力，因此，她喜欢这个方小姐，远胜于她的女主人。

"方小姐昨夜累了吧？"她好心地找着话来说。

"唔，"方丝萦有些脸红，"总得有人照顾病人的，你知道。"

"是的，"亚珠完全同意，"方小姐，你来了之后真好，什么都变好了。"

"怎么说？"方丝萦不解地问。

"亭亭也长胖了，先生也有说有笑了，太太也不是那样天天吵架骂人了。"亚珠说，向门口走去，"我要到厨房去了，老尤说今天晚上有客人来吃饭。"

"有客人？"方丝萦一愣，"柏先生在生病，怎么还请客人来呢？柏太太又到台中去了。"

"我也不知道，是先生让老尤打电报去找他来的，今天一清早老尤就去打电报。"

"哦？"方丝萦满心的疑惑，今天一清早发生的事可真不少，希望老尤不要也看到她在躺椅上睡熟的样子。打电报？什么客人如此重要？该是柏霈文商业上的朋友吧？亚珠下了楼，她把花插好了，洗干净了手，看了看窗外，秋日的阳光灿烂地照射着。她走出房间，想下楼到花园里去走走，经过柏霈文的房门口时，她看了一眼，门是开着的，柏霈文似乎睡着了，窗帘已经拉开，映了一屋子美好的阳光。她悄悄地走进去，想放下那帘子，或关上窗子，高烧后的人到底禁不起风吹。

她才走到窗边，柏霈文就在床上安安静静地说："方小姐？"

她一惊，转过头来，瑟缩地说："我以为——我以为你睡着了。"

"我夜里已经睡够了。"柏霈文说，"你可愿意在床边坐一会儿？"

方丝萦有些迟疑。

"怕我？嗯？"柏霈文轻声地说，"我并不可怕，方小姐，为什么你常常想躲开我？"

"我没有。"方丝萦软弱地说。

"那么，关上房门，坐到这儿来，如果你肯帮我一个忙，我会十分感激。"

方丝萦没有移动。

"怎么，方小姐？"柏霈文顿了顿，接着说，"我知道了，你一定很厌烦，一个磨人的瞎子，是吗？"

"哦，不。"方丝萦说，走到门边，她关上了房门，折回到床边来，"好了，先生。"

"你肯为我念一点东西吗？"

"念一点东西？"方丝萦困惑着说。

"是的。我的眼睛出事之后，我就再也无法看书，我觉得，我的心灵已经干涸了。假如你肯为我念一点东西，你就是做了件好事了。"

"你希望我为你念些什么呢？"

柏霈文从枕头下面摸出一串钥匙来，递给方丝萦，在方丝萦的惊愕之下，他静静地说："用其中最小的那个钥匙，打开我床头柜下面的抽屉，里面有个木头盒子，请为我拿出来。"

方丝萦狐疑地看着他，这是做什么呢？她实在是弄糊涂了，她希望柏霈文的心智是健全的。拿着钥匙，她打开了那个抽屉，里面放着一个雕刻得十分精致的红木盒子，拿着这盒子，她不禁呆住了，因为，这盒子整个刻满了玫瑰花，一枝一枝，一朵一朵，刻得十分生动。把盒子放在床上，她说："哦？柏先生！"

"打开它！"柏霈文的呼吸有些急促。

她有些畏缩，再看了柏霈文一眼，她迟迟没有动手。柏霈文有些不耐了，他急切地说："打开呀！"

她打开了盒子，好一阵眼花缭乱。盒子中分为两格，一格中全是女性的首饰、胸饰、手镯、项链、戒指……应有尽有，全是最上等的珠宝，另一格中，却是一个红丝绒封面，系着黑缎带的册子。

柏霈文低低地说："取出那个册子，关上盒子……哦，方小姐，你听到我说话吗？为什么你不动？"

"哦，我……是的。"方丝萦取出了册子，很快地把这盒子关起来。"把盒子放回抽屉吧，这是那次火灾中唯一抢救出来的东西。你收好了吗，方小姐？"

"是——的。"

"好，你坐下吧。"

她坐了下来。

"打开册子！开始吧，你念给我听。"

她深深地看了看柏霈文，然后，她慢慢地打开了册子的第一页。她的心一阵紧缩，眼前金星乱迸，昨夜睡得太少，竟如此心浮气躁，头晕目眩。她深吸了一口气，定了定神，看着那第一页上的字迹：

　　爱妻章含烟遗稿

"怎样了，方小姐？"柏需文催促着，"你没有不舒服吧？你在叹气吗？"

"哦，我有些累，我想我昨夜没有睡好。"方丝萦勉强地说，她想逃掉眼前这件工作。

"但是，你愿意为我念几段吧？"他固执地说。

她无可奈何地叹了口气。"好吧，假若你一定要听。"

她低下头去，越过了这第一页，她从正文开始念起。这正文是用娟秀而细小的字迹，整齐地写在米色的、有玫瑰暗花的信笺上，再被细心而精致地装订了起来的。一上来，是一首极动人的小诗，她轻柔地念了起来：

　　　　记得那日花底相遇，
　　　　我问你心中有何希冀？
　　　　你向我轻轻私语：
　　　　"要你！要你！要你！"

　　　　记得那夜月色旖旎，
　　　　你问我心中有何秘密？
　　　　我向你悄悄私语：
　　　　"爱你！爱你！爱你！"

　　　　但是今夕何夕？
　　　　你我为何不交一语？

我不知你有何希冀，

你也不问我心底秘密，

只有杜鹃鸟在林中欷歔：

"不如离去！不如离去！"

方丝萦轻轻地抬起头来，看了看柏霈文。他仰躺在那儿，双手手指交叉着放在头底下，那对失明的眸子大大地瞪着，脸色是严肃的、深沉的、全神贯注的。方丝萦心底的痛楚在扩大，扩大……变成一股强大的压力，压迫着她的神经，这工作对于她是残忍而痛苦的。两滴泪沿着她的面颊滚下来，她悄悄地拭去了它。再念下去的时候，她的声音颤抖：

我还能清晰地记得那个日子，那个酷热的下午，我站在那晒茶叶的广场上，用蓝布包着头，用蓝布包着手和脚，站在那儿，看着那些茶叶在我眼前浮动。那时候，我心里想的是什么呢？没有梦，没有诗，没有幻想中的王子，我贫乏，我孤独，我就像一粒晒干了的茶叶，早已失去了青翠的色泽。可是，就在那个下午，那个被太阳晒得发烫的下午，我的一生完全转变了。……

她忽然觉得自己念不下去了，最起码，是不愿意念下去了。她停住了，抬起头来，她呆呆地看着柏霈文，柏霈文的身子动了动，他的脸转向她。

"怎么了？"他问。

她陡地站了起来，把那本册子抛在床上，她颤声地、激动地说："对不起，柏先生，我不能为你继续念下去了，我很疲倦，我想去休息一下。"

　　说完，她不管柏霈文的反应和感想如何，就径直地走向门边，打开房门，她迅速地走出去，反手关上了门，背靠在门上，她闭上眼睛，站了好一会儿，心里却像一锅煮沸了的水，在那儿翻滚不已。好半天，她睁开了眼睛，却猛地大吃了一惊，在她面前，老尤正静静地站着，注视着她。

　　"哦！"她惊呼了一声，"你做什么，老尤？你吓了我一跳！"

　　老尤对她弯了弯腰，他的态度恭敬得出奇。

　　"对不起，"他说，他手里握着一张纸，"有一封电报，我要拿进去给先生。"

　　"噢，"她慌忙让开，一面说，"你念给他听吗？"

　　"是的，"老尤说，敏锐地望着她，"或者方小姐拿进去念给他听吧。"

　　"哦，不。"方丝萦向楼下走去，"你去吧。"她说着，很快地下了楼，她不喜欢老尤看她的那份眼光，她觉得颇不自在。老尤，那是个厉害的角色，他对她有怎样的看法和评价呢？

　　午后，方丝萦决定还是去学校，她发现没有亭亭在她身边，柏宅对她就充满了某种无形的压力，使她的每根神经都像拉紧了的弦，再施一点力量就会断掉。她去了学校，才上了两节课，柏宅就打电话来找她，她拿起听筒，对方竟是柏霈文。

　　"方小姐？"他问，有些急迫。

　　"是的。"

"哦，"他松了口气，"我以为你……"

"怎样？"

"哦，算了。"他的声音中恢复了生气，是什么因素使他的语气中带着那么浓重的兴奋？"只是，下午早点回来，好吗？"

"我会和亭亭一起回来。有——有什么事吗？"

"哦，没有，没什么。"

挂上了电话，方丝萦心中好迷糊，好混乱，好忐忑。柏霈文在搞什么鬼吗？听他那语气，好像担心她是离家出走或不告而别了。但是，即使她是不告而别了，对他是件很重要的事吗？她坐在办公桌后面，瞪视着面前的练习本，她批改不下去了。那些字迹全在她眼前浮动，游移……浮动，游移……浮动，游移……最后，都变成了那首小诗：

记得那日花底相遇，

我问你心中有何希冀？

你向我轻轻私语：

"要你！要你！要你！"

……

多么缠绵旖旎的情致，可是，也会有最后那"不如离去！不如离去！"的一日，噢，人生能够相信的是些什么呢？能够赞美的又是些什么呢？假如这世界上竟没有持久不变的爱，那么，这世界上还有些什么？看柏霈文那份痴痴迷迷、思思慕慕，那不是个寡情的人啊！章含烟泉下有知，是否愿意再续恩情？她想着，想着，于是，她拿起一支笔来，在一阵心血来潮的冲动下，竟学着章含烟的口气，把那首诗添了一段：

多少的往事已难追忆，

多少的恩怨已随风而逝，

两个世界，几许痴迷？

十载离散，几许相思，

这天上人间可能再聚？

听那杜鹃在林中轻啼：

"不如归去！不如归去！"

写完，她感到一阵耳鸣心跳，脸孔就可怕地发起烧来了。她站起身，去倒了一杯水，慢慢地喝下水，心跳仍不能平静。把那首小诗夹在书本里，她缓缓地踱到窗前，极目远眺，校园外的山坡上，是一片片青葱的茶园，仿佛又快到采茶的时间了。

放学后，她牵着亭亭回到柏宅，一路上，她都十分沉默，她有一份特殊的、不安的感觉，她竟有些害怕柏宅那两扇红门了。她不知道自己为什么呼吸那样急促，也不知道自己为什么心跳那样迅速。会有什么事情发生吗？她咬着嘴唇，握着亭亭的手竟微微地出汗了。

走进了柏宅，老尤正在院子中洗车子，那辆雪佛兰上灰尘扑扑。看到了她们，老尤唇边涌上了一抹笑意，他那锐利的眼光是明亮而和煦的。

"亭亭，快上楼，你高叔叔来了。在你爸爸房里呢！"老尤说。

"高叔叔？"亭亭发出了一声欢呼，放开了方丝萦的手，她直冲进客厅里去，一面大声地喊着，"高叔叔！高叔叔！高叔叔！"

方丝萦心底一阵冰冷，高叔叔？天！这是个什么人？上帝知道！不要是……她僵住了，四肢瘫软得像一堆棉花，头脑中糊糊涂涂，她发觉自己不大能用思想，不，不是"不大能"，是"完全不能"！自己脑中那思想的齿轮已经完全停顿了。她机械化地迈进了客厅，呆呆地站在那儿，她可以听到楼上传来的笑语喧哗，在亭亭喜悦的笑声和尖叫声里，夹着一个男性的、爽朗的、热情的声浪："亭亭！你这个小东西！你越长越漂亮，越长越可爱了！来！你一定要带我去见见你那个方老师！她在楼下吗？"

方丝萦一惊，像闪电般，她的第一个意识是"走"！"马上离开这儿"！但是，来不及了，她刚转过身子，就听到一串脚步声奔下楼梯和亭亭那喜悦的尖叫："方老师！这是我高叔叔！"

是的，她逃不掉了，她必须面对这份现实了。慢慢地，她转过头来，僵硬地正视着面前那个男人，高大的身材，微褐色的皮肤，一对炯炯有神的眸子。她走上前去，慢慢地对他伸出手来。"你好，高先生，"她毫无表情地说，"很高兴认识你。"

"哦，"那男人怔住了，他直直地望着她，竟忽视了那对自己伸来的手。他们四目相瞩，好长的一段时间，谁也不开口。终于，他像猛然醒过来一般，笑容回复到他的脸上，他握住了她的手，摇了摇，高兴地说："我也高兴认识你，方小姐。"说完，他掉头对站在一边的亭亭说："亭亭，你是不是该上楼陪你爸爸说说话？他在生病，还不能起床呢！还有，我有东西带给你，在你爸爸那儿，去问他要去！"

"好呀！"亭亭欢呼着，一口气冲上楼去了。

这位高先生迫近了方丝萦，笑容在他脸上隐没了，他的眼睛一瞬也不瞬地停在方丝萦的脸上，那目光是锐利的、深刻的、批判的，他慢慢地摇了摇头。

"我简直不敢相信。"他说。

"他打电报叫你来的，是吗？"她冷冷地说，"我应该猜到他是叫你，他并不像我想象的那样糊涂。"

"他需要一对眼睛。"

"所以他叫你来！事实上，他现在不需要眼睛，他需要眼睛的是十年前。"

他惊奇地望着她，接着，他开始上上下下地打量她，似乎要一直看进她的骨头里去，然后，他深吸了口气："你变了！你真变了。"

"从另一个世界里来的鬼魂，能不变吗？"她说，仍然是冷冰冰的。

他继续打量她。"可是，这对你并不合适。"

"什么？"

"这眼镜，这发髻，这服装……你无法伪装自己，随你怎样改变装束，见过你的人仍然会认出你来。除去眼镜吧！含烟。"

含烟？含烟？含烟？这名字一旦被正确肯定地唤出来，所有的伪装都随之而逝了。含烟！这湮没了十年的名字！这埋葬了十年的名字！这死亡了十年的名字！现在，她又复活了吗？复活了吗？复活了吗？

她听到楼梯上有响声，抬起头来，她看到亭亭牵着柏霈文的手，正慢慢地走下楼来，柏霈文脸色是苍白而憔悴的，但他的神情是紧张而兴奋的，抓住楼梯的扶手，他颤声说："立德，你认出来了吗？是她吗？"

哦，不，不，高立德，你不能说！如果你说出来，一切就都完了！哦，不，不，高立德，你不能说！章含烟已经死了！十年前就死了！她抬起眼睛来，哀恳地看着高立德，再哀怨地看向柏霈文，她的嘴唇枯裂，她的喉咙干涩，她的声音凄厉："不！柏霈文！那不是她！章含烟已经在十年前，被你杀死了！"

说完，她的眼前一阵昏黑，她站立不住，地面在她脚下波动，她扑倒了下去，失去了知觉。

第二部
灰姑娘

II

　　太阳像一个巨大的火球，逼射着大地，台湾的仲夏，酷热得让人晕眩。柏霈文把车子停在工厂门口，钻出车子，一股热浪扑面而来，烈日闪烁得他睁不开眼睛。走进工厂，茶叶的清香就弥漫在空气中，又夹杂着茉莉花的香味，又甜净，又清新，这味道是柏霈文永远闻不厌的。深呼吸了一下，柏霈文觉得精神一振，好像那炙人的暑气都被这茶叶香驱散了不少。

　　经过了机器房，那烤炉的声音和搓茶机的声音轧轧地响着，好单调，好倦怠。炉边的烤茶师傅抬起头来，对柏霈文点首为礼。火在机器下燃着，整个机器房都变成了烤箱，那些师傅和女工都汗流不已。柏霈文在机器房门口站了片刻，再继续往前走。晒茶场上正在晒着茶青，有三四个女工，戴着斗笠，用布包着手脚，站在烈日之下，拿着竹耙，不住地翻动那些茶青。看到了柏霈文，她们并没有停止工作，也没有加以注视，老板跟她们的距离很远，她们是由领班管理的。

穿过了晒茶场，柏需文走进了自己的办公室，这是整个工厂中，除去了冷藏库，唯一有冷气的房间。柏需文每天都要办六七小时的公。柏需文不在的时候，这房间就是会客室。工厂中其他高级职员，像赵经理、张会计等的办公室就在隔壁一间。再过去，就是女工们的休息室、餐厅和宿舍。这一排房子，整整有五大间，和机器房、晾茶房、冷藏库等成为一个"凹"字形建筑，"凹"字形正中的空旷处，就成了晒茶场。以规模来论，柏需文这家茶叶加工厂已是台北最大的一家。别家工厂，搓茶、烤茶都还在用人工的阶段，柏需文则都用机器来取代了。因此，最近几年来，工厂扩张得非常厉害，业务的发展也极迅速，柏需文在做事及创业方面，是有他独到的见解和才干的。所以，这工厂虽然是柏需文父亲所创设，但是，真正发达起来，却是在老人逝世之后。在工厂中做了十几年的张会计，常对新任的赵经理说："别看我们小老板文质彬彬的，做起事来比他老子强多了！他接手才三年，业务扩张了十倍还不止！"

柏需文的哲学是：不断地投资。他们工厂赚的每一笔钱，再投资于工厂，买机器，修房舍，建冷藏库……他提高了产品的品质，因此，台北市的几家大茶庄，都成为他的固定主顾。接着，外国的订单也源源而来，他自己的茶园已供不应求，他就再买茶园，又改良种茶的方法，也不知他怎么处理的，别家的茶园顶多一年收五次茶，春茶三次，秋茶两次。他家的茶园，却常常收八九次茶，每次的品质还都不差。因此，"柏家茶"的名气在茶叶界中，几乎是无人不知的。

走进了房间，柏需文才坐下来，赵经理已拿着一大沓单据走来了。站在柏霈文桌子前面，他说："日本的订单来了，指定要'雀舌'，我们恐怕怎么样也生产不了这么多。馨馨茶庄和清香茶庄也预订'雀舌'，今年，我们的雀舌好像大出风头呢！"

"雀舌"是一种绿茶，会品茶的人，就都知道雀舌，这种茶必须用茶叶心来做，叶片全不要，只要茶叶心，因此，许多茶叶心才能制出一点"雀舌"，这种茶也就特别名贵了。

"日本要订多少？"柏霈文问。

"一千箱。"

"我们接下来！"柏霈文说。

"行吗？他们要三个月内交货，秋茶要十月才能收呢！如果不能按期交货，他们还要罚款。"

"你等一等，我打个电话问问。"柏霈文拨了家里的电话号码，接电话的是用人阿兰，柏霈文问："高先生在不在？"

"刚从茶园里回来。"

"请他听电话。"

对方来了。柏霈文简洁明了地说："立德，茶园的情况怎样？我一个月之内要收一批茶，行吗？我接了日本的订单。"

"什么订单？"

"雀舌。"

"哈！"对方笑着，"我只好站在茶园里呼风唤雨，然后对着那些茶树，吹口仙气，叫：'长！长！长！'看它们长得出来不？"

"别说笑话，你倒说一句，行还是不行？"

"行！"对方斩钉截铁地、爽快利落地说。

"这可是你说的，立德，到时候采不来，我可要找你！"

"放心吧，需文，什么时候误过你的事？"

"那么，晚上见！"

"等等！"

"怎么？"

"伯母叫你回家吃晚饭！"

"哦。"柏需文挂断了电话，望着赵经理，点点头说，"就这样，我们接下了。"

"这位高先生，可真有办法啊！"赵经理忍不住地说，"茶树好像都会听他的话似的。"

"他是专家呀！"柏需文说，"还有别的事吗？"

"这些合同要签字。胜大贸易行朱老板请你星期六吃晚饭，打过七八个电话来了。"

"胜大？销哪里？"

"东南亚。"

"我们原来不是包给宏记的吗？你把宏记的合同找出来给我看看再说。其实宏记也不坏，就是付款总是不干不脆，他上次付的是几个月的期票？"

"六个月。"

"实在不太像话，合同上订的是几个月？"

"好像是三个月。"

"你先把合同拿来，我看看吧。"柏需文接过了单据，一张张看着，赵经理转身欲去，柏需文又喊住了他，"等一下，赵经理。"

"柏先生？"

"我看到锅炉房里的工人好像苦得很，温度太高了，你通知张会计，给机器房装上冷气机，费用列在装置项内，马上就办，越快越好。"

"好的。"赵经理笑了笑，"不过这样一来，大家该抢机器房的工作了。"

赵经理退出了房间，柏霈文靠进椅子里，开始研究着手里的几张合同，他勾出好几点要修改的地方。正要打电话找张会计来，忽然看到一群女工紧紧张张地从窗口跑过去，同时人声嘈杂。他吃了一惊，站起身来，他打开房门，看到大家都往晒茶场跑去，他顺着大家跑的方向看过去，只见一簇人拥在晒茶场中，不知道在看什么。

他抓住了正往场中跑去的赵经理，问："怎么了？发生了什么事？"

"有个女工在晒茶场上晕倒了。"

"晕倒了？"他一惊，迅速地向晒茶场走去。烈日如火般地曝晒着，晒茶场的水泥地被晒得发烫，他从冷气间出来，更觉得那热气蒸人。这样的天气，难怪女工要晕倒，在晒茶场上的女工应该轮班的，谁能禁得起这样的大太阳曝晒？

他冲到人群旁边，叫着说："大家让开！给她一点空气！"

工人们让开了，他走过去，看到一个女工仰躺在地下，斗笠仍然戴在头上。斗笠下，整个面部都包在一层蓝布中，只露出眼睛和鼻子，手脚也用蓝布包着，这是在太阳下工作的女工们的固定打扮，以防太阳晒伤了皮肤。柏霈文蹲下身来看了看她，又仰头看了看那仍然直射着的太阳。他知道，现在最要紧的是把她移往阴凉的地方，然后解除掉那些包扎物。毫不考虑地，他伸手抱起了这个女工，那女工的身子躺在他的怀里，好轻盈，他不禁愣了一下。把那女工抱进了自己的房间，他对跟进来的赵经理说："把冷气开大一点！快！"

赵经理扭大了冷气机，他把那女工平放在沙发上，然后，立即取下了她的斗笠，解开了那缠在脸上的布。随着那布的解开，一头美好而乌黑的头发就像瀑布般披泻了下来，同时，露出了一张苍白而秀丽的脸庞。那张脸那样秀气，柏霈文不禁怔住了，那高高的额，那弯弯的眉线，那合着的眼睑下是好长好长的两排睫毛，鼻子小而微翘，紧闭的嘴唇却是薄薄的，毫无血色的，可怜兮兮的。他怔了几秒钟，就又迅速地去掉她手腕上的布，再解开她衬衫领子上的衣扣，一面问赵经理："这女工叫什么名字？"

赵经理看了看她："这好像是新来的，要问领班才知道。"

"叫领班来吧，再拿一条冷毛巾来。"

领班是个三十几岁、名叫蔡金花的女工，她在这工厂中已经做了十几年了，看着柏霈文，她恭敬地说："她的名字叫章含烟，才来了三天，我看她的样子就是身体不太好，她自己一定说可以做……"

"章含烟？"柏霈文打断了蔡金花的话，这名字何其地雅，"怎么写的？"

"立早章，含就是一个今天的今字，底下一个口字，烟就是香烟的烟。"蔡金花笨拙地解释。

"她住在我们工厂的宿舍里吗？"

"不，宿舍没有空位了，她希望住宿舍，可是现在还没办法。"

"为什么不派她在晾茶室工作？"

"哦，柏先生，"蔡金花勉强地笑了笑，天知道领班有多难做，谁不抢轻松舒适的工作呢？谁又该做太阳下的工作呢！"都到晾茶室，谁到晒茶场呢？她是新手，别的工作还不敢叫她做。"

"哦。"柏霈文点了点头，看着躺在沙发上的章含烟，瘦瘦小小的个子，穿了件白底小红花的洋装，皮肤白而细腻，手指细而纤长。这不是一个女工的料，太细致了。"她住在哪里？"

"不知道。"蔡金花有些局促地说，"等会儿我问她。假如我早知道她吃不消……"

"好了，"柏霈文挥挥手，"你去吧！让她在这里休息一下，她今天恐怕没办法继续工作了，醒了就让她回去休息一天再说。你先去吧。"

蔡金花退出去了。章含烟额上盖着冷毛巾，又在冷气间躺了半天，这时，她醒转了过来。她的眉头轻蹙了一下，长睫毛向上扬了扬，露出一对雾蒙蒙的、水盈盈的眸子，就那样轻轻一闪，那睫毛又盖了下去，眉头蹙得更紧了。她试着移动了一下身子，发出一声低低的呻吟。

"她醒了。"赵经理说。

"我想她没事了，"柏霈文放下心来，"你也去吧，让她在这儿再躺一下。"

赵经理走出了房间。柏霈文就径直走到章含烟的面前，坐在沙发前的一张矮桌上，他双手交叉着放在胸前，静静地、仔细地审视着面前这张年轻的脸庞。那尖尖的小下巴，那下巴下颈项上美好的弧线，那瘦弱的肩膀……这女孩像个精致玲珑的艺术品。那轻蹙的眉峰是惹人怜爱的，那像扇子般轻轻扇动的睫毛是动人的，还有那小嘴唇，那低低叹息着的小嘴唇……她是真的醒了。她的长睫毛猛地上扬，大大地睁着一对受惊的眸子，那黑眼珠好大、好深、好黑，像两泓幽暗的深潭。

"我……怎么了？"她问，试着想坐起来，她的声音细柔而无力。

"别动！"柏霈文伸手按住了她的肩膀，"你最好再躺一躺，你晕过去了一段时间。"

她睁大了眼睛，疑惑地望着他，好半天，她才醒悟地"哦"了一声，乏力地垂下了睫毛。她的头倾向一边，眼睛看着地下，手指下意识地弄着衣角，发出一声好长好长的叹息。

"我真无用。"她自语似的说，"什么都做不好。"

这声低柔的自怨自艾使柏霈文心中掠过一抹奇异的、怜恤的情绪。她躺在那儿，那样苍白，那样柔弱，那样孤独和无助，竟使他情不自禁地涌起一股强烈的、要安慰她，甚至要保护她的欲望。

"你在太阳下工作得太久了，"他很快地说，"这样的天气谁都受不了，别担心，我可以让他们把你调到晾茶室或机器房去工作。"

她静静地瞅着他，眸子里有一丝研究的意味，那眉峰仍然是轻蹙着的。

"别为我费心，柏先生。"她轻声地说，有些惭愧，有些不安，最让她感觉惶然的，是自己竟这样躺在一个男人的面前。对于柏霈文，她在进工厂的第一天，就已经很熟悉了。她知道整个工厂对这位年轻的老板都又尊敬，又信服。在工人们的心目中，柏霈文简直是人与神的混合体：年轻、漂亮、有魄力、肯做、肯改进而又体谅下人。这时，她才领会到工人们喜欢他的原因，他是多么和气与温柔！"晒茶场的工作不是顶苦的，我应该练习。"她说，"反正工作都要有人做，我不做，别人还不是一样要做。"

"谁介绍你来的？"

"你厂里的一个女工，叫颜丽丽，我想你并不认识她，她是我的邻居。"

他深深地看着她，这时，她已经坐起来了，取下了按在额上的毛巾，她长发垂肩，皓齿明眸，有三分瑟缩，有七分娇怯，更有十二分的雅致。他不禁看得呆住了。

"这工作似乎并不适合你。"他本能地说。

"我希望你的意思不是要开除我。"她有些受惊地说，大眼睛里带着抹忧愁，祈求地看着他。

"哦，不，我不是这个意思。"他急急地说，"我只是觉得，这工作对你而言太苦了，你看起来很文弱，恐怕会吃不消。"

她的睫毛垂下去了片刻，再扬起来的时候，她的眼睛显得更清亮了。她放开了蹙着的眉梢，唇边浮起一个可怜兮兮的微笑。这微笑竟比她的蹙眉更让柏霈文心动。她微笑着，自嘲似的说："我做过更苦的工作。"

"什么工作？"

她沉默了。半晌，她才重新正视他，她唇边依然带着笑，但脸上却有股难解的、鸷猛的神气。

"请不要问吧，柏先生。您必须了解，身体上的苦不算什么，在这儿工作，我精神愉快。我是很容易找到其他非常轻松的工作的，但是，我还不想在这么年轻的时候，就让自己的生命被磨蚀得黯然无光。"

柏霈文心里一动，这是一个女工的谈吐吗？他紧紧地看着她，问："你念过书吗？"

"高中毕业。"

高中毕业？想想看！她竟是一个高中毕业的女学生！却在晒茶场中做女工！他惊讶地瞪视着她，觉得完全被她搅糊涂了。这是怎样一个女孩呢？难道她仅仅是想在这儿找寻一些生活的经验吗？还是看多了传奇小说，想去体验另一种人生？

"既然你已经高中毕业，你似乎不必做这种工作，你应该可以找到更好的职业呀！"

"我找过，我也做过，柏先生。"她笑笑，笑得好无力，"正经的工作找不到，我没有人事关系，没有铺保，没有推荐，高中文凭不像你想象得那样值钱。另外，我也做过店员、抄写员、女秘书，结果发现我出卖的不是劳力、智力，而是青春。我还做过更糟的……最后，我选择了你的工厂，这是我工作过的最好的地方了。"

他沉吟了一会儿，凝视着她那张姣好的脸庞，他了解了一个少女在这社会上谋职的困难，尤其是美丽的少女，陷阱到处都是，等着这些女孩跳下去。他在心底叹息，他惋惜这个女孩，章含烟，好雅致的名字！

"工作对于你是必需的吗？"

"是的。"

"为什么？"

"还债。"

"还债？你欠了债吗？你的父母呢？"

"我没有父母。"她颓丧了下去，坐在那儿，她用手支着颐，眼珠更深更黑了，"我从小父母就死了，我已经不记得他们是什么样子，我被一个远房的亲戚带到台湾，那亲戚夫妇两个，只有一个白痴儿子。他们抚养我，教育我，一直到我高中毕业，然后，他们忽然说，要我嫁给那个白痴……"她轻笑了一下，看着柏霈文，"就是这样一个故事，我不肯，于是，所有的恩情都没有了。我搬出来住，我工作，我赚钱，为了偿还十几年来欠他们的债。"

"这是没道理的事！"柏霈文有些愤慨地说，"你需要偿还他们多少呢？"

"二十万。"

"你在这儿工作一个月赚多少？"

"一千元。"

天哪！她需要工作多久，才能偿还这笔债务！他看着章含烟，后者显然对于这份命运已经低头了，她有种任劳任怨的神情，有种坦然接受的神态，这更使柏霈文由衷地代她不平。

"你可以不还这笔钱，事先他们又没说，抚养你的条件是要你嫁给那白痴！在法律上，他们是一点也站不住脚的。你大可不理他们！"

"在法律上，他们虽然站不住脚，在人情上，我却欠他们太多！"她叹了口气，眉峰又轻蹙了起来，"你不懂，我毁掉了他们一生的希望，在他们心目里，我是忘恩负义的……所以，我愿意还这笔钱，为了减轻我良心上的负荷。"抬起睫毛来，她静静地瞅着他，微向上扬的眉毛带着股询问的神情，"人生的债务很难讲，是不是？你常常分不清到底是谁欠了谁。"

柏霈文凝视着章含烟，他欣赏她！他每个意识，每个思想都欣赏！而且，逐渐地，他心中涌起了一股强烈的、惊喜的情绪，他再也没有料到在自己的女工中，会有一个这样的人物！像是在一盘沙子里，忽然发现了一粒珍珠，他掩饰不了自己狂喜的、激动的心情。站起身来，他忽然坚决地说："你必须马上停止这份工作！"

"哦？先生？"她吃惊了，刚刚恢复自然的嘴巴又苍白了起来，"我抱歉我晕倒了，我保证……"

"你保证不了什么，"他微笑地打断她，眼光温柔地落在她脸上，"如果你再到太阳下晒上两小时，你仍然会晕倒！这工作你做不了。"

"哦？先生？"她仰视着他，一脸被动的、无奈的样子，那微微颤动着的嘴唇看来更加可怜兮兮的了。

"所以，从明天起，你调在我的办公室里工作，我需要一个人帮我做一些案头的事情，整理合同、拟订合同、签发收据这些。等会儿我让老张给这儿添一张办公桌，你明天就开始……"

她从沙发上跳了起来。出乎柏霈文的意料，她脸上丝毫没有欣喜的神情，相反地，她显得很惊惶，很畏怯，很瑟缩，又像受了伤害。"哦，不，不，先生。"她急急地说，"我不愿接受这份工作。"

"为什么？"他惊异地瞪着她。

她闭上了眼睛，低下了头，再抬起头来的时候，她眼里已漾满了泪，那眼珠浸在泪光中，好黑，好亮，好凄楚。她用一种颤抖的声音说："我抱歉，柏先生，你可以说我不识抬举。我不能接受，我不愿接受，因为，因为……"她吸了一口气，泪水滑下了她的面颊，一直流到那嗫动着的唇边，"我虽然渺小，孤独，无依……但是，我不要怜悯，不要同情，我愿意自食其力。我感激你的好心，柏先生，但请你谅解……我已一无所有，只剩下一份自尊。"

说完，她不再看柏霈文，就冲到门边。在柏霈文还没有从惊讶中回复过来之前，她已经打开门跑出去了。柏霈文追到了门边，望着她那迅速地消失在走廊上的小小的背影，他不禁呆呆地怔在那儿。他万万没有料到自己的提议，竟反而伤了那颗柔弱的心。可是，在他的心灵深处，他却被撼动了——有生以来的第一次，他是深深地、深深地、深深地被撼动了。

12

含烟躺在她那间小屋的床上，用手枕着头，呆呆地看着天花板。蒸人的暑气弥漫在这小屋中，落日的光芒斜射在那早已褪色的蓝布窗帘上。空气中没有一丝风，室内热得像个大烤箱。她颈项后面已经湿漉漉的全是汗，额前的短发也被汗濡湿了。身子底下的棉被也是热的，躺在上面就像躺在一炉温火上。她翻了一个身，把颈后的长发撩到头顶上，呼出一口长气，那呼出的气息也是炙热的。凝视着窗外，那竖立在窗子前的是一家工厂的高墙，灰色而陈旧的墙壁上有着咖啡色的斑痕和雨渍——没有一点美感。这个午后是长而倦怠的，是被太阳晒干了的，是无臭、无味、无色的。

今天没有去上班，以后的日子又怎么办呢？不去上班，是的，柏霈文已经表示她不是个女工的材料，她再去只是给人增加负担而已。她绝不能利用一个异性对自己的好感来作为进身之阶，柏霈文给她的工作她无法接受，非但如此，那茶叶加工厂也不能再去了，她必须另谋出路。是的，出路！这两个字多不简单，她的出路在哪儿呢？横在门前的，只是一条死巷而已。

从床上坐起来，浑身汗涔涔的，说不出有多难受。她想起苏轼的词："冰肌玉骨，自清凉无汗。"想必那女孩不是关在这样一间闷腾腾的房里，否则，要冰肌玉骨也做不到了。她叹息了一声，什么诗情，什么画意，也都需要经济力量来维持啊！现实是一条残忍的鞭子，它可以把所有的诗情画意都赶走。

站起身来，她打开后门，那儿是个小小的天井，天井中有着抽水的泵，这儿没有自来水，只能用泵抽水。天井后面就是房东的家，她这间小屋是用每月二百元的价钱租来的。事实上，这小屋是房东利用天井的空间搭出来的一间屋子，且喜有两个门，一个通天井，一个通一条窄巷，所以，她还能自由出入。到了天井里，她抽了一大盆水，拿到小屋中，把整个面孔浸在水中，再把手臂也浸在水里，那沁凉的水带来了丝丝凉意。她站直身子，室内没有穿衣镜，她拿起桌上的一个小镜子，审视着自己，那凌乱的头发下是张苍白的脸，失神的大眼睛里盛满了落寞，放下镜子，她长叹了一声。坐在桌前，她拿起一支笔来，在一张纸上写：

我越贫穷，我越该自重；
我越微贱，我越该自珍；
我越渺小，我越该自惜！

写完，她觉得心中舒畅了许多，连那份燥热感都消失了不少。梳了梳头发，换了件浅蓝色的洋装，她决心出去走走。可是，她还来不及出门，门上已传来一阵剥啄之声，她怔了怔，谁会来看她？她这小屋中是从没有客人的。

走到门边，打开了房门，她就更加惊讶了，门外，一个男人微笑地站在那儿，挺拔、修长、整洁……这竟然是柏霈文！

"哦，"她吃惊地说，"我没想到……我真没想到您会……"

"你这儿实在不大好找，"柏霈文微笑着说，不等含烟请他，他已经自顾自地走了进来，不经心似的打量了一下这间简单的房间，他继续说，"车子开不进来，我只好把它停在巷子口。"

"你怎么知道我的住址？"含烟问，关上了房门，走到桌边帮他倒了一杯白开水，"对不起，只有开水。"

"啊，是很不容易，"柏霈文说，斜靠在桌子上，注视着含烟，"我找蔡金花，蔡金花找颜丽丽……"他紧紧地盯着她，"为什么今天不来上班？"他的声音低而沉，那微笑从他脸上消失了，他的眼睛里闪烁着某种逼人的光芒，直射在她脸上。

"哦！"她有一种莫名其妙的心跳，他的眼光使她瑟缩，"我辞职了，先生。"她低低地说。

　　他瞅着她，没有说话，但他的目光里带着责备，带着研判，带着薄薄的不满。转过身子，他看到了桌上的纸张，拿起来，他注视着上面的字迹。好一会儿，他才放下那张纸，抬起头来，静静地看着她。

　　"我们谈一谈，好吗？"

　　"好的，柏先生。"她说，微微有些紧张。

　　他在桌边的椅子上坐了下来，望着她。她无奈地轻叹了一声，也在他对面的床沿上坐下了，因为这屋里只有一张椅子，抬起眼睑，她迎视着他的目光，她脸上的神情是被动的。

　　"为什么要辞职？"他问。

　　"你说过，那工作对我不适合。"

　　"我有适合你的工作。"

　　"先生！"她恳求地喊了一声。

　　他把桌上那张纸拿到手中，点了点头。

　　"就是这意思，是不是？"他问，盯着她，"你以为我是怎样一个人？把你弄到我的办公室里来做花瓶吗？你的自尊使你可以随便拒绝别人的好意吗？结果，我为了要帮助你，反而让你失业了，你这样做，不会让我难堪吗？噢，章小姐，"他逼视着她，目光灼灼，"你是不是太过分了一些？"

　　含烟瞪视着他，那对眸子显得好惊异，又好无奈。嚅动着嘴唇，她结舌地说："哦，柏先生，你——你不该这样说，你——你这样说简直是——是欲加之罪，何患无辞！"

　　"不是欲加之罪，"柏需文正色说，"你使我有个感觉，好像

136

我做错了一件事。"

"那么，我该怎样呢？"含烟望着他，那无可奈何的神态看起来好可怜。

"接受我给你安排的工作。"柏霈文一本正经地说，他努力克制自己，不使自己的声音中带出他心底深处那份恻然的柔情。

"哦，柏先生！"她的声音微颤着，"我不希望使你不安，但——但是，柏先生……"

"如果你不希望使我不安，"柏霈文打断了她，"那就别再说'但是'了！"

"但——但是——"

"怎么，马上就又来了！"他说，忍不住想笑，他必须用最大的力量控制着自己面部的肌肉，使它不会泄露自己的感情。

她凝视着他，有点不知该如何是好，这男人使她有种压迫感，她觉得喘不过气来。他是那样的高大，他是那样充满了自信，他又那样咄咄逼人。在他面前，她变得渺小了，柔弱了，没有主见了。

"好了，我们就这样说定了，怎样？"柏霈文再紧逼了一句，"你明天来上班！"

"哦，先生，"她迟疑地说，"你是真的需要一个助手吗？"

"你是怕我没工作给你做，还是怕待遇太低？"他问，"哦，对了，我没告诉你待遇，你现在的身份相当于秘书，工资当然不能按女工算。我们暂定为两千元一月，怎样？"

她沉默着，垂下了头。

"怎样呢？"他有些焦灼，室内又闷又热，他的额上冒着汗珠。暮色从窗口涌了进来，她坐在床沿上，微俯着头，黄昏时分的那抹余光，在她额前和鼻梁上镶了一道光亮的金边，她看来像个小小的塑像——一件精工的艺术品。这使他更加恻然心动，更加按捺不住心头那股蠢动着的激情，于是，他又迫切地追问着："怎样呢？"

她继续沉默着。

"怎样呢？怎样呢？"他一迭连声地追问。

她忽然抬起头来，正视着他。她的眼睛发着光，那黑眼珠闪烁得像星星，整个脸庞都罩在一种特殊的光彩中，显得出奇地美丽。她以一种温柔的而又顺从的语气，幽幽柔柔地说："你已经用了这么多言语来说服我，我除了接受之外，还能怎样呢？"

柏霈文屏息了几秒钟，接着，他的血液就在体内加速地奔蹿了起来，他的心脏跳动得猛烈而迅速，他竟无法控制自己那份狂喜的情绪。深深地凝视着含烟，他有生以来第一次，发现自己面前坐着的是个百分之百的女性，而自己正是个百分之百的男人。他被吸引，被强烈地吸引着，他竟害怕她会从自己手中溜走。在这一刹那，他已下了那么大的决定，他将不放过她！她那小小的脑袋，她那柔弱的心灵，将是个发掘不完的宝库。他要做那个发掘者，他要投资下自己所有的一切，去采掘这个丰富的矿源。

接下去的日子里，柏霈文发现自己的估计一点也不错，这个女孩的心灵是个发掘不完的宝库。不只心灵，她的智慧与头脑也是第一流的。她开始认真地帮柏霈文整理起文档来，她拟的合同条理清楚，她回的信件简单明了，她抄写的账目清晰整齐……柏霈文惊奇地发现，她竟真的成了他的助手，而又真的有那么多的工作给她做，以前常常拖上一两个月处理不完的事，到她手上几天就解决了。他每日都以一种崭新的眼光去研究她，而每日都能在她身上发现更新的一项优点。他变得喜欢去工厂了，他庆幸着，深深地庆幸着自己没有错过她。

而含烟呢？她成为工厂中一个传奇性的人物，由女工的地位一跃而为女秘书，所有的女工都在背后谈论这件事，所有的高级职员，像赵经理、张会计等，都用一种奇异的眼光来看含烟。但是，他们并不批评她，他们常彼此交换一个会心的微笑，年轻的小老板，怎能抵制美色的诱惑呢？那章含烟虽不是个艳光照人的尤物，却轻灵秀气，婉转温柔，恰像一朵白色的、精致的、小巧玲珑的铃兰花。他们谁都看得出来，柏霈文是一天比一天更喜爱待在他的办公室里了，而他的眼光，总是那样下意识地追随着她。谁知道以后会发展成什么样子呢？看样子，这个在晒茶场中晕倒的女工，将可能成为童话中著名的灰姑娘，于是，私下里，他们都叫她灰姑娘了。尤其，在她那身女工的服装剥掉之后，她竟显出那样一份高贵的气质来，"灰姑娘"的绰号就在整个工厂中不胫而走了。

柏霈文知道大家背后对这件事一定有很多议论，但他一点也不在乎。含烟在最初的几天内，确实有些局促和不安，可是，接下来，她也就坦然了。她对女工们十分温柔和气，俨然仍是平等地位，她对赵经理等人又十分尊敬，因此，上上下下的人，对她倒都十分喜爱，而且都愿对她献些小殷勤。连蔡金花，都曾得意地对其他女工说："我早就知道她不是我们这种人，她第一天来，我就看出她不简单了。看吧，说不定哪一天，她会成为我们的老板娘呢！"

　　既然有这种可能性，谁还敢轻视她呢？何况她本人又那么温柔可爱，于是，这位灰姑娘的地位，在工厂中就变得相当微妙了。而柏霈文与含烟之间，也同样进入一种微妙的状态中。这天，厂里的事比较忙一些，下班时已经快六点钟了。柏霈文对含烟说："我请你吃晚饭，好吗？"

　　含烟犹豫了一下，柏霈文立即说："不要费神去想拒绝的借口！"

　　含烟忍不住笑了，说："你不是请，你是命令呢！好吧，我们去哪儿吃饭呢？"

　　"你听我安排吧！"

　　她笑笑，没说话。这些日子来，她已经对柏霈文很熟悉了，他是那种男人，无论在什么场合里，他都很容易变成大家的重心，而且，他会在不知不觉中，成为一个支配者，一个带头的人，一个"主人"。

　　他们坐进了汽车，柏霈文把车子一直往郊区开去，城市很快地被抛在后面，车窗外，逐渐呈现的是绿色的原野和田园。含烟望着外面，傍晚的凉风从开着的车窗中吹了进来，拂乱了含烟的头发，她仰靠在靠垫上，深呼吸着那充满了原野气息的凉风，半合着眼睛，她让自己松懈地沐浴在那晚风里。

　　柏霈文一面开着车，一面掉头看了她一眼，她怡然自得地仰靠着，一任长发飘飞。唇边带着个隐约的笑，长睫毛半垂着，在眼睑下投下了半圈阴影。那模样是娇柔的，稚弱的，轻灵如梦的。

　　"你不问我带你到哪里去吗？"他说。

"一定是个好地方。"她含糊地说，笑意更深。

他心中怦然而动。"但愿你一直这样信任我，我真渴望把你带进我的领域里去。"

"你的领域？"

"是的，"他低声说，"每个人都有自己的领域，心灵的领域。"

"你自认你的领域是个好地方吗？"她从半垂的睫毛下瞅着他。

"是的。一块肥沃的未耕地。"他望着前面的道路，"所差的是个好的耕种者。"

"真可惜，"她咂咂嘴，"我不是农夫。如果你需要一个耕种者，我会帮你留意。"

"多谢费心。"他从齿缝中说，"你的领域呢？可有耕种者走进去过？"

"我没有肥沃的未耕地，我有的只是一块贫瘠的土壤，种不了花，结不了果。"

"是吗？"他的声音重浊。

"是的。"

"那么，可愿把这块土壤交给我，让我来试试，是不是真的开不了花，结不了果？"

"多谢费心。"她学着他的口气。

他紧盯了她一眼，她笑得好温柔。那半合的眼睛睁开了，正神往地看着车窗外那一望无垠的绿野。窗外的天边，已经彩霞满天，落日正向地平线上沉下去。只一忽儿，暮色就笼罩了过来，那远山远树，都在一片迷蒙之中，像一幅雾蒙蒙的泼墨山水。

他们停在一个郊外的饭店门口，这饭店有个很雅致的名字，叫作"村居"，坐落在北投的半山之中，是中日合璧的建筑，有曲折的回廊，有小小的栏杆，有雅致的、面对着山谷的小厅。他们选择了一个小厅，桌子摆在落地长窗的前面，落地窗之外，就是一段有着栏杆的小回廊，凭栏远眺，暮色溟蒙，山色苍茫，夕阳半隐在青山之外。

"怎样？"柏霈文问。

"好美！"含烟倚着栏杆，深深呼吸。她不自禁地伸展着四肢，迎风而立。风鼓起了她的衣襟，拂乱了她的发丝，她轻轻地念着前人的词句："柳烟丝一把，暝色笼鸳瓦。休近小阑干，夕阳无限山。"

柏霈文一瞬也不瞬地看着她，这天，她穿着件纯白色的洋装，小腰身，宽裙子，迎风伫立，飘然若仙。这就是那个浑身缠着蓝布，晕倒在晒茶场上的女工吗？他觉得精神恍惚，神志迷离。听着她用那低柔清幽的声音，念着"休近小阑干，夕阳无限山"，他就更觉得意动神驰，站在她的身边，他不自禁地用手揽住她的腰，那小小的腰肢不盈一握。

"你念过许多诗词？"

"是的，我喜欢。"她说，"日子对于我，常常是很苦涩的，于是，我就念诗念词，每当我烦恼的时候，我就大声地念诗词，念得越多，我就越陷进那份优美的情致里，于是，我会觉得超然物外，心境空明，就一切烦恼都没有了。"

他深深地注视她，怎样一个雅致而动人的小女孩！她那领域会贫瘠吗？那将是块怎样的沃土啊！他一定得走进去，他一定要占有它，他要做这块沃土的唯一的主人！

"含烟!"他动情地低唤了一声。

"嗯?"

"你觉得我很鄙俗吗?"他问,自觉在她面前,变得伧俗而渺小了。

"怎会?你坚强,你细致,你有入世的生活,你有出世的思想,你是我见过的人里最有深度的一个。"

他的心被这几句话涨满了,充盈了,血液在他体内迅速地奔流,他的心神荡漾,他的呼吸急促。

"真的?"他问。

"真的。"她认真地说。

"那么,你可以为我把你那块领域的门打开吗?"他屏息地问。

"我不懂你的意思。"她把头转向一边,指着栏杆下那花木扶疏的花园说,"有玫瑰花,你闻到玫瑰花香了吗?我最喜欢玫瑰花,尤其是黄玫瑰。我总是梦想,自己有个种满玫瑰花的大花园。"

"你会有个大花园,我答应你。但是你别岔开我刚才的话题,你还没有答复我。"

她看了他一眼,眼光是古怪的。"我说了,我不懂你的意思。"

"那么,让我说得更明白一点……"

他的话还没说完,侍者送菜来了,含烟迅速地转过身子,向落地窗内走去,一面说:"菜来了,我们吃饭吧!我饿了。"

柏霈文气结地看着她,她却先坐回桌边,对着他巧笑嫣然。他从鼻子里呼出一口长气,只得回到桌前来。坐下了,他们开始吃饭,他的眼光一直盯在她脸上,她像是浑然不觉,只默默地、甜甜地微笑着。好半天,他才打破了沉默,忽然说:"你喜欢诗词，知道一阕词吗？"

"哪一阕？"她问，扬着一对天真的眸子。

他望着她，慢慢地念了出来：

> 花丛冷眼，
> 自惜寻春来较晚，
> 知道今生，
> 知道今生那见卿。
>
> 天然绝代，
> 不信相思浑不解，
> 若解相思，
> 定与韩凭共一枝！

她注视着他，因为喝了一点酒，带着点薄醉，她的眼睛水盈盈的，微带醺然，面颊微红，嘴唇湿润而红艳。唇边依然挂着那个微笑，一种天真的、近乎孩子气的微笑。"我不知道，它是什么意思？"

他瞪着她，有点生气。可是，她那模样是让人无法生气的。他吸了口气，说："你在捉弄我，含烟，我觉得，你是有意在欣赏我的痛苦，看不出来，你竟是这样一个残忍的小东西！"

她的睫毛垂下去了，笑容从她唇边缓缓地隐去，她看着面前的杯碟，好一会儿，她才慢慢地抬起头来，那脸上没有笑意了，也没有天真的神态了，取而代之的，是一种哀恳的、祈求的神色，那大眼睛里，竟蒙上了一层薄薄的泪光。

"我不想捉弄你，先生，我也不要让你痛苦，先生。如果你问我对你的感觉，我可以坦白说，我敬仰你，我崇拜你！但是，别和我谈别的，我们可以做朋友，有一天，你会遇到一个比我好的女孩……"

"你是什么意思？"他盯着她，突然恍然地说，"哦，我懂了，你以为我只是要和你玩玩，这怪我没把意思说清楚，含烟，让我坦白地问你一句，你有没有一些些喜欢我？"

她扭开了头，低声地说："求求你！我们不谈这个吧！"

"含烟！"他再紧紧追问了一句，"你一定要回答我！"

"不，柏先生，"她吃惊地猛摇着她那颗小小的头，"别逼我，请你！"

"含烟——"

"求你！"

她仰视着他，那眼光里哀恳的神色更深了，这眼光逼回了他下面的话，他瞪视着那张因惊惶而显得苍白的面庞，那黝黑而凄凉的眼睛，那微颤的嘴唇……他不忍再逼迫她了，叹了口气，他废然地低下了头，说："好吧！我看我今天的运气不太好！我们就不谈吧，但是，别以为我会放过你，含烟，我这一生都不会放过你了。"

"先生！"她再喊了一声。

"够了，我不喜欢听这称呼，"他蹙着眉，自己对自己说，"仿佛她不知道你的名字。"转回头，他再面对含烟，"好，快乐起来吧，最起码，让我们好好地吃一顿饭吧！"

13

秋天来了。

柏霈文沉坐在沙发的一角中，用一张报纸遮住了脸，但是，他的目光并没有停在报纸上。从报纸的边缘上掠过去，他悄悄地注视着那正在书桌后面工作着的章含烟。她正在拟一封信稿，握着笔，她微俯着头，一边的长发从耳际垂了下来，脸儿半遮，睫毛半垂，星眸半掩，小小的白牙齿半咬着嘴唇……她的神情是深思的，专注的，用心的。好一会儿，她放下了笔，抬头看了看窗外，不知是哪一朵天际飘浮的云彩，或是那围墙外的一棵金急雨树上的花串，吸引了她的注意，她忽然出神了。那大眼睛里蒙上了一层迷离的薄雾，眉毛微微地扬着，她的思绪显然飘浮在一个不可知的境界里，那境界是旖旎的吗？是神秘的吗？是不为人知的吗？柏霈文放下了报纸，陡地站起身来了。

含烟被他惊动了，迅速地，那眼光从窗外收了回来，落在他的脸上，给了他一个匆促的笑。

"别写了，含烟，放下你的工作。"他说。

"干吗？"她怀疑地抬起眉梢。

"过来，到沙发上来坐坐。"

"这封信还没写完。"

"不要写完，明天再写！"

"是命令吗？"她带笑地问。

"是的。"

她走了过来，微笑地在沙发上坐下，仰头望着他，眼里带着一抹询问的意味，却一句话也不说。那含笑的嘴角有个小涡儿，她抿动着嘴角，那小涡儿忽隐忽现。柏霈文走过去，站在她面前，用手撑在沙发的扶手上，他俯身向她，眼睛紧盯在她脸上，他压低了声音说："你要跟我捉迷藏捉到什么时候为止？"

"捉迷藏？"她闪动着眼睑，露出一脸天真的困惑，"什么意思呢？"

"你懂我的意思！"他的眼睛冒着火，"不要跟我装出这份莫名其妙的样子来！"

"哦？先生？"她睁大了那对惊惶的眸子，"别这么凶，你吓住了我。"

他瞅着她，那模样似乎想要吃掉她。好半天，他伸手托起了她的下巴，他的目光上上下下地在她脸上逡巡。她的眼睛大睁着，坦白、惊惶、天真，而又蒙蒙如雾的，盛载着无数无数的梦与诗，这是怎样的一对眼睛，它怎样地绞痛了他的心脏，牵动了他的六腑。他觉得呼吸急促，他觉得满胸腔的血液都在翻腾汹涌，紧紧地盯着她，他冲口而出地说："别再躲避我，含烟，我要你！"

她吃惊地蜷缩在沙发里，眼光里露出了一抹近乎恐惧的光。

"不，先生。"她战栗地说。

"解释一下，'不，先生'是什么意思？"

她瑟缩得更深了，似乎想把自己隐进沙发里面去。

"我不愿，先生。"她清晰地说。

他瞪着她，沉重的呼吸扇动了他的鼻翼，他的眼睛里燃烧着两簇火焰，那火焰带着那么大的热力逼视着她，使她不自禁地战栗起来。

"你以为我在儿戏？"他问，声音低而有力，"我的意思是，要你嫁给我，懂吗？我要娶你，懂吗？"

她凝视着他，摇了摇头。

他的手落在她的肩上，握住了她的肩胛，那瘦弱的肩胛在他的大手掌中是不禁一握的，他微微用力，她痛楚地呻吟了一声，蜷曲着身子，她的大眼睛仍然一瞬也不瞬地望着他，带着股坚定的、抗拒的力量望着他。

"他是谁？"他问。

"什么？"她不解的。

"我那个对手是谁？你心目中那个男人！"

她摇摇头。"没有。"她说，"没有人。"

"那么，为什么拒绝我？我不够好吗？不够你的理想？配不上你？"他咄咄逼人地说。

"是我不好，是我配不上你。"她轻声说，泪涌进了她的眼眶。

"你是什么意思？"

"饶了我，"她说，转过头去，"我又渺小，又卑微，你会遇到适合你的女孩。"

"我已经遇到了，"他急促地说，"除了你，我不要别人，你不渺小，你不卑微，你是我遇到的女性里最高贵最纯洁的。说，你愿嫁我！"

"不，先生。"她俯下头，泪流下了面颊，"别逼我，先生。"

他的手捏紧了她的肩膀，捏得她发痛。"你不喜欢我，你不爱我，对吗？"他问。

"不，先生。"

"你除了'不，先生'，还会说别的吗？"

"哦，饶了我吧！"她仰视他，带泪的眸子带着无尽的哀恳和祈求，那小小的脸庞苍白而憔悴，她脆弱得像是一根小草，禁不起一点风雨的摧折。但那个性里又有那样一股强韧的力量，柏霈文知道，即使把她捏碎，即使把她磨成了粉，烧成了灰，也拿她无可奈何的。他放松了手，站直了身子，愤愤地望着她说："我还没有卑鄙到用暴力来攫获爱情的地步，但是我不会饶你，我给你几天的时间去考虑我的提议，我建议你，认真地考虑一下。"

她不语，只是默默地望着他。

他转身走开，站到窗子前面，他燃上了一支烟。他平常是很少抽烟的，只有在心情不佳或极度忙碌的时候，才偶尔抽上一两支。喷出了一口烟雾，他看着那烟雾的扩散，觉得满心的郁闷，比那烟雾更浓更厚。但是，他心底的每根纤维，血管里的每滴血液，身体里的每个细胞，都比往日更强烈地在呐喊着："我要她！我要她！我要她！"

三天很快地过去，含烟却迅速地憔悴了。她每日来上班的时候，变得十分沉默，她几乎不开口说话，却总是用一对水蒙蒙的眼睛，悄悄地注视着他。柏霈文也不再提几天前的事，他想给她充分思考的时间，让她能够好好地想清楚这件事。他很知道，如果他操之过急，说不定反而会把事情弄糟，含烟并不像她外表那样柔弱，在内心，她是倔强而固执的。

可是，三天过去了，含烟仍然沉默着，这使柏霈文按捺不住了，每日面对着含烟那苍白的脸，那雾蒙蒙的眼睛，那柔弱的神情，他就觉得那股迫切地要得到她的欲望一天比一天强。现在，这欲望已变成一种烧灼般的痛苦，每日燃烧着他，折磨着他。因此，他也和含烟一样地憔悴而消瘦了，而且，变得暴躁而易怒。

这天下班的时候，含烟正急急地想离开工厂，摆脱开柏霈文那始终追踪着她的视线。柏霈文却在工厂门口拦住了她。

"我送你回去！"他简单地说。

"哦，不，柏先生……"

"上车！"他命令地说。

含烟看了他一眼，他的眼神固执而鸷猛，是让人不敢抗拒的。她顺从地上了车，沉默地坐在那儿，无助地在褶裙中绞扭着双手。

他发动了车子，一路上，他都一语不发，含烟也不说话，车子向含烟所住的地方驰去。车内，空气是僵持而凝冻的。

到了巷口，柏霈文刹住车子，熄了火，他下了车，锁上了车门。含烟不敢拒绝他送进巷子，他们走进去，到了门口，含烟用钥匙打开了房门，回头说："再见，柏先生。"

柏霈文握住了她的手腕，只一推，就把她推进了屋内，他跟着走了进来，反手关上了房门。然后，在含烟还没有弄清楚他的用意以前，他的胳膊已经强而有力地圈住了她。她吃了一惊，立即想挣扎出来，他却箍紧了她的身子，一面用手扶住了她的头，迅速地，他的头俯了下来，他的嘴唇一下子紧压住了她的。她喘息着，用手推拒着，但他的胳膊那样强壮而结实，她在他怀中连移动的能力都没有。而他的吻，那样热烈，那样狂猛，那样沉迷，那样辗转吸吮……她失去了反抗的能力，也失去了反抗的意识，她的手不知不觉地抱住了他，她的身子瘫软如绵，她不自禁地呻吟，不自禁地合上了眼睛，不自禁地回应了他：和他同样地热烈，同样地沉迷，同样带着心灵深处的需索与渴求。

"含烟。"他的声音压抑地透了出来，他的心脏像擂鼓似的撞击着胸腔，"说你爱我！说！含烟。"

她呻吟着。

"说！含烟！说！"他迫切地，嘴唇从她的唇边揉擦到她的面颊，耳垂，再滑下来，压在她那柔腻细致的颈项上，他嘴中呼出的气息，热热地吹在她的胸前，"说！含烟！说呀！"

"唔，"她含糊地应着，"我不知道……"

"你知道的！"他更紧地圈住了她，"说！说你爱我！说！"他的嘴唇又移了上来，擦过她的颈项，擦过她的下巴，重新落在她的唇上。好一会儿，他才又移了开去："说呀！含烟！这话如此难出口吗？说呀！含烟，说你爱我！说！"

"唔，"她喘息着，神志迷离而恍惚，像躺在云里，踏在雾里，那么缥缥缈缈的。什么都不存在了，什么都融化成了虚无，唯一真实的，是他的怀抱，是他的吻，是他那迫切的言语，"唔，"她本能地应着，"我爱你，是的，我爱你，我一直爱着你，一直爱着你。"

"喔。"他战栗着，他全心灵都因这一句话而战栗，而狂欢，"喔，含烟！含烟！含烟！"他喊着，重新吻她，"我等你这句话等了多久啊！含烟！你这个会折磨人的小东西，你让我受了多大的苦！喔，含烟！"他用双手捧着她的脸，把自己的额角贴在她的唇上，闭上眼睛，他整个身心都沐浴在那份喜悦的浪潮里，一任那浪潮冲击、淹没，"含烟，说你要嫁给我！说！"

她猛地一震，像是从一个沉醉的梦中突然惊醒过来，她迅速地挣扎开他，大声地说："不！"

这是一个炸弹，骤然间在他们之间爆炸了，柏霈文挺直了身子，不信任似的看着含烟。含烟退后了两步，她的身子碰着了桌子，她就这样倚着桌子站在那儿，用一种被动的神态望着柏霈文。柏霈文逼近了两步，他的眼睛紧紧地盯着她，哑着声音问："你刚才说什么？"

"我不愿嫁给你，先生。"她清清楚楚地说。

他沉默了几秒钟，就再趋近了一步，停在她的面前，他的手伸上来，轻轻地拂开了她面颊上的发丝，温柔地抚摩着她的面颊，他的眼睛热烈而温和，他的声音低而幽柔。"为什么？你以为我的求婚是没有诚意的吗？"

"我知道你是诚心的，"她退缩了一下，怯怯地说，"但是我不能接受。"

他的手指僵硬。

"好吧！为什么？"他忍耐地问，眼光已不再温柔，而带着点凶猛的神气。

"我们结婚不会幸福，你不该娶你厂里的女工，我不愿嫁你，先生，我自惭形秽。"

"鬼话！"他诅咒着，"你明知道你在我心中的分量，你明知我对你几乎是崇拜着的，你这话算什么鬼借口？自惭形秽，如果你因为做了几天女工就自惭形秽，那你是幼稚！荒谬！是无知！

真正该自惭形秽的，不是你，是我呢！你雅致，你纯洁，你高贵，你有思想，有深度，有能力……你凭哪一点要自惭形秽呢？"

"哦，不，不，"她转开了头，泪珠在眼眶里打转，"你不要把我说得那么好，一定不要！我不是那样的，不是的！我们不谈这个，好吗？请求你！"

"又来了，是不？"柏霈文把她的脸扳向了自己，他的眼睛冒火地停在她脸上，一直望进她的眼底，似乎想看透她，看穿她，"不要再对我来这一套，我今天不会放过你！"他的声音低沉而有力，固执而专横，"我要你！你知道吗？从你晕倒在晒茶场的那一天起，我就确定了这一点！我就知道你是我的，一定是我的，你就是我寻访了多年的那个女孩子！如果我不是对婚姻看得过分慎重，我不会到三十岁还没结婚，我相信我的判断力，我相信我的眼光，我相信我轻易不动的那份感情！你一定要嫁给我！含烟，你一定要！"

她看着他，用一种痛楚的、哀愁的、祈求的眼光望着他。这眼光使他心痛，使他满胸怀涨满了迫切的柔情，使他更迫不及待地想把她揽进自己的怀里，想拥有她，想占有她，想保护她。

"不要，柏先生……"

"叫我霈文！"

"好的，霈文，"她柔顺地说，"我爱你，但我不愿嫁给你，你也不能娶我，别人会议论，会说话，会影响你的声誉！"

"胡说！"他嚷着，"即使会，我也不在乎！"

"我在乎，霈文。"她幽幽地说。

"我不知道你从哪里跑来这么多顾忌！"他有些被激怒了，

"含烟，含烟，洒脱一些吧！结婚是我们两个人的事，不是全世界的事，你知道吗？"

"我……"她瑟缩着，哀恳地把她那只战栗的手放在他的手臂上，"原谅我，霈文，原谅我，我不能嫁你，我不能。"

他瞅着她，开始怀疑到事情并不像外表那样简单，他把她推往床边，让她坐下去，拉了一把椅子，他坐在她的对面。紧握住了她的双手，他克制了自己激动的情绪，忍耐地说："含烟，你讲不讲理？"

"讲。"她说。

"那么，你那些拒绝的理由都不能成立，你知不知道？"

她垂下了头。

"抬起头来！看着我！"

她勉强地抬起睫毛，泪水却沿着那大理石一样苍白的面颊滚落了下来，她开始低低地啜泣，泪珠一粒粒地滚落，纷纷地击碎在衣襟上面。柏霈文的心脏绞痛了起来，他慌乱地摇撼着她的手，急切地说："别哭吧！求你别哭！含烟，我并不是在逼迫你，我怎忍心逼迫你？我只是太爱你了，不能忍受失去你，你懂吗？含烟，好含烟，别哭吧！求你，你再哭下去，把我的五脏六腑都揉碎了。"

她哭得更厉害，柏霈文坐到她身边，把她揽进了自己的怀里，他拍抚着她的背脊，抚摩着她的头发，吻着她的面颊，嘴里喃喃地安慰着她，求她不哭。好半天，她终于止住了泪，一面抽噎着，她一面说："如果……如果我嫁给了你，将来……你再不爱我，我就会……就会死无葬身之地了。"

"你怎会这样想？"柏霈文喊着，"我会不爱你吗？我爱你爱得发狂，我为什么要不爱你呢？"

"因为……因为我并不像你想象得那么好，那么……那么……"她碍口地说，"那么纯洁。"

"怎么说？"

"你并不了解我的过去。"

他抱着她的胳膊变得僵硬了。

"说下去！"他命令。

"别逼我说！别逼我说！"她喊着，用手遮住了脸，"求求你！别逼我！"

他把她的手从脸上拉下来，推开她的身子，使自己能正视她，紧盯着她的脸，他说："说下去！我要知道是怎么回事！"

她仰视着他，哀求地。

"说！"他的语气强硬，是让人不能抗拒的。

她闭上了眼睛，心一横，她像背书似的说："到你工厂之前，我是××舞厅的舞女。我在舞厅做了五个月，积蓄了五万元，还给我的养父母，如果不是发生了一件意外，我可能还会做下去。"

她张开了眼睛，注视着他。她已经冷静了，而且，事已如此，她决心要面对现实，把自己最见不得人的一段历史抖出来。虽然，她深深明白，只要自己一说出来，她就要失去他了。她太了解他，他是如此迷信地崇拜着"完美"。

"说下去！"他催促着，那眼光已变得森冷了，那握着她的手臂的手指，也同样变得冰冷了。

"有一天晚上，有个客人请我吃消夜，他灌了我很多酒，我醉了，醒来的时候，我不在自己的家里。"她哀愁地望着他，"你懂了吗？我失去了我的清白，也就是那一天，我发现我自己是堕落得那么深了，人格、尊严、前途……全成了空白，我哭了一整天，然后，我跳出了那个灯红酒绿的环境，搬到这简陋的小屋里来，决心重新做起。这样，我才去了你的工厂。"

他凝视着她，好一会儿，两人都没有说话。暮色早已充盈在室内，由于没有开灯，整个房间都暗沉沉的。她看不清他的表情，但是，她的心脏已随着他的沉默而痛楚起来，可怕地痛楚起来，她的心发冷，她的头发昏，她的热情全体冻结成了冰块。

时间不知道过去了多久，他终于站起身来，走到窗边，他用颤抖的手，燃起了一支烟。面向着窗子，他大口大口地喷着烟雾，始终一语不发。一直到整支烟吸完了，他才忽然转过身来，走到她的身边。他站在那儿，低头看她，用一种低低的、受伤的、沉痛的声音说："你不该告诉我这些，你不该。"

她不语，已经干涸的眼睛重新被泪浪淹没了。

"我但愿没有听到过这番话，我但愿这只是个噩梦，"他继续说，痛楚地摇了摇头，"你太残忍，含烟。"

说完，他走到桌子旁边，拿起他放在桌上的汽车钥匙，走向门口。他没有说再见，也没有再说任何一句话，就这样走了出去。房门合上的那一声响声，震碎了含烟最后的心神和意识，她茫茫然地倒向床上，一任泪水像开了闸的洪水般泛滥开来。

14

夜深了。

柏霈文驾着车子，向乌来的山路上疾驰着。山风迎面扑来，带着仲秋时节的那份凉意，一直灌进他的衣领里。那条蜿蜒的山路上没有一个行人，也没有一辆车子，夜好寂静，夜好冷清，夜好深沉，只有那车行时的轮声轧轧，碾碎了那一山夜色。

从含烟家里出来，柏霈文就这样一直驾着车子，无目的地在市区内以及市区外兜着圈子。他没有吃晚饭，也不觉得饥饿，他的意识始终陷在一种痛楚的绝望里。他的头脑昏沉，他的神志迷惘，而他的心，却在一阵阵地抽搐、疼痛，压榨着他的每一根神经。现在，他让车子向乌来山顶上驰去，他并不明确地知道自己要到乌来山顶上来做什么，只觉得那满心翻搅着的痛楚和那发热的头脑，必须要到一个安静的地方，去冷静一下。

车子接近了山顶，他停下来，熄了火。他走下车子，站在那山路边的草丛里，眺望着那在月光下，隐约起伏着的山谷。山风从山谷下卷了上来，那声音簌簌然，幽幽然，带着股怆恻的、寂寞的味道，在遍山野中回响、震动。一弯上弦月，在浮云的掩映下忽隐忽现，那山谷中的层峦叠嶂，也跟着月亮的掩映而变幻，时而清晰，时而模糊，时而明亮，时而朦胧。

他倚着一株桉树，燃上了一支烟。喷着烟雾，他对着那山谷默默地出神。他满脑子盘踞着的，仍然是含烟的脸，和含烟那对如梦如雾、如怨如艾、如泣如诉的眸子。他无法从含烟那篇真实的剖白给他的打击中恢复过来。从他二十岁以后，他就曾接触过许许多多的女孩子，其中不乏名门闺秀、侯府娇娃，但是，他始终把爱情看得既慎重，又神圣，因此，他宁可让婚姻一日日耽延下去，却不肯随便结婚。他的父母为了他这份固执，不知生过多少次气，尤其父亲去世以后，母亲对他的婚事更加积极，老人对传宗接代的传统观念仍然看得十分重，柏霈文又是独子，所以，他母亲不止一百次严厉地问："你！千挑万挑，到底要挑一个怎样的才满意？"

"一个最纯洁、最脱俗、最完美的。"他神往地说，脑中勾画出的是一个人间所找寻不到的仙子。于是，为了寻找这仙子，他迟迟不肯结婚，但，他心目中这个偶像，岂是凡俗所有的？他几乎失望了。柏老太太给他安排了一大串的约会，介绍了无数的名媛，他在她们身上找到的只是脂粉气和矫揉造作，他叹息地对柏老太太说："灵气！妈！我要一个有灵气的！"

"灵气是什么东西？"柏老太太生气地说，"我看你只是要找一个有狐狸味的！"

柏霈文从小事母最孝，任何事都不肯违背母亲的意思，只有这件事，母子间却不知怄了多少气。柏霈文固执地等待着，等待着那个可遇而不可求的机会，然后，他终于碰到了章含烟。他曾有怎样的狂喜？他曾有多少个梦寐不宁、朝思暮想的日子？整日整夜，他脑中萦绕着她的影子，她的一颦一笑，她的轻言细语，她的娇怯温柔和她那份弱不胜衣、楚楚动人的韵致。他不能自已地追逐在她身边，迫切而渴望地想得到她，那份渴望的急切，像一团火，燃烧着他，使他时时刻刻都在煎熬之中。含烟，含烟，含烟……他终日咀嚼着这个名字，这名字已成为一种神像的化身，一切最完美、最纯洁、最心灵、最超凡脱俗的代表！那个灰姑娘，那个辛德瑞拉！他已急于要把那顶后冠加在她头上了，可是，今天的一席谈话，却粉碎了他对她那份完美的幻想，像是一粒钻石中有了污点，他怀疑这污点是否能除去。含烟！他痛苦地望向天空，你何必告诉我这些？你何必？你把一切美好的东西都破坏了，都打碎了，含烟！

夜越来越深了，深山的风凉而幽冷，那松涛与竹籁的低鸣好怆恻，好凄凉。在远处的树林内，有一只不知名的鸟在不住地啼唤，想必是只失偶的孤禽吧！他就这样站着，一任山风吹拂，一任夜露沾衣，一任月斜星坠……直到他的一包烟都抽完了，双腿也站得酸麻而僵直。丢掉了手中最后的一个烟蒂，他钻进了车子，他必须回去了，虽然他已三十岁，但柏老太太的家规仍不能违背，他不愿让母亲焦灼。发动了车子，他对自己说："就是这样，把这件事当一个噩梦吧！本来，她从舞女做到女工，这样的身份，原非婚姻的对象，想想看，母亲会怎么说？算了吧！别再去想它了！就当它是个噩梦，是生命里的一段插曲，一切都结束了。"

驾着车子，他开始向归途中驶去。这决定带给他内心一阵撕裂般的刺痛，他知道，这刺痛还会继续一段很长的时间，他无法在一时片刻间就把含烟的影子摆脱。车子迅速地在夜色中滑行，驶过了那道木板的"松竹桥"，家门在望了。

这是一栋新建筑的房子，建筑在一片茶园之中，房子是柏霈文自己设计的，他在大学本来念的就是建筑系。他一直想给这房子题一个雅致的名字，却始终想不出来。车子停在门口，他怕惊醒了老太太，不敢按喇叭叫园丁老张来开门，只好自己用钥匙打开了门，开了进去。

客厅中依然亮着灯光，他愣了愣，准是高立德还没睡！他想着，停好了车，他推开客厅的门，却一眼看到柏老太太正端坐在沙发里，一瞬也不瞬地望着他。

"哦，妈，还没睡？"他怔了一下说。

"知道几点了吗？"柏老太太问。

"是的，我回来晚了。"他有些不安地说，到柜子边去倒了一杯水。

"怎么回事？"柏老太太的眼光锐利地盯着他。

"没怎么呀，有个应酬。"他含糊地说。

"应酬？"她紧紧地望着他，"你直说了吧，你从来没有事情瞒得过我的！你最近到底是怎么回事？一天到晚魂不守舍。恋爱了，是吗？"

柏霈文再度怔了一下。望着柏老太太，他知道自己在母亲面前是没有办法保守什么秘密的，柏老太太是个聪明、能干、敢作敢为的典型。年轻时，她是个美人，出身于望族，柏霈文父亲一生的事业，都靠柏老太太一手扶持出来。所以，在家庭里，柏老太太一向是个权威性的人物，柏霈文父子，都对她又敬又畏又爱又服。柏霈文从小是独子，在母亲身边的时间自然长一些，对母亲更有一份近乎崇拜的心理，因为柏老太太是高贵的、严肃的，而又有魄力有威严的。

"恋爱？"他把茶杯在手里旋转着，"没有那么严重呢！"

"那是怎样一个女孩？"

"别提了，已经过去了。"他低低地说，望着手里的杯子，觉得心中那份撕裂般的痛楚在扩大。

"哦。"老太太紧盯着他，她没有忽略他眉梢和眼底的那份痛苦，"怎么呢？你失恋了吗？"

"不。"他很快地说。

"那么，一定是那个女孩不够好！"

"不！"他更快地说，反应的迅速使他自己都觉得惊奇，"她很好！她是我碰到过的最好的女孩子！"

"哦？"柏老太太沉吟地、深思地望着面前这张被苦恼盘踞着的脸庞，"她是你在应酬场合中遇到的吗？"她小心地问。

"不是。"

"她家里是做什么的？经商吗？"

"不，不是。"他再说，把杯子放了下来，那杯水他根本一口也没喝，"别问了，妈，我说过，这件事已经过去了，已经结束了。我累了。"他看了看楼梯，"您还不睡吗？"

"你去睡吧！"柏老太太说，注视着他的背影，目送他那沉重、疲惫而无力的脚步，一步步地踏上楼去。站起身来，她走到窗前，望着窗外的满园花影，她点点头，喃喃地自语着说："过去了？结束了？不，这事没有过去，也没有结束，他是真的在恋爱了。"

是的，这事没有过去，也没有结束。第二天，当柏霈文去工厂办公的时候，他脑中一直在盘算着，见了含烟之后，他该怎么说。怎样说才能不伤她的心，而让她明白一切都结束了。当然，她也不能再留在工厂里，他可以给她一笔钱，然后再写封介绍信，把她介绍到别的地方去工作。以他的社会地位，他很容易给她找到一个适当的工作。无论如何，她自己并没有什么大过失，即使他们之间的事是结束了，他也不忍让她再沦为舞女，或是女工，他一定要给她把一切都安排好。

驾着车子，他一路上想着的就是这问题，他觉得自己已经冷静下来了。可是，当车子越来越接近工厂，他的心就跳得越来越猛烈，他的血液也流得越来越迅速。而且，在他的潜意识中，他开始期盼着见到她的一刻，她的面庞又在他的眼前浮移，他似乎看到她那对哀愁的眼睛对他怔怔地凝视着。他喘了口气，不知不觉地加快了车行速度。

走进了工厂，他径直冲进自己的办公室内，今天他来晚了，含烟一定早就到了。可是，一进门，他就愣住了，含烟的座位上空空如也，迎接着他的，是一屋子冷清清的寂静，含烟根本没有来。

他呆立在门口，有好几秒钟，他都一动也不动。然后，一阵强烈的、失望的浪潮就向他卷了过来，迅速地淹没了他。好半天，他才走向自己的书桌后面，在椅子上沉坐了下来，用手支着头，他闭上眼睛，陷入一种深深的落寞和失意之中。

有人敲门，他抬起头来，一时间，血液涌向他的头脑，她来了！他想，几乎是紧张地盯着房门口。门开了，进来的却是领班蔡金花。他吐出一口长气，那种乏力的、软弱的感觉就又笼罩了他。他闷闷地问："有什么事？"

"颜丽丽交给我这封信，要我交给你。是章小姐托她拿来的。"

"章小姐？"他一愣，这才回过意来是含烟，接过了信，他又抑制不住那阵狂猛的心跳。蔡金花退出了屋子，一面对他好奇地注视着。他关好了房门，坐在沙发上，立即迫不及待地拆开了信封，抽出信笺，含烟那娟秀的笔迹就呈露在他的眼前："柏先生……"

这称呼刺痛了他，使他不自禁地狠狠地咬了一下嘴唇，这才重新看下去，信写得十分简短：

柏先生：

我很抱歉带给了你许多困扰，也很感激这几个月以来，你对我的诸多照顾。我想，在目前这种情形下，我不便再到你的工厂来办公，所以，我辞职了。相信没多久，你就可以找到人来顶替我的位置。

别为我担心，我不过再被命运捉弄一次。时乖命蹇，时也运也，我亦无所怨。从今以后，人海茫茫，随波浮沉而已。

祝福你！深深地。愿你找到你的幸福和快乐！

含烟于灯下

放下了信笺，他心中充塞着一片苦涩和酸楚。她竟不等他向她开口，就先自引退了。这本解决了他的一项难题，可是，他反而有股说不出的惆怅和难受。拿起信笺，他又反复地看了好几次。含烟，你错了，他想着，你不必随波浮沉，我总会给你一个好安排的。站起身来，他在室内来来回回地踱着步子，从房间的这一头一直走到那一头，这样起码走了几百次，然后，他坐回桌子前面，拿了一个信封，封了五千块钱，再写了一个短笺：

含烟：

　　五千元请留下度日，数日内将对你另有安排，请等待，并请万勿拒绝我的一番好意。总之，你是我所遇到的最好的女孩，我永不会，也永不能忘记你，所以，请别拒绝我的友谊。

　　　　祝

好

　　　　　　　　　　　　　　　　　　需文

　　封好了信笺和钱，他叫来了蔡金花，要她立即把钱和信送到含烟家里去。蔡金花用一种惊奇的眼光望着他，但是，她顺从地去了。两小时后，蔡金花回到柏需文的面前，把那五千块钱原封不动地放到柏需文的书桌上。

　　柏需文瞪视着那笔钱，紧锁着眉头说："她不收吗？"

　　"是的。"

　　"她怎么说？"

　　"她什么都没说，就叫我带回来给你。"

　　"没有回条吗？"

　　"没有，什么都没有。"蔡金花看着柏需文，犹豫了一会儿，似乎想说什么又咽住了，只是呆呆地看着他。

　　"怎样？"柏需文问，"你想说什么？"

"你辞退了章小姐吗，柏先生？"她终于问了出来。

"唔，"他支吾着，"是她不想做了。"

"哦，"蔡金花垂下头，"我想她是愿意做的，要不然，她不会对着你的信淌眼泪。"

柏霈文震动了一下。"你是说，她哭了吗？"他不安地问。

"哭得好厉害呢！先生。"

柏霈文咬紧了牙，心脏似乎收缩成了一团。蔡金花退出了房间，他一动也不动地坐在那儿，瞪视着书桌上那沓钞票。一时间，他有个冲动，想拿着钱开车到含烟家里去。但是，他克制了自己，这样做的后果是怎样呢？除非他仍然准备接受含烟……不，不，他不行！在知道她那段历史之后，一切只能结束了，他不能漠视那件事！他用手蒙住了脸，痛苦地在掌心中辗转地摇着他的头。他不能漠视那件事！他不能！

他没有去找含烟；第二天，他也没有去；第三天，他仍然没有去。可是，他变得暴躁而易怒了，变得不安而憔悴。他拒绝了生意，他和员工发了过多的脾气，他无法安下心来工作，他不愿走进自己的办公室，为了怕见含烟留下的空位子……第四天，他一早就到了工厂，坐在书桌后面，他出奇地沉默。一整天，他没有说一句话，没有处理任何一件公事，甚至没有出去吃午饭，只是呆呆地在那儿冥想着，面对着含烟的位子。然后，当黄昏来临的时候，他忽然跳了起来，走出了工厂，他大踏步地冲向了汽车，打开车门，他迅速地钻了进去，迫不及待地发动了车子。经过了一日的沉思，他想通了，他终于想通了！摆脱开了那份对"处女"的传统的看法，他全部心灵，全部意志，全部情感，都在呼唤着含烟的名字。含烟！我多傻！他在心底叫着。这何尝损坏了你的完美？你那样真，你那样纯，你那样善良，你那样飘逸，你那样高高在上，如一朵白云……什么能损坏你的完美呢？而我竟把社会的罪恶记在你的身上！我真傻，含烟，我是世界上最愚蠢的傻瓜！最愚蠢的、最不可原谅的、最狠心的、最庸俗的！我竟像一般冬烘那样重视着"处女"！哦，含烟！我白白耽误了三天的时间，令彼此陷入痛苦的深渊，我是个傻瓜！天下最大的傻瓜！

车子在大街小巷中飞驰着，一直向含烟住的地方开去。他的心跳得比汽车的引擎还要猛烈，他急于要见到含烟，他急于！在那小巷门口停住了车子，他跳下了车，那样快地冲进巷子中，他在心中不住地祷告着：别出去，含烟，你必须在家！我有千千万万句话要对你说，你一定得在家！但是……他又转回头想，你即使不在家也没关系，我将站在你的房门口，一直等到你回来为止，我今天一定要见到你！一定！

停在含烟的房门口，他刚举起手来，门上贴着的一张大红纸条"吉屋招租"就触目惊心地呈现在他眼前，他大吃了一惊，心头迅速地祈祷着：不不，含烟，你可不能离去，你绝不能！敲了门，里面寂然无声。一种不祥的预感使他的心发冷，他再重重地敲门，这次，有了回声，一阵拖板鞋的声音来到门口。接着，门开了，那不是含烟，是个梳着发髻的老太婆。

"先生，你要租房子吗？"老太婆问。

"不，我找一位小姐，一位章小姐。"他急切地说。

"章小姐搬家了。"

"搬家了？"他的头涔涔然，四肢冰冷，"什么时候搬的？"

"昨天晚上。"老太婆转过身子，想要关门，他迈前一步，急急地挡在门前，"请问，你知道她搬到哪里去了吗？"

"不知道。"

"你知道她养父母的家在哪儿吗？"他再问，心底有份近乎绝望的感觉。

"不知道，都不知道。"老太婆不耐地说，又想要关门。

他从口袋里掏出一百块钱，塞进那老太婆的手中，几乎是祈求似的说："请让我在这屋子里看看，好吗？"他心中还抱着一线希望，她既然昨天才搬走，这屋子里或多或少会留下一些东西，一个地址，一个亲友的名字，或是其他的线索，他必须要找到一点东西，他必须要找到她！

老太婆惊喜交集地握着那些钞票，一百元，半个月的房租呢！这准是个有钱的疯子！她慌忙退后，把房门开得大大的，一迭连声地说："你看吧！随你怎么看！随你看多久！"

他走了进去，环室四顾，一间空空的屋子，收拾得十分整洁，床和桌子都是房东的东西，仍然留在那儿没有搬走。房内依稀留着含烟身上的衣香，他也恍惚看到含烟的影子，坐在床沿上，眉梢轻颦，双眸脉脉。他重重地甩了一下头，走到书桌前面，他拉开了抽屉，里面留着几个没用过的空白信封，一个小小的案头日历，他翻了翻日历，希望上面能留下一些字迹，但是，上面什么都没有。其他几个抽屉根本就是空的。他再对四周望了望，这屋子中找不出什么痕迹来。低下头，他发现桌下有个字纸篓，弯下身子，他拉出那个字纸篓，里面果然有许多废纸，他一张张地翻阅着，一些账单，一些文艺作品的剪报，一些包装纸……然后，他看到一个揉皱的纸团，打开来，却是他写给她的那个短笺，上面被红色铅笔画了无数个"×"号，画的人那么用力，纸都划破了，在信后的空白处，他看到含烟的笔迹，凌乱地写着一些句子：

　　柏霈文，你多残忍！你多现实！

　　你不必用五千元打发我走，我会好好地离去，我不会纠缠你。但是，我恨你！

　　哦，不，霈文，我不恨你，只要你肯来，我求你来，来救救我！我不再要孤独，我不再要漂泊，我爱你，霈文，如果你肯来，如果你不追究我的既往，我将匍匐在你的脚下，终身做你的女奴！你不知道吗？你不知道我期盼你的殷切，我爱你的疯狂，柏霈文！柏霈文！柏霈文！柏霈文！……救我吧！霈文！救我吧！否则我将被打进十八层地狱！否则我将沉沦！救救我！

　　霈文！

　　可是，你为什么不来呢？两天了，你真的不来了！你像一般世俗的人那样摒弃我，鄙视我，轻蔑我，你是高贵的先生，我是污秽的贱货！

　　我还能期望什么？我不再做梦了，我多傻！我竟以为你会回心转意。我再不做梦了，我永远不再做梦了，毁灭吧！沉沦吧！堕落吧！嫁给那个白痴吧！还有什么关系呢？含烟，含烟，你只是别人脚下的一块污泥！

需文，我恨你！恨你！恨你！恨你！恨你！……

在无数个"恨你"之后，纸已经写完了，柏需文颤抖地握着这张纸，冷汗从他的额上沁了出来，直到这一刻，他才明白自己对含烟做了些什么，他才知道自己怎样侮辱和伤害了那颗脆弱的心，他也才知道那女孩是怎样痴情一片地爱着他。她把一切告诉他，因为不愿欺骗他，她以为他能谅解这件事，能认识她那纯真的心与灵，而他呢？他却送上了五千元"分手费"！

他踉跄地在书桌前的椅子上坐了下来，用手捧住了他那昏昏沉沉的头颅，再看了一遍那张信笺上的字迹，他的心脏紧缩而痛楚，他的喉咙干燥欲裂，他的目光模糊，他的心灵战栗，他看出那纸条中所显示的途径——她将走回地狱里去了。她在绝望之中，天知道她会选择哪一条路！他多恨他自己，恨他为什么不早一天想明白，为什么不在昨晚赶来！现在，她在何处？她在何处？

"我要找到你！含烟，我要找到你！"他咬着牙喃喃地说，"哪怕你在地狱里，我也要把你找回来！"

15

一个月过去了，含烟仍然如石沉大海。柏需文用尽了一切可以用的方式去找寻，他询问了颜丽丽，他在报上登了寻人启事，他甚至托人去派出所调户口的登记，但是，含烟像是消失在大海中的泡沫，一点踪迹都找寻不出来。

他懊恼往日从没有问过含烟关于她养父母的姓名地址，如今，他失去了一切的线索，报上的寻人启事由小而扩大，连续登了一星期，含烟连一个电话都没有。柏霈文迅速地消瘦和憔悴了，他食不知味，寝不安席，终日惶惶然如一只丧家之犬。他在家里一分钟都待不住，他怕含烟会有电话打到工厂里，但是，在工厂中，他同样一分钟也坐不住，随时随刻，他就会在一种突来的惊惧中惊跳起来，幻想她已经结婚了，嫁给了那个白痴。于是，他会周身打着寒战，全身心都痉挛起来。

这一切逃不过柏老太太和高立德的眼光。高立德，这是个苦学出来的年轻人，只身来台，在大学中念农学院，和柏霈文同学。由于谈得投机，两人竟成莫逆之交。因此，高立德毕业之后，就搬到柏宅来住，柏霈文把整个的茶园，都交给高立德管理。高立德学以致用，再加上他对茶园有兴趣，又肯苦干，竟弄得有声有色，柏家茶能岁收七八次，都是高立德的功劳。柏霈文为了感激高立德，就算了他股份，每年赋予高额的红利。因此，高立德在柏家的地位非常特殊，他是柏霈文的知己、兄弟及助手。

这天晚上，高立德和柏老太太都在客厅中，柏霈文又在室内来来往往地走个不停，最近，几乎每天晚上，他都是这样走来走去，甚至深夜里，他在卧室中，也这样走个不停，常常一直走到天亮。

"霈文，"柏老太太忍不住喊，"你怎么了？"

"哦？"柏霈文站住了，茫然地看了母亲一眼。

"一个小女工，就能把你弄得这样神魂不属吗？"柏老太太盯着他。

"哦？妈？"他惊异地说，"你怎么知道——"

"我都知道，"柏老太太点点头，"霈文，我劝你算了吧！她不适合你，也不适合我们这个家庭，她是在吊你胃口，你别上这个女孩的当！"

"妈！"柏霈文反抗地说，"你根本不知道！你根本不认得她！你这样说是不公平的！"

"我不知道？"柏老太太挑了挑眉毛，"这种女孩子我才清楚呢，我劝你别执迷不悟吧！瞧她把你弄成什么样子了！你去照照镜子去，还有几分人样没有？你也真奇怪，千挑万选，多少名门闺秀都看不中意，倒看上了厂里一个女工！"

"人家也是高中毕业呢！"柏霈文大声说，"当女工又怎样呢，多少大人物还是工人出身呢！"

"当然，"柏老太太冷笑了一声，"这个女工也已经快成为老板娘了！"

"别这样说，妈，"柏霈文站在母亲的面前，像一尊石像，脸色苍白，眼光阴郁，"她并不稀罕嫁给我，她已经失踪一个月了。"

"她会出现的，"柏老太太安静地说，"她已经下了钓饵，总会来收竿子的。不过，霈文，我告诉你，我不要这样的儿媳妇。"

柏霈文僵立在那儿。老太太说完，就自顾自地站起身来，径自走上楼去了。柏霈文仍然站在那儿发愣，直到高立德走到他的面前来，递给他一支燃着了的烟。

"我看你需要一支香烟。"高立德微笑地说。

柏霈文接过了烟，长叹一声，废然地坐进沙发里，把手指深深地插进头发中。高立德也燃起一支烟，坐在柏霈文的对面，他静静地说："到底是怎么回事？说出来让我帮你拿拿主意。"

柏霈文抬起头来，看了高立德一眼，高立德的眼光是鼓励的。他又叹了口气，深深地吸了一口烟，那浓浓的烟雾在两个男人之间弥漫。高立德交叠着腿，样子是闲散而潇洒的。柏霈文紧锁着眉，却是满脸的烦闷和苦恼。

"妈怎么知道含烟的事？"柏霈文问高立德。

"她打电话给赵经理问的。"高立德说，"怎么，真是个女工吗？"

"女工！"柏霈文激动地喊着，"如果你看到过这个女工！如果你看过！"

高立德微微一笑。"怎会失踪的呢？"他问。

柏霈文垂下了头，他又沉默了，好半天，他们两人都没有说话，高立德也不催促他，只是自顾自地喷着烟雾。过了好久好久，柏霈文才慢吞吞地说："我第一次注意到她是四个月之前。"他喷出一口烟，注视着那烟雾的扩散，在那缥缥缈缈的烟雾中，他似乎又看到含烟的脸，隐现在那层烟雾里，柔弱、飘逸而虚幻。他慢慢地叙述出他和含烟的故事，没有保留地、完完全全地。在高立德面前，他没有秘密。叙述完了，他仰靠在沙发里，看着天花板，呆愣愣地睁着一对无神的眸子，轻轻地说："我愿用整个世界去换取她！整个世界！"

高立德沉思不语，他是个最善于用思想的人。好一会儿，他才忽然说："你有没有去各舞厅打听一下？"

"舞厅？"柏霈文一怔。

"你看，她原来在舞厅做过，因为想新生，才毅然摆脱舞厅去当女工。可是，你打击了她，粉碎了她的希望。一个在绝望中的女孩子，她既然发现新生不能带给她尊敬和荣誉，甚至不能使爱她的人看得起她，她会怎样呢？"

"怎样呢？"柏霈文的额上沁出了冷汗。

"自暴自弃！所以，她说要'随波浮沉'，所以，她说要毁灭，要沉沦，因为她已经心灰意冷。现在，她有两个可能性，一个是她已经嫁给那个白痴了；另一个可能性，就是回到舞厅去当舞女。所以，我建议你，不妨到舞厅去找找看！"

柏霈文深深地看着高立德，半晌不言也不语。然后，他就直跳了起来，抓起椅背上搭着的一件夹克，向屋外就走，高立德惊讶地喊："你到哪里去？"

"舞厅！"

"什么舞厅？你一点线索都没有怎么行？"

"我一家家去找！"

冲出了屋外，高立德立即听到汽车发动的声音，他站起身来，走到窗口，目送柏霈文的车子如箭离弦般地驶出去。他扬了扬眉，微微侧了一下头，把双手插在夹克的口袋里，自言自语地说："唔，我倒真想见见这个章含烟呢！"

又是三天过去了，柏霈文跑了总有十几家舞厅，但，含烟的踪迹仍然杳不可寻。一来，柏霈文不知含烟在舞厅中所用的名字，二来，他手边又没有含烟的照片，因此，他只有贿赂舞厅大班，把舞女们的照片拿给他看。不过，这样并不科学，因为许多舞女，并没有照片，于是，他常默默地坐在舞厅的角落里，猛抽着香烟，注视着那些舞女，再默默地离去。

可是，这天晚上，他终于看到含烟了！

那是个第二三流的舞厅，嘈杂，凌乱，烟雾腾腾。一个小型乐队，正在奏着喧闹的音乐，狭小的舞池，挤满了一对对的舞客，在跳着吉特巴。含烟就在一个中年人的怀抱中旋转，暗沉沉的灯光下，她耳际和颈项上的耳环项链在迎着灯光闪亮。虽然灯光那样幽暗，虽然舞池中那样拥挤，虽然含烟的打扮已大异往日……但是，柏霈文仍然一眼就认出她来了。他走进舞厅的一刹那就认出来了！他心跳，他晕眩，他震动而战栗，在一个位子上坐了下来，他对舞女大班说了几句话，指指在舞池中的含烟，然后，他开出一张支票给舞女大班。那大班惊异地望着他，走开了。他叫了一瓶酒，燃起一支烟，就这样静静地坐在那儿等待着，一面把酒一杯杯地倾入腹中。

然后，不知过了多久，一阵阴暗罩住了他，有个人影遮在他的面前，他慢慢地抬起头来。一件黑丝绒的洋装，裹着一个怯弱纤小的身子，敞开的领口，露出修长秀气的颈项，那瘦弱的肩膀是苍白而楚楚可怜的，那贴肉的发亮的项链一定冰冻着那细腻的肌肤。他的目光向上扬，和她的眼光接触了。

她似乎受了一个突如其来的大震动，血色迅速地离开了她的面颊和嘴唇，她用手扶着桌子，身子摇摇欲坠。他站起身来，一把扶住了她，然后，他让她在椅子里坐了下来。他用颤抖的手，给她倒了一杯酒，递到她的面前。她端起杯子，很快地把它一口喝干。他坐在她的对面，在一层突然上涌的泪雾中凝视着她。她更瘦了，更憔悴了，脂粉掩饰不住她的苍白和疲倦，她的眼睛下有着明显的黑圈，长睫毛好无力地扇动着，掩映着一对蒙眬而瑟缩的眸子。他咬住了嘴唇，他的心在绞紧，绞得好痛好痛。

"含烟！"他轻唤着，把一只颤抖的手盖在她放在桌上那只纤小的手上，"你让我找得好苦！"

她轻轻地抽出了自己的手来，抬起眉毛，她的眼光是今晚第一次正视他，带着一层薄薄的审判意味，和一份淡淡的冷漠。

"你要跳舞吗，先生？"她问，那张小脸显得冷冰冰的，"谢谢你捧我的场！"

"含烟！"他喊着，急切中不知该说些什么，含烟那张毫无表情的脸刺痛了他，他慌乱了，紧张了，在慌乱与紧张之余，他五脏六腑都可怕地翻搅痛楚了起来，"含烟，别这样，我来道歉，我来接你出去！"他急急地说，手心被汗濡湿了。

"接我出去？"她喃喃地说，"对了，你付了带出场的钱，你可以带我出场。"她站起身来，静静地望着他，"现在就走吗，先生？"

他看着她，那憔悴的面庞，那疲倦的神色，那冷漠的表情，好像他只是一个普通的舞客，距离她很遥远很遥远的一个陌生人。他的心被撕裂了，被她的神态撕裂了。他知道了一件事：她不愿再继续那段感情了，他失去了她！他曾把握在手中的，但是，现在，他失去了她！

"怎样呢？"她问，"出去，或者是跳舞？"

他咬咬牙，然后，他突然地站起身来。

"好，我们先出去再说！先离开这个鬼地方！"

含烟取来了她的风衣，柏霈文帮她披上，揽住她的腰，他们走出了那家舞厅。含烟并没有拒绝他揽住自己，这使他心头萌现出一线希望，从睫毛下凝视着她，他发现她脸上有种无所谓的、不在乎的神情，他重新被刺痛了。

"到哪儿去？"她问他。

"你现在住在什么地方？"

"就在附近。"

"能到你那儿去坐坐吗？"

"可以。"她扬扬眉毛，"只要你高兴。"

她不再说话了，只是往前走着，深秋的风迎面扑来，带着深深的凉意，她有些瑟缩，他不自禁地揽紧了她，她也没有抗拒。这是中山北路，转入一条巷子，他们走进了一家公寓，上了二楼，含烟从手提包里取出了钥匙，打开房门。柏霈文置身在一间小而精致的客厅中了，这是一个和以前的小屋完全不能相比的房间，墙上裱着壁纸，屋顶上垂着豪华的吊灯，有唱机，有酒柜，柜中陈列着几十种不同的酒，一套雅致的沙发，落地窗上垂着暗红色的窗帘……柏霈文环室四顾，心中却在隐隐作痛，他看到了一个典型的、欢场女人的房间，而且，他知道，这儿是常有客人来的。

"房间布置得不错。"他言不由衷地说。

"是吗？"她淡淡地问，"租来的房子，连家具和布置一起租的，我没再变过，假如是我自己的房子，我会选用米色和咖啡色布置客厅，白色、金色和黑色布置卧室，再加个红床罩什么的。"她指指沙发，"请坐吧！"打开了小几上的烟罐，她问，"抽烟吗？"

"不。"

"要喝点什么酒吗？"她走到酒柜前面，取出了酒杯，"爱喝什么？白兰地还是威士忌？"

"不，什么都不要。"他有些激动地说，他的眼光紧紧地盯着她。

"那么，其他的呢？橘子汁？汽水？可乐？总要喝点东西呀！你为我花了那么多钱，我总应该好好地招待你才对！"她说，故意避开了他的眼光。

他走到她的面前，他的手一把握住了她的手臂，把她的身子扭转过来，他强迫她面对着自己。然后，他深深地望着她的脸，他的眼睛里布满了红丝，他的头发蓬乱，他的呼吸急促，他的脸色苍白而憔悴。

"够了！"他哑着嗓子说，"别折磨我了，含烟。我错了，我错了，我错了，你别折磨我了吧！"他控制不住自己，他紧紧地把她揽进怀里，就痛苦地把脸埋进她的衣领中，"你发脾气吧！你打我骂我吧，你对我吼对我叫吧，你告诉我我是最大的傻瓜吧，但是，别这样用冷淡来折磨我！别这样！你知道这一个月以来，我除了找寻你，什么事都没有做，你给我的惩罚已经够了，已经够了！含烟，你饶了我吧！"

她挣扎着跳了开去，背靠在墙上，她睁着一对大大的眼睛，瞪视着他。她的脸色苍白如纸，她的神情瑟缩而迷惘。

"你——你要做什么，先生？"她问，好像他仍然是个陌生人。

"我要向你求婚。"他急促地说，"我请求你做我的妻子，我爱你，我要你。"

她望着他，脸色更苍白了，一层疲倦的神色浮现在她的眼底，她慢慢地转开了头，垂下了眼睑。

"如果你是在向我求婚，那么，我拒绝了，先生。"她说，声音平淡而无力。

"含烟！"他嚷着，冲到她的面前，握住了她的双手，"我知道，你在生我的气，你恨我，我知道，我都知道。但是，不要说得这样决绝，你再给我一个机会，再考验我一次，请求你，含烟！"

"不，"她轻声地说，她的眼睛空空洞洞地看着窗外，脸上一无表情，"你轻视我，你认为我是污秽的，我不能嫁给一个轻视我的人。不，不行，先生，我早就说过，我配不上你！"

"不，不，含烟，不是这样的。是我配不上你，我庸俗，我狭小，我自私，现在，我想通了，那件事一点也不损你的清白和美好，我太愚蠢，含烟！现在没有什么可以阻碍我们了，我不介意你的出身，我不介意你的过去，你在我的心目中永远完美，我请求你，含烟，嫁我吧！嫁我吧！含烟，别拒绝我！"

她战栗了一下，她的眼睛仍然看着窗外，但是，一层泪浪涌了上来，那对黑蒙蒙的眸子浸在水雾之中了。她的嘴唇轻轻地嚅动着，唇边浮起一个无力的微笑。

"如果一个月以前，你肯对我说这几句话，"她幽幽地说，"我会跪在你的脚下，吻你的脚。可是，现在，没有用了，我已经重回舞厅，我已经不再梦想了。我不嫁你，柏先生。不过，你可以到舞厅里来，你有钱，你可以买我的钟点，或者带我出场。"

"不！含烟！"他喊，迫切地摇撼着她，抚摩她的面颊、头发，他的眼光烧灼般地落在她的脸上，"我不会让你留在舞厅，我不会！我一定要娶你！随你怎么说！别对我太残忍，含烟……"

"是你残忍，柏先生！"她说，眼光终于从窗外掉了回来，注视着他，泪水滑下了她的面颊，滴落在她的衣服上，"请你放了我吧，别再纠缠我。"她说，开始轻轻地、忍声地啜泣起来。

她的啜泣使他心碎，使他心痛。他捧起她的脸，用嘴唇吻去了她的泪，恳求地说："饶恕我，饶恕我，含烟。我错了，我像一头蠢驴，我让你白白受了许多苦，受了许多委屈。我错了，含烟，给我机会，给我机会来赎罪，我要弥补我的过失，我向你保证，含烟，你这一生苦难的日子已经结束了，我要给你一份最甜蜜、最幸福的生活。含烟，答应我，嫁给我！含烟，答应我！"

"你……你会后悔，"她哭泣地说，"你终究有一天会嫌弃我……"

"我不会，绝对不会！"

"你会，你已经嫌弃过我一次，以后你还会嫌弃我，我怕那一天，我不敢接受你，我不敢！"她用手蒙住脸，哭泣使她的双肩抽搐，泪水从她的指缝中流出来，"我说过，我自惭形秽，我卑贱，我渺小……我不愿嫁你，我不愿！当有一天，你不再爱我，那时你会诅咒，你会后悔……啊，不，不，"她在掌心中摇着头，"你放了我吧！让我去吧！我那么卑微，你别寻我的开心……"

她说不下去了，她已经泣不成声。柏霈文把她的手用力地从脸上拉下来，看着那张泪痕狼藉的小脸，那份委屈的、瑟缩的神色，他的心脏抽搐痉挛起来。他明白了，明白自己怎样伤害了这颗脆弱的心，伤害得这样严重，使她已不敢再相信或再接受爱情了。他注视着她，深深地、长久地注视着她，然后，他喊了一声，惶悚地把她拥进了怀里，战栗地紧抱着她的头，喊着说：

"哦，含烟！我对你做了些什么？我该死，该进入十八层地狱！哦，含烟！你打我吧，你骂我吧！"

托起她的头来，他把嘴唇紧压在那两片颤抖的唇上。含烟仍然在哭泣，一边哭泣，她一边用手环抱住了他，紧紧地环抱住了他，啜泣着说："你……你……你真……真要我吗？"

"是的，是的，含烟！我每根骨头，每条纤维都要你！我要你！要你！含烟！我们明天就结婚，我会帮你还掉欠养父母的那笔债，我会代你结束舞厅里的合同。含烟，你再也没有困苦的日子了！我保证。我将保护你，今生，今世，来生，来世！"

"你……不是真心……"

"是真心，是真心！"他一迭连声地说。

"你知道我……不是好女孩，我不纯洁，不……"

他用手蒙住了她的嘴。"你是好女孩，你纯洁！你完美，你像一块璞玉！你是我梦寐以求的那个女孩子！"

含烟抬起头来了，闪动着那满是泪雾的眸子，她望着柏霈文，好一会儿，她就这样望着他，然后，她怯怯地、柔弱地说："你——不会——后悔？"

"后悔？"他凝视着她，"是的，我后悔我耽误了一个月的时间，我后悔让你受了这么多苦！"

她垂下了眼睑，一动也不动地站着。

"含烟，"他轻唤着，"你原谅我了吗？"

她什么话都没有说，只是轻轻地用手抱住了他，轻轻地倚进了他的怀里，再轻轻地把面颊靠在他那坚强而宽阔的肩上。

16

那个早晨像个梦，一清早，窗外的鸟啼声就特别地嘹亮。睁开眼睛来，含烟看到的是满窗的秋阳，那样灿烂地、暖洋洋地投射在床前。她看了看手表，八点三十分！该起床了，柏霈文说十点来接她去法院，她还要化妆，还要换衣服。可是，她觉得浑身都那样酥软，那样腾云驾雾一样的，她对于今天要做的事，还没有百分之百的真实感，昨晚，她也一直失眠到深夜。这是真的吗？她频频地问着自己，她真的要在今天成为柏霈文的新娘吗？这不是一个梦，一个幻想吗？

床前，那件铺在椅子上的新娘的礼服像雪一样白，她望着那件礼服，忽然有了真实感。从床上直跳起来，她知道这将是个崭新的、忙碌的一天。梳洗过后，她站在镜子前面，打量着自己，那焕发着光彩的眼睛也看不出失眠的痕迹，那润滑的面庞，那神采飞扬的眉梢，那带着抹羞涩的唇角……噢！这就是那个晕倒在晒茶场上的小女工吗？她深深地叹息，是的，像霈文说的，苦难日子该结束了！以后，迎接她的该是一串幸福的、甜蜜的、梦般的岁月！

拿起发刷来，她慢慢地刷着那垂肩的长发，镜子里浮出来的，不是自己的形象，却是霈文的。霈文，这名字甜甜地从她心头滑过去，甜甜的。她似乎又看到霈文那热烈而渴望的眸子，听到他那急切的声音："我们要马上结婚，越快越好。我不允许有任何事件再来分开我们！"

"会有什么事能分开我们呢?"她说,她那一脸的微笑像个梦,她那明亮的眼睛像一首诗。

他望着她,陡地打了个冷战。"我要你,我要马上得到你,完完全全的!"他嚷着,紧紧地揽住她,"我怕失去你,含烟,我们要立刻结婚。"

"你不会失去我,需文,你不会,除非你赶我走!"她仍然在微笑着,"要不然,没有力量能分开我们。"

"谁知道呢?"他说,眼底有一抹困惑和烦恼。然后,他捧住她的脸说:"告诉我,含烟,你希望有一个怎样的婚礼?很隆重的?很豪华的?"

"不。"她说,"一个小小的婚礼,最好只有我和你两个人,我不要豪华,我也不要很多人,那会使我紧张,我只要一个小小的婚礼。越简单越好。"

"你真是个可人儿。"他吻着她,似乎解除了一个难题,"你的看法和我完全一样。那么,你可赞成公证结婚?"

"好的,只要你觉得好。"

"你满了法定年龄吗?"

"没有,我还没有满十九岁呢!"

"啊,"他怜惜地望着她,"你真是个小新娘!"

她的脸红了,那抹娇羞使她更显得楚楚动人。柏需文忍不住要吻她,她那小小的唇湿润而细腻。抚摩着她的头发,柏需文说:"你的监护人是你的养父吗?"

"是的。"

"你想他会不会答应在婚书上签字?"

"我想他会，他已经收了你的钱。"

"那么，我们在一个星期之内结婚！"他决定地说，"你什么都不要管！婚礼之后，我将把你带回家，我要给你一点小意外。"

"可是……"她有些犹豫，"我还没见过你母亲。"

"你总会见到她的，急什么？"他很快地说，站起身来，"我要马上去筹备一切！想想看，含烟，一星期之后，你将成为我的妻子了！噢，我迫切地希望那一天！"

现在就是那一天了。含烟望着镜中的自己，这一个星期，自己一直是昏昏沉沉、迷迷糊糊的。她让柏霈文去安排一切，她信任他。她跟着他去试婚衣，做新装，她让霈文帮她去选衣料，跟裁缝争执衣服的式样，她只是微笑着，梦似的微笑着。当霈文为她花了太多的钱时，她才会抓着霈文的手说："别这样，霈文，你会宠坏我呢！"

"我要宠坏你，"他说，"你生来就该被宠的！"

这是怎样的日子？充满了怎样甜蜜的疯狂！她一生没有这样充实过，这样沉浸在蜜汁之中，晕陶陶地不知世事。她不问霈文如何布置新居，不问他对婚礼后的安排，她对他是全面地倚赖和信任，她已经将她未来的一生，都捧到了他的面前，毫无保留地奉献给了他。

如今，她马上要成为霈文的新妇了。刷着头发，她就这样对着镜子朦胧地微笑着，不知过了多久，她才惊觉到时间已经不早了，如果她再不快一点，她会赶不上行婚礼的时间。放下发刷，她开始化妆。霈文原想请几个女伴来帮她化妆，但她拒绝了，她怕那些女伴带来的只是嘈杂与凌乱，她要一个真正的、梦似的小婚礼。

她只淡淡地施了一些脂粉，没有去美容院做头发，她一任那长发自然地披垂着。然后，她换上了那件结婚礼服，戴上了花环，披上了婚纱，站在镜子前面，她不认识自己了，那白色轻纱裹着她，如一团白云，她也正如置身云端，那样轻飘飘的，那样恍恍惚惚的。

门外响起了一阵汽车喇叭声，他来了！她喜悦地站着，等待着，今天总不是他自己开车了吧？没有一个新郎还自己做司机的，她模糊地想着，奇怪自己在这种时候，还会想到这种小事。一阵脚步声冲到了门口，几乎是立刻，门开了，柏霈文举着一把新娘的花束冲了进来，一眼看到披着婚纱的含烟，他怔住了，站立在那儿，他一瞬也不瞬地瞪视着她，然后，他大大地喘了口气。

"含烟，"他眩惑地说，"你像个被白云烘托着的仙子！"

"我不是仙子，"她喃喃地说，微笑着，"我只是你的新妇。"

"哦！我的新妇！"他嚷着，冲过来，他吻了她，"你爱我吗，含烟？你爱我吗？"

"是的，"她说，仍然带着那个梦似的微笑，"我爱你，我要把自己交给你，整个的人，整个的心，整个的灵魂！"

他战栗了，一种幸福的极致的战栗。他从含烟的眼底看出了一项事实，这个小女人已经把她的一生托付给他了。这以后，他将主宰着她的幸福与快乐！他必须要怎样来保护她，来爱惜她啊！

"感谢天！"他说，带着一脸的严肃与庄重，紧握着她的双手，"这是它在我这一生中，赐给我最珍贵的一项礼物，穷此一生，我将感恩。"他那庄重的神情感染了她，她的脸色也变得严肃而郑重了，在这一瞬间，他们两人都陷入一种崇敬的情绪之中，对那造物者的撮合感恩，为那命运的安排感动。

"噢，"他忽然醒悟过来，"我们要赶快了，但是，在走以前，你先看看你的婚戒吧。"

他从口袋里取出一个小盒子，打开那个盒子，含烟看到的是一个光彩夺目的大钻戒，那粒大而灿烂的钻石镶嵌在无数小钻石之中，迎着阳光闪烁。含烟呆住了，微笑从她唇边隐去，她看来十分不安。

"你花了许多钱。"她喃喃地说，"这是钻石吗？"

"是的，三克拉。"

她扬起睫毛来望着他。"你不该花那么多钱……"她说，"钻石对我是太名贵了。"

"钻石配你最合适，"他深深地望着她，"你就像一粒钻石，一样璀璨，一样晶莹，一样坚定。"他再吻了吻她，"好吧！我们得走了！立德要在车里等急了。"

"立德？"她怔了怔。

"高立德！我跟你提过的。他将做我们的结婚证人。"他看了看室内，"你的东西都收拾好了吗？房东的账也结清了吗？"

"是的，"她指指门口的两口皮箱，"东西都在那儿，我没有太多的东西。"

"好，我们走！"他们走到了门口，他忽然站住了，郑重地望着含烟说，"希望你不要嫌婚礼太简陋，我没有请客，没有通知任何人，我不想惊动亲戚朋友。但是，我想，你不会认为我不重视这个婚礼，对于我，它是严肃的、神圣的、慎重的。"

"我知道，"她轻声说，"对于我，它也是。"

他们下了楼，柏霈文把她的两口箱子也带了下去。好在含烟租房子都是连家具一起租的，只要把衣服收拾好，就没有什么可搬动的。到了楼下，高立德已含笑迎了上来，帮着柏霈文把箱子放进行李箱内，他打开车门，笑嘻嘻地说："新娘赶快进车子吧，路上的人都在看你呢！"

含烟的脸上飞起了两朵红晕，她下意识地看了高立德一眼，这是她第一次看见高立德，那个黝黑、挺拔、高大、漂亮而风趣的年轻人。在这一刹那，她做梦也不会料到，这个年轻人日后竟会成为她婚姻上的礁石。

坐进了车子，含烟才知道今天开车的是高立德，车子发动以后，柏霈文猛地惊觉过来，说："瞧我多糊涂，我竟忘了给你们介绍！"

"免了吧！霈文，"高立德回过头来，对着含烟嘻嘻一笑，"我想我们都早就认识了，是不，章小姐？记住，我可能是最后一个喊你章小姐的人！"

含烟的头垂得更低了，羞涩从她的眼角眉梢漾了开来，遍布在整个的面颊上。

到了法院，张会计早已等在那儿了，看到柏霈文和含烟，他笑吟吟地走上来鞠躬道贺。含烟才知道他是另一个证人，她奇怪柏霈文不找赵经理，而找张会计，大概因为张会计是厂里的老人吧！

这是个名副其实的小婚礼，除了一对新人，两个证婚人和法院里的法官书记等人之外，没有一个观礼者，婚礼在一种宁静、庄重、肃穆的气氛下完成了。当司仪最后宣告了礼成，一对新人相对注视，都有种恍惚如梦的感觉。含烟的眼眶潮湿了，需文的眼光却带着无限的深情和痴迷，落在含烟的脸上。他轻轻地说："你终于是我的了，含烟。"

说完，他就不管法官还没有退席，不管张会计和高立德依然站在旁边，他就一把把含烟拥进了怀里，对她唇上深深地吻下去。含烟惊呼着用手去推他，高立德却在一边拊掌大笑了。走上前来，他推开柏需文，笑着说："按外国规矩，我有权吻新娘。"

站在那儿，他的目光笑嘻嘻地紧盯着含烟，面对着含烟那张娟秀的脸，他明白柏需文之所以如此着迷的原因了。这小新娘清灵如水，温柔如梦，美丽如春花初绽，娇怯如弱柳临风。这是你一生也不容易碰到的那类女孩子，这是可遇而不可求的。

"算了吧！立德，"柏需文来解围了，挽住含烟的手，他说，"我们这儿是中国，没有外国规矩。"

"哈！"高立德笑得开心，"你真吝啬啊，你连吻新娘都舍不得呀！"

"是舍不得！"柏需文也笑着说，"她是我的，谁也不许碰她！"

"听到没有，柏太太？"高立德转向含烟，"你刚刚嫁了一个专制的丈夫！你猜怎么，他在你们行婚礼之前，都不许我见你，就怕你被我抢了去！"

"越来越胡说八道了！"柏需文笑着，挽紧了含烟，"别听他鬼扯，我们该回家了。"

家！含烟心头掠过了一阵奇妙的感觉，她还不知道她的家是什么样子，霈文对于这个总是神秘兮兮的。但她并不在意，只要有一间小屋，就会成为他们的安乐窝，她确信这一点。家！她一直渴望着的一个字啊！她多么迫切地想躲到那里面去，休憩下那十九年来疲倦的身心！

到了法院门口，柏霈文转头对张会计说："你去告诉工厂里所有的人，我已经在今天和章小姐结婚了，同时，放所有员工一天假，以资庆祝。"

"好的，柏先生。"张会计微笑着说，转身走了。

高立德把车子开了过来，他们上了车，含烟仍然穿着新娘的礼服，捧着新娘的花束，带着那梦似的微笑。柏霈文紧挽着她那小小的腰肢，他的目光不能自已地注视着她，带着无限的深情和无尽的喜悦。

车子离开了市区，驶过了松竹桥，那迎面吹来的秋风中就带着松树与竹子的清香，再驶过去，车子两边就都是茶园了。高立德把车子驶往路边，然后，他刹住了车子，熄了火，他转过头来。他脸上那份戏谑的神色没有了，取而代之的，是一份庄重与沉着。

"柏太太，看看你的周围，这都是柏家的茶园。他在五年之内，把茶园扩大了一倍，你嫁了一个能干的丈夫。"

"因为他有一个能干而忠诚的朋友！"柏霈文接口说，对高立德微笑。

含烟左右望着，她惊讶于这茶园面积的辽阔，同时，她也惊讶于柏霈文和高立德之间那份深挚的友谊，她觉得颇为感动，不自禁地也对高立德微笑着。

"好了，霈文，"高立德望着柏霈文，"婚礼已经举行过了，我这个诸葛亮已经尽了我的本分。现在，在到家之前，你不给你的太太一点心理上的准备吗？"

柏霈文的眉头紧蹙了起来。含烟狐疑地看看高立德，又看看柏霈文，她不知道他们两人在捣什么鬼。然后，霈文转向了她，握住了她的双手，他显得很沉重。

"含烟，我很抱歉，有件事我必须告诉你。"

"什么事？"含烟的脸色变白了，她受到了惊吓，"你别吓我。"

"不不，你不必恐慌，"柏霈文安慰地拍着她的手背，"我只是要坦白告诉你，我之所以必须秘密和你结婚，不敢通知任何亲友，是因为怕一份阻力——我母亲。"

她的脸孔更白了，她的黑眼睛睁得好大好大。

"你——居然是——"她嗫嚅地说，"瞒着她结婚的吗？"

"是的，知道这个婚礼的，只有我、你、立德和张会计。"

她的嘴唇微微地颤抖着，她的睫毛垂了下去。

"你——你的意思是说，如果你母亲知道你和我结婚，她一定会反对，是吗？"

霈文战栗了一下，他发现这柔弱而敏感的小女孩又受伤了。他抓住了她的手臂，迅速地托起了她的下巴，望着她的脸说："你知道老人家的看法总和年轻人不太一样的，我又是个独子，她就总把我的婚事看成了她自己的事情。我并不是说她一定会反对，但是，只要有这份可能性，我就不容许它发生，所以，我瞒着她做了。"

含烟的心沉进了一个深深的冰窖里，她瞪视着霈文，焦灼而烦恼地说："你错了，需文，你太操之过急了。你这样突然地把一个新娘带到她面前，你让她如何接纳我？你又让我如何拜见她？你坑了我了，需文。"

"别急，含烟，到家之后，我会先上楼对她说明一切的。她会接纳你，含烟，没有人能不接纳你的，她会接纳你，而且，她会喜欢你！何况，"他微笑着，想使含烟重新快乐起来，"到底娶太太的是我，不是她呀！"

但愿你的说法是对的！含烟想着，低下了头，现在只结婚了一小时，她不愿露出自己对这事的不满来，而且，需文这样不顾一切的做法，还是为了怕失去她呀，她咬了咬嘴唇，朦胧地感到，前途绝不像自己预料的那样光明了。看到他们的谈话已经结束了，高立德重新发动了车子，随着车子前进的速度，含烟也在迅速地盘算着，她的思想比车轮转得还快。当车子在那两扇铁门前刹住时，含烟也抬起她那对坚定、勇敢，而充满希望的眼睛，望着柏需文说："你是对的，需文，你放心，她会喜欢我的！"

高立德冷眼旁观，他在这小女人的脸上看到了一份坚定的决心，他知道，她将用尽她的方法，来准备博取婆婆的欢心了，那张燃烧着光彩的小脸是使人心折的。他真有些嫉妒需文了。咳了一声，他说："柏太太，你不看看你的家吗？"

"你最好叫她含烟，别左一声柏太太，右一声柏太太，真别扭！"柏需文说。

含烟望向外面，触目所及的，是铁门前竖着的一块簇新的木牌，上面雕刻着四个精致的字：

含烟山庄

　　她惊喜交集地回过头来望着柏霈文，张口结舌地说："怎么——怎么——"

　　"这是你的！含烟。"柏霈文深深地看着她，"你的家，你的房子，你的花园，你的我。"

　　"哦！"含烟闪动着眼睑，蕴蓄了满眼眶的泪。然后，她闻到了花香，那绕鼻而来的紫丁花香。铁门打开了，她看到柏霈文塞了一个红包在那开门的男工手上，一面说："这是赏给你的，老张，我刚刚结婚了。"

　　她顾不得那男工惊讶的目光，她已经眼花缭乱了，她发现自己置身在一个像幻境般的花园里，有葱茏的树木，有深深的庭院，还有成千成万朵玫瑰，那一簇簇的玫瑰，那整个用黄玫瑰做出的圆形花坛！她钻出了车子，呆立在那儿，惊异得说不出话来了。

　　"你梦想的玫瑰花园，"柏霈文在她身边说，"这是立德和我，费尽心力，把原来的花园改成这样的。我答应过你的，不是吗？"

　　含烟转过身子来，这次，是她不顾一切了，不顾那旁边的男工，不顾高立德，不顾从客厅门口伸出头来的女佣，她用手环抱住了柏霈文的颈项，很快地吻了他。

　　"谢谢你，谢谢你给我的家！"她说，泪水在眼眶中闪烁，这家中会有阴影？不！那是不可能的！

17

把含烟留在客厅中，柏霈文就跑上了楼梯，一直停在柏老太太的门前，在门外停立了几秒钟。呼吸了好几下，他终于甩了甩头，举起手来敲了敲门。门内，柏老太太那颇具威严的声音就传了出来："进来！"

他推开门，走了进去，一眼看到柏老太太正在敞开的窗前，那窗子面对着花园，花园内的一切都一览无遗。他的心跳加速了，那么，一切不用解释了，柏老太太已经看到他和含烟在花园中的一幕了。他注视着柏老太太，后者的脸色是铁青的。

"你要告诉我什么吗？"柏老太太问，声音冰冷而严厉。

柏霈文把房门在身后合拢，迈前了几步，他停在柏老太太的面前，低下头，他说："我来请求您的原谅。并请您接受您的儿媳妇。"

"你终于娶了她！"柏老太太低声地说，"甚至不通知你的母亲。"她咬了咬牙，愤怒使她的身子颤抖，"你不是来让我接受她的，你简直是要我去参见她呢！"

"妈！"柏霈文惶悚地说，"我知道我做错了，但是，请你原谅我！"他抬起头来，看着柏老太太，他的眼睛好深好沉，闪烁着一种奇异的光芒。柏老太太不禁一凛，她忽然觉得自己不认识这孩子了，他不再是那个依偎在她膝下的小男孩，他长大了，是个完完全全的、独立的男人了。他身上也带着那种独立的、男性的、咄咄逼人的威力。他的声调虽然温柔而恭敬，却有着不容人反驳的力量。"妈，你不能了解，她对于我已经比世界上任何东西都更重要，我不能允许有任何事情发生，我害怕失去她，所以，我这样做了！我宁愿做了之后，再来向您请罪，却不敢冒您事先拒绝的险！"

柏老太太瞪视着柏霈文，多坦白的一篇话！却明显地表示出了一项事实，他可以失去母亲，却不能失去那个女人！这就是长成了的孩子必走的一条路吗？有一天，你这个母亲的地位将退后，退后，一直退到一个角落里去……把所有的位置都让给另一个女人！在他的生命里，你不再重要了，你不再具有权威了，你失去了他！如今，这孩子用这样一对坦白的眸子瞧着你，他已经给你下了命令：你无可选择！你只有接受一条路！

"她比世界上任何东西都重要，甚至比你的母亲更重要！"她喃喃地说，"你已经不考虑母亲的地位和自尊了！你真是个好儿子！"

"妈！"柏霈文喊了一声，"只要你接受她，你会喜欢她的，你会发现，你等于多了一个女儿！"

"我没福气消受这个女儿！"柏老太太冷冷地说，"或者我该搬出去住。她叫什么名字？"

"含烟。"

"是了，含烟山庄！你在门口竖上了这么一个牌子，这儿成了她的天地，我会尽快搬走！免得成为你们之间的绊脚石！"

柏霈文迈前了一步，他的手紧紧地握住了母亲的手，他那对漂亮的眼睛和煦、温柔而诚恳。他的声音好亲切，好郑重。

"妈，您一向是个好母亲，我不相信您没有接受一个儿媳妇的雅量！爸当初和您结婚以后，他的世界也以您为重心的，不是吗？您了解爱情，妈！您一向不是个古板顽固的女人。您何不先见见她？见了她，您就会了解我！至于您说要搬走，那只是您的气话。妈，别和我生气吧！"

"我不是生气，需文，我只是悲哀。"她望着他，"我从没有反对过你娶妻，相反地，我积极地帮你物色，帮你介绍。你现在的口气，倒好像我是个典型的和儿媳妇抢儿子的女人！我是吗？"

"你不是。"柏需文说，"那么，你也能够接受含烟了？虽然她不是你选择的，她却是我所深爱的！"

"一个女工！"柏老太太轻蔑地说。

"一个女工！"柏需文有些激动地说，"是的，她曾是女工，那又怎样呢？总之，现在，她是我的妻子了！"

"她终于挣到了这个地位，嗯？"柏老太太盯着柏需文，"你仿佛说过她并不稀罕这地位！怎会又嫁给了你呢？"

"她是不稀罕的！妈！"柏需文的脸色发白了，"你不知道我用了多少工夫来说服她，来争取她。"

"是的，我想是的。"柏老太太唇边浮起了一个冷笑，"你一定得来艰巨！这是不用说的。好吧，看来我必须面对这个现实了，带她上楼吧！让我看看她到底是怎样一个东西！"

柏需文深深地望着他的母亲，他的脚步没有移动。

"怎么还不去？我说了，带她上楼来吧！难道你还希望我下楼去参见她吗？"

"我会带她上楼来，"柏需文说，他的眼光定定地望着母亲，他的声音低沉而有力，"可是，妈，我请求你不要给她难堪。她细微而脆弱，受不了任何风暴，她这一生已吃了许多苦，我希望我给她的是一个避风港，我更希望，你给她的是一个慈母的怀抱！她是很娇怯的，好好待她！妈，看在我的面子上，我会感激你！妈，我想你是最伟大的母亲！"

柏老太太呆立在那儿，柏霈文这一番话使她惊讶，她从没看过她儿子脸上有这样深重的挚情，眼睛里有那样闪亮的光辉。他爱她到怎样的程度？显而易见，他给了她一个最后的暗示：好好待她，否则，你将完完全全地失去你的儿子！她咬了咬牙，心里迅速地衡量出了这之中的利害。沉吟片刻，她低低地说："带她来吧！"

柏霈文转身走出了房间，下了楼，含烟正站在客厅中，焦灼地等待着，她头上依然披着婚纱，裹在雪白的礼服中，像个霓裳仙子！看到柏霈文，她担忧地说："她很生气吗？"

"不，放心吧！含烟，"柏霈文微笑地挽住她的手，"她会喜欢你的，上去吧，她要见你！"

含烟怀疑地看了柏霈文一眼，后者的微笑使她心神稍定。依偎着柏霈文，她慢慢地走上楼梯，停在柏老太太的门前。敲了敲门，没等回音，柏霈文就把门推开了，含烟看了进去，柏老太太正坐在一张紫檀木的圈椅中，背对着窗子，脸对着门，两个女人的目光立即接触了，含烟本能地一凛，好锐利的一束眼光！柏老太太却震动了一下，怎样的一对眼睛，轻灵如梦，澄澈似水！

"妈，这是含烟！"柏霈文合上了门，把含烟带到老太太的面前。含烟垂着手站在那儿，怯怯地看着柏老太太，轻轻地叫了一声："妈！"

柏老太太再震动了一下，这声音好娇柔，好清脆，带着那样一层薄薄的畏惧，像是只怕受伤害的小鸟。她对她伸出手来，温和地说："过来！让我看看你，孩子！"

含烟迈前了一步，把双手伸给柏老太太，后者握住了她的两只手，这手不是一个女工的手，纤细、柔软，她没做过几天的女工！她想着。仔细地审视着含烟，那白色轻纱裹着的身子娇小玲珑，那含羞带怯的面庞细致温柔……是的，这是个美丽的女孩子，但是，除了美丽之外，这女孩身上还有一些东西，一些特殊的东西。那对眼睛灵慧而深湛，盛载了无数的言语，似在祈求，似在梦幻，恳恳切切地望着她。柏老太太有些明白这女孩如何能如此强烈地控制住柏霈文了，她有了个厉害的对手！

"你名叫含烟，是吗？"她问，继续打量着她。

"是的。"含烟恭敬地说，她望着柏老太太，那锐利的目光，那坚强的脸，那稳定的、握着她的双手，这老太太不是个等闲人物啊！她注视着她的眼睛，那略带灰暗的眼睛是深沉难测的，含烟无法衡量，面前这个人将是敌是友。她看不透她，她判断不了，也研究不出，这老太太显然对她是胸有成竹的。

"你知道，含烟，"她说，"你的出现对我是一个大大的意外，我从没料到，我将突然接受一个儿媳妇，所以你得原谅我毫无心理准备。"

含烟的脸红了。低下头，她轻轻地说："对不起，妈，请饶恕我们。"

饶恕"我们"？她已经用"我们"这种代名词了！她唇边不自禁地浮起一丝冷笑，但是，她的声音仍然温柔慈祥。

"其实，你真不用瞒着我结婚的，我不是那种霸占儿子的母亲！假若我事先知道，你们的婚礼绝不至于如此寒碜！孩子，别以为所有的婆婆都是《孔雀东南飞》里那样的，我是巴不得能有个好媳妇呢！"

含烟的头垂得更低了，她没有为自己辩白。

"不管怎样，现在，你是我们家的人了。"老太太继续说，"我希望，我们能够相处得很好，你会发现，我不是十分难于相处的。"

"妈！"含烟再轻唤了一声。

妈？妈？她叫得倒很自然呢！柏老太太难以觉察地微笑了一下。

"好吧，现在去吧！霈文连天在收拾房子，又换地毯，又换窗帘的，我竟糊涂到不知道他在布置新房！去吧，孩子们，我不占据你们的时间了，我不做那个讨厌的、碍事的老太婆！"

"谢谢你，妈！"柏霈文嚷着，一把拉住了含烟的手，迫不及待地说，"我们去吧！"

"等会儿见，妈！"含烟柔顺地说了一句，跟着霈文退出了房间。柏老太太目送他们出去，她的手指握紧了那圈椅上的扶手，握得那样紧，以至于那扶手上的刻花深深地陷进她的肉里，刺痛了她。她的脸色是僵硬而深沉的。

这儿，霈文一关好母亲的房门，就对含烟急急地说："怎样？我的母亲并不像你想象的那样可怕吧！"

含烟软弱地笑了笑，她什么话都没有说。霈文已经把她带到了卧房的前面，那门是合着的，霈文说："闭上眼睛，含烟！"

含烟不知道他葫芦里在卖什么药，但她顺从地闭上了眼睛。她听到房门打开的声音，接着，她整个的身子就被腾空抱起来了，她发出了一声惊呼，慌忙睁开眼睛来，耳边听到霈文笑嘻嘻的声音："我要把我的新娘抱进新房！"

把含烟放了下来，他再说："看吧！含烟，看看你的家，看看你的卧房吧！"

含烟环室四顾，一阵喜悦的浪潮窒息了她，她深吸着气，不敢相信地看着这间房子：纯白色的地毯，黑底金花的窗帘，全部家具都是白色金边的，整个房子的色调都是由白、黑与金色混合的，只有床上铺着一床大红色的床罩，在白与黑中显得出奇地艳丽与华贵。另外，那小小的床头柜上，在那白纱台灯的旁边，放着一瓶鲜艳的黄玫瑰，那梳妆台上，则放着一个大理石的雕塑——一对拥抱着的男女。

"那是希腊神话故事里的人物，"柏霈文指着那塑像说，"欧律狄刻和她的爱人俄耳甫斯。他们是一对不怕波折的爱侣，我们也是。"他拥着她，吻她，"这房间可合你的胃口吗？"

"是的，是的，"她喘息地说，"你怎么知道……"

"你忘了？你告诉过我，你希望用白色、金色与黑色布置卧房，以米色和咖啡色布置客厅。"

她眩惑地望着他。"你都记得？"

"记得你说的每一句话，每一个字！"他说，用手捧着她的脸，他的眼光深深切切地望着她，低低地、痴痴地、战栗地说，"我终于，终于，终于得到了你！我所挚爱的、挚爱的、挚爱的！"俯下头来，他吻住了她。

她闭上眼睛，喉中哽着一个硬块，那层喜悦的浪潮又淹没了她，她陶醉，她晕眩，她沉迷。两滴泪珠滑下了她的面颊，她在心中暗暗地发着誓言："这是我献身、献心的唯一一个人，以后，无论遭遇到怎样的风暴，我将永远跟随着他，永不背叛！"

她的手臂环绕住了他。那黑底金花的窗帘静静地垂着，黄玫瑰绽放了一屋子的幽香。

新婚的三天过去了，这三天对于含烟和需文来说，是痴痴迷迷的，是混混沌沌的，是恍恍惚惚的，是忘记了日月和天地的。这三天需文都没有去工厂，每天早晨，他们被鸟啼声唤醒，含烟喜欢踏着朝露，去剪一束带着露珠的玫瑰，需文就站在她身边，帮她拿剪刀，帮她拿花束，有时，她会手持一朵玫瑰，笑着对需文说："含笑问檀郎，花强妾貌强？"

她那流动着光华的明眸，她那似笑还颦的娇羞，她那楚楚动人的韵致，常逗引得需文不顾一切地迎上去，在初升的朝阳下拥住她，在她那半推半就的挣扎下强吻她……然后，她会跺跺脚又笑又皱眉地说："瞧你！瞧你！"

他们撒了一地的玫瑰花瓣。

早餐之后，高立德总要去茶园巡视一番，有时带着工人去施肥除草。他们就跟了去，含烟常常孩子气地东问西问，对那茶叶充满了好奇。有一次，她问："你们为什么一定要用茉莉花做香片茶呢？为什么不做一种用玫瑰花的香片？"

柏需文和高立德面面相觑，这是一项好提议，后来，他们真的种植了一种特别的小玫瑰花，制造了玫瑰红茶和玫瑰香片，成为柏家茶园的特产。不过，由于成本太高，买的人并不多，但这却成为含烟独享的茶叶，她终日喝着玫瑰茶，剪着玫瑰花，浑身永远散放着玫瑰花香。

跟高立德去巡视茶园只是他们的借口，只一会儿，高立德就会发现他们失踪了。从那茶园里穿出去，他们手携手，肩并着肩，慢慢地走往那山坡的竹林和松林里。含烟常摘一些嫩竹和松枝，她喜欢把玫瑰花和竹子松枝一起插瓶，玫瑰的娇艳欲滴，松竹的英挺修伟，别有风味。依偎在那松竹的阴影下，含烟常唱着一支美丽的小歌：

> 我俩在一起，
> 誓死不分离。
> 花间相依偎，
> 水畔两相携。
> 山前同歌唱，
> 月下语依稀。
> 海枯石可烂，
> 情深志不移！
> 日月有盈亏，
> 我情曷有极！
> 相思复相恋，
> 誓死不分离！

含烟用那样柔美的声音婉转地轻唱着，她的眼睛那样深情脉脉地停驻在他的身上，她的小脸上绽放着那样明亮的光辉……他会猛地停住步子，紧握着她的手喊："噢！含烟！我的爱，我的心，我的妻子！"

在那郊外，在那秋日的阳光下，他们常常徜徉终日。松竹桥下，流水潺潺，那道木桥，有着古拙的栏杆，附近居民常建议把它改建成水泥的或石头的，因为汽车来往，木桥年代已久，怕不稳固。含烟却独爱木桥的那份"小桥、流水、人家"的风味。坐在那栏杆上，他们曾并肩看过落日。在桥下，他们也曾像孩子一般，捡过小鹅卵石，因为含烟要用小鹅卵石去铺在花盆里种水仙花。在那流水边，长着一匹匹的芦苇，那芦花迎风飘拂，有股遗世独立的味道。含烟穿梭在那些芦花之中，巧笑倩兮，衣袂翩然，来来往往像个不知倦的小仙子。

他们也去了松竹寺，在那庙中郑重地燃上一炷香，许下心愿。跪在那观世音菩萨的前面，他低俯着头，合着手掌，那长睫毛静静地垂着。她用那么动人的声音，低而清晰地祝祷着："请保佑天下所有有情的人，让他们和我们一样快乐；请保佑天下所有的少女，都能得到一份甜蜜的爱情！并请保佑我们，保佑我们永不争吵，永不反目；保佑我们恩恩爱爱，日久弥深！"

她站了起来，他握住了她的手，郑重地说："我告诉你，含烟，神灵在前，天地共鉴，如果有一天我亏负了你，天罚我！罚我进十八层地狱！"

她用手堵住他的嘴，急急地说："我相信你，不用发誓啊！"

那观音菩萨俯视着他们，带着那慈祥的微笑。他们都不是宗教的信徒，可是，在这时候，他们都有种虔诚的心情，觉得冥冥之中，有个神灵在注视着他们。

晚上，是情人们的时间，花园里，他们一起捕捉过月光，踏碎了花影，两肩相依，柔情无限。她痴数过星星，她收集过夜露。他笑她，笑她是个夜游的小女神。然后，他捉住她，让月光把两人的影子变成一个。看着地上的影子重叠，他说："瞧，我吞掉了你！"

"是你融化了我。"她说，低低地、满足地叹息，"融化在你的爱，你的情，你的心里。"

于是，捧住她的脸，他深深地吻她。他也融化了，融化在她的爱，她的情，她的心里。

就这样，三天的日子滑过去了。三天不知世事的日子！这三天，所有的人都识趣地远离着他们，连柏老太太，也把自己隐蔽在自己的房间中，尽量不去打搅他们，这使柏霈文欣慰，使含烟感恩。他们不再有隐忧，不再有阴霾，只是一心一意地品尝着他们那杯浓浓的、馥郁的、芬芳的爱情之酒。这杯酒如此之甜蜜，含烟曾诧异地说："我多傻！我一度多么怕爱情，我总觉得它会伤害我！"

霈文为这句话写过一首滑稽的小诗：

爱情是一杯经过特别酿制的醇酒，
喝它吧！别皱眉头！
它烫不了你的舌，它伤不了你的口！
它只会使你痴痴迷迷，虚虚浮浮，缥缥缈缈，永无
醒来的时候！

怎样甜蜜而沉醉的三天，然后，柏霈文恢复了上班，连日来堆积的工作已使他忙不过来。这三天，甜蜜的三天，沉醉的三天，不知世事的三天是过去了。

18

是的，那沉醉而混沌的三天是过去了。

第四天早上，含烟一觉醒来，床上已经没有霈文的影子了，她诧异地坐起身来，四面张望着，一面轻轻地低唤着："霈文！霈文！"

没有回答，她披上一件晨楼，走下床来，却一眼看到床头柜上的花瓶下面，压着一张纸条，她取了出来，上面是柏霈文的字迹：

含烟：

你睡得好甜，我不忍心叫醒你。赵经理打电话来，工厂中诸事待办，我将有十分忙碌的一天。中午我不回来吃饭，大约下午五时返家。

吻你！希望你正梦着我！

霈文

含烟不自禁地微笑，把纸条捧到唇边，她在那签名上轻轻地印下一吻。她竟睡得那样沉，连他离开她都不知道！想必他是蹑手蹑脚，静悄悄离去的。满足地叹了一声，她慵散地伸了一个懒腰，没有霈文在身边，她不知道这一日该做些什么，她已经开始想他了。要等到下午五点钟才能见到他，多漫长呀！

梳洗过后，她下了楼，拿着剪刀，她走到花园里去剪玫瑰花，房里的玫瑰应该换新了。这又是阳光灿烂的一天，初升的朝阳穿过了树梢，在地上投下了无数的光华。含烟非常喜爱花园里那几棵合抱的老榕树，那茂密的枝叶如伞覆盖，那茁壮的树干劲健有力，那垂挂着的气根随风飘动，给这花园增添了不少情致。还有花园门口那棵柳树，也是她所深爱的，每到黄昏时分，暮色四合，花园中姹紫嫣红，模模糊糊地掩映在巨树葱茏和柳条之下，就使她想起欧阳修的"庭院深深深几许，杨柳堆烟，帘幕无重数"的句子，而感到满怀的诗情与画意。

入柳穿花，她在那铺着碎石子的小径走着，花瓣上的朝露未干，草地也依然湿润，她穿了一双软底的绣花鞋，鞋面已被露珠弄湿了。她剪了好大一束黄玫瑰，一面剪着，一面低哼着那支"我俩在一起，誓死不分离"的歌曲。然后，她看到高立德，正站在那老榕树下，和园丁老张不知在说些什么。看到含烟，他用一种欣赏的眼光望着她，这浑身绽放着青春的气息，这满脸笼罩着幸福的光彩，这踏着露珠，捧着花束的少女，轻歌缓缓，慢步徐徐。这是一幅画，一幅动人的画。

"早，柏太太。"他对她微笑着点了点头。

"霈文跟你说过好几次了，要你叫我含烟，你总是忘记。"她说，微笑着，"你在干吗？"

"对付蚜虫！"他说，从含烟手上取过一枝玫瑰来检查着，接着，他指出一些小白点给含烟看，"瞧，这就是蚜虫，它们是相当的讨厌的，我正告诉老张如何除去它们！这都是蚂蚁把它们搬来的。"

"蚂蚁？"含烟惊奇地说，"它们搬虫子来干吗？"

"蚜虫会分泌一种甜甜的液体，蚂蚁要吃这种分泌液，所以，它们就把蚜虫搬了来，而且，它们还会保护蚜虫呢！生物界是很奇妙的，不是吗？"

含烟张大了眼睛，满脸天真的惊奇，那表情是动人的，是惹人怜爱的。

"霈文又开始忙了，是吗？"他问。

"是的，"含烟下意识地剥着玫瑰花干上的刺，有一抹淡淡的寥落，"他要下午才能回来。"

"你如果闷的话，不妨去看我们采茶。"他热心地说，"那也蛮好玩的。"

"采茶开始了吗？"

"是的，要狠狠地忙一阵了。"

"我也来采，"她带着股孩子气的兴奋，"你教我怎么采，我会采得很好。"

"你吗？"他笑笑，"那很累呢！你会吃不消。"

"你怎么知道？"她说，"今天就开始采吗？"

"是的，"他看看手表，"我马上要去了。"

"有多少女工来采？"

"几十个。"

"采几天呢？"

“四五天。你有兴趣的话，我们今天先采竹林前面那地区，你随时来好了！”

“我一定去！”她笑着，正要再说什么，下女阿兰从屋里走了出来，一直走到她面前，说：“太太，老太太请你去，她在她的屋里等你。”

含烟有一些惊疑，老太太请她去？这还是婚后第一次呢，会有什么事吗？她有点微微的不安，但是，立即，她释然了。当然不会有什么不对，这是很自然的，霈文恢复上班了，她也该趁此机会和老太太多亲近亲近。于是，她对高立德匆匆地一笑，说：“待会儿见！”

转过身子，她轻快地走进屋子，上了楼，先把玫瑰花送进自己的房间，整了整衣服，就一直走到柏老太太的门前，敲了门，她听到门里柏老太太的声音：“进来！”

她推开门走了进去，带着满脸温婉的微笑。柏老太太正站在落地长窗前面，面对着花园，背对着她，听到她走进来，她并没有回头，仍然那样直直地站着，含烟有点忐忑了，她轻轻地叫了一声：“妈！”

“把门关上！”柏老太太的声音是命令性的，是冷冰冰的。

含烟的心一沉，微笑迅速地从她脸上消失了。她合上了门，怯怯地看着柏老太太。柏老太太转过身子来了，她的目光冷冷地落在含烟脸上，竟使含烟猛地打了个寒战，这眼光像两把尖利的刀，含烟已被刺伤了。拉过一张椅子，柏老太太慢慢地坐了下去，她的眼光依旧直望着含烟，幽冷而严厉。

“我想，我们两个应该开诚布公地谈一谈了。”她说，“过来！”

含烟被动地走上前去，她的脸色变白了。扬着睫毛，她的大眼睛一瞬也不瞬地看着柏老太太，带着三分惊疑和七分惶悚。

"妈，"她柔弱地叫了一声，"我做错什么了吗？"

"是的，"柏老太太直望着她，"你从根本就错了！"

"妈？"她轻蹙着眉梢。

"别叫我妈！记住这点！你只能在需文面前叫我妈，因为我不愿让需文伤心，其他时候，你要叫我老太太，听到了吗？"

含烟的脸孔白得像一张纸。

"你——你——你的意思是……"她结舌地说。

"我的意思吗？"柏老太太冷哼了一声，"我不喜欢你，含烟！"她坦白地说，紧盯着她，"你的历史我已经都打听清楚了，起先我只认为他娶了一个女工，还没料到比女工更坏，他竟娶了个欢场女子！我想，你是用尽了手段来勾引他的了。"

含烟的眼睛张得好大好大，她的嘴唇颤抖着，一时间，她竟一句话也答不出来，只朦胧地、痛楚地感到，自己刚建立起来的、美丽的世界，竟这么快就粉碎了。

"你很聪明，"柏老太太继续说，"你竟把需文收得服服帖帖的。但是，你别想连我一起玩弄于股掌之间，你走进我家的一刹那，我就知道你是个怎样的女人！含烟，你配不上需文！"

含烟直视着柏老太太，事实上，她什么也没有看到，泪浪已经封锁了她的视线。她的手脚冰冷，而浑身战栗，她已从一个欢乐的山巅上被抛进了一个不见底的深渊里，而且，还在那儿继续地沉下去，沉下去，沉下去。

"不用流眼泪！"柏老太太的声音冷幽幽地在深渊的四壁回

荡，"眼泪留到男人面前去流吧！现在，我要你坦白告诉我，你嫁给霈文之前，是清白的吗？"

含烟没有说话。

"说！"柏老太太厉声喊，"回答我！"

含烟哀求地看了柏老太太一眼。

"不。"她哑声说，"霈文什么都知道。"

"他知道！哼！他居然知道！千挑万选，娶来这样一个女人！"柏老太太怒气冲冲地看着含烟，那张苍白的脸，那对泪汪汪的眸子！她就是用这份柔弱和眼泪来征服男人的吧！"你错了，"柏老太太盯着她，"你不该走进这个家庭里来的！你弄脏了整个的柏家！"

含烟的身子摇晃了一下，她看来摇摇欲坠。"你……"她震颤地、受伤地、无力地、继续地说，"你……要……要我怎样？离……离开……这儿吗？"

"你愿意离开吗？"她审视着她。

含烟望着她，然后，她双腿一软，就跪了下去。跪在那儿，她用一对哀哀无告的眸子，恳求地看着她。

"请别赶我走！"她痛苦地说，"我知道我不好，我卑贱、我污秽……可是，可是，可是我爱着他，他也爱着我，请求你，别赶我走！"

"哼，我知道你不会舍得离开这儿的！"柏老太太挑了挑眉梢，"含烟山庄？含烟山庄！你倒挣得了一份大产业！"

"妈——"她抗议地喊。

"叫我老太太！"柏老太太厉声喊。

"老太太！"她颤抖着叫，泪水夺眶而出，用手堵住了嘴，她竭力阻止自己痛哭失声，"你——你弄错了，我——我——从没有想过——关于产业——产业——"她啜泣着，语不成声。

"我知道你会这样说！"柏老太太冷笑了，"你用不着解释，我对你很清楚！不过，你放心，我不会赶你走！因为，我不能连我的儿子一起赶走，他正迷恋着你呢！你留在这儿！但别在我面前耍花样！听到了吗？我活着一日，我就会监视你一日！你别想动他的财产！别想插手他的事业！别想动他的钱！"

"老太太……"她痛苦地叫着。

"还有，"柏老太太打断了她，"我想，你急于要到霈文面前去搬弄是非了。"

含烟用手蒙住了脸，猛烈地摇着头。

"你最好别在霈文面前说一个字！"柏老太太警告地说，"假若你希望在这儿住下去的话！如果你破坏我们母子的感情，我不会放过你！"

含烟拼命地摇着头。

"我不说，"她哭泣着，"我一个字也不说！"

柏老太太把脸掉向了另一边。"现在，你去吧！"她说，"记住我说的话！"

含烟哭着站起身来，用手捂着嘴，她急急地向门口走去，才走到门口，她又听到柏老太太严厉的声音："站住！"

她站住了，回过头来，柏老太太正森冷地望着她。

"以后，你的行动最好安分一些，我了解你这种欢场中的女子，生来就是不安于室！我告诉你，高立德年轻有为，你别再去勾引他！你当心！我不允许你让霈文戴绿帽子！"

"哦！老太太……"含烟喊着，泪水奔流了下来，她一句话也说不出，掉转头，她打开房门，冲了出去。立即，她奔回自己的房间，关上了房门，她就直直地扑倒在床上。把头深深地埋进枕头里，她沉痛地、悲愤地、心魂俱裂地啜泣起来。

一直到中午吃午餐的时候，含烟才从她的房里走出来。她的脸色是苍白的，眼睛是浮肿的，坐在餐桌上，她像个无主的幽灵。高立德刚从茶园里回来，一张晒得发红的脸，一对明朗的眼睛，他望着含烟，心无城府地说："哈！你失信了，你不是说要到茶园里去采茶吗？怎么没去呢？怕晒太阳，是吗？"

含烟勉强地挤出了一个微笑，像电光一闪般，那微笑就消失了，她什么话都没说，只是心神恍惚地垂下头去。高立德有些惊奇，怎么了？什么东西把这女人脸上的阳光一起带走了？她看来像才从地狱里走出来一般。他下意识地看着柏老太太，后者脸上的表情是莫测高深的，带着她一向的庄重与高贵，那张脸孔是没有温情，没有喜悦，没有热也没有光的。是这位老太太给那小女人什么难堪了？他敏感地想着，再望向含烟，那黑发的头垂得好低，而碗里的饭，却几乎完全没有动过。

黄昏的时候，含烟走出了含烟山庄，沿着那条泥土路，她向后走去，缓缓地、沉重地、心神不属地。路两边的茶园里，一群群的女工还在忙碌地采着茶，她们工作得很起劲，弯着腰，唱着歌，挽着篮子。那些女工和她往日的打扮一样，也都戴着斗笠，用各种不同颜色的布，包着手脚。那不同颜色的衣服，散在那一大片绿油油的茶园里，看起来是动人的。她不知不觉地站住了步子，呆呆地看着那些女工发愣，假若……假若当初自己不晕倒在晒茶场中，现在会怎样呢？依然是一个女工？她用手抚摩着面颊，忽然间，她宁愿自己仍然是个女工了，她们看来多么无忧无虑！在她们的生活里，一定没有侮辱、轻蔑和伤害吧！有吗？她深思着。或者也有的，谁知道呢？人哪，你们是些残忍的动物！最残忍的，别的动物只在为生存作战时才伤害彼此，而你们，却会为了种种原因彼此残杀！人哪！你们多残忍！

一个人从山坡上跑了过来，笑嘻嘻地停在含烟面前嚷着说："你还是来了，要加入我们吗？不过，你来晚了，我们已经要收工了。"

含烟瑟缩地看了高立德一眼，急急地摇着头，说："不！不！我不是来采茶的，我是……是想去松竹桥等霈文的。"

高立德审视她，然后，他收住了笑，很诚恳地说："柏老太太给了你什么难堪吗？"

她惊跳了一下，迅速地抬起头来，她一迭连声地说："没有，没有，完全没有！她是个好母亲，她怎会给我难堪呢？完全没有！你别胡说啊！完全没有！"

高立德点了点头。

"那么，你去吧！"他又笑了，"霈文真好福气！我手下这些女工，就没有一个晕倒的！"

含烟的脸上涌起了一阵尴尬的红晕，高立德马上发现自己说错了话，这样的玩笑是过分了一些，他显然让她不安了。他立刻弯了弯腰："对不起，我不是有意……"

她微笑了一下，摇摇头，似乎表示没有关系，她的思想仍在一个遥远的地方，一个遥远的深谷里。她那沉静的面貌给人一种恻恻而悲凉的感觉。高立德不禁怔住了，那属于新娘的喜悦呢？那幸福的光彩呢？这小女人身上有着多重的负荷！她怎么了？

含烟转过了身子，继续向那条路上走去了。落日照着她，那踽踽而行的影子又瘦又小又无力，像个飘荡的、虚浮的幽灵。高立德打了个寒战，一种不祥的预感罩住了他，他完全呆住了。

到了松竹桥，含烟在那桥头的栏杆上坐了下来，沐浴在那秋日的斜晖中，她安安静静地坐着，倾听着桥下的流水潺潺。斜阳在水面洒下了一片柔和的红光，芦花在晚风中摇曳，她出神地望着那河水，又出神地望着天边的那轮落日和那满天的彩霞，不住地喃喃自问着："我错了？我做错了？"

她不知道这样坐了多久，终于，一阵熟悉的汽车喇叭声惊动了她，她跳起来，霈文及时刹住了车子，她跑过去，霈文打开了车门，笑着说："你怎么坐在这儿？"

"我等你！"她说着，钻进了车子。

"哈！你离不开我了！我想。"霈文有些得意，但是，笑容立即从他唇边消失了，他审视她，"怎么，含烟？你哭过了吗？"

"没有，没有。"她拼命地摇头，可是，泪水却不听指挥地涌进了眼眶里，迅速地淹没了那对黑眼珠。

霈文的脸色变了，他把车子停在路边的山脚下，熄了火。一把揽过了含烟，他托起她的下巴来，深深地、研究地望着那张苍白的小脸，郑重地问："怎么了？告诉我！"

她又摇了摇头，泪珠滚落了下来。

"只是想你，好想好想你。"她说，把面颊埋进了他胸前的衣服里，用手紧抱住他的腰。

"哦，是吗？"他松了口气，不禁怜惜地抚摩着她的头发，"你这个小傻瓜！你吓了我一大跳！我不过才离开你几个小时，你也不该就弄得这样苍白呀！来，抬起头来，让我再看看你！"

"不！"她把头埋得更深了，她的身子微微地战栗着，"以后我跟你去工厂好吗？我像以前一样帮你做事！"

"别傻了，含烟！你现在是我的妻子，不是我的女秘书！"他笑了，"告诉我，你一整天做了些什么？"

"想你。好想好想你。"

他扶起她的头来，注视着她。"我也想你，"他轻轻地说，"好想好想你！"

她闪动着眼睑。"你爱我吗，霈文？"她幽幽地问。

"爱你吗？"他从肺腑深处发出一声叹息，"爱得发疯，爱得发狂，爱进了骨髓。含烟！"

她叹了口气，仰躺在靠垫上，合上了眼睛。一个微笑慢慢地浮上了她的嘴角，好甜蜜、好温柔、好宁静的微笑。她轻轻地，像自语地说："够了。为了这几句话，我可以付出任何代价！我还有什么可以求的呢？还有什么可怨的呢？"把头倚在他的肩上，她叹息着说，"我也爱你，霈文！好爱好爱你！我愿为你吃任何的苦，受任何的罪，哪怕是要我上刀山，下油锅，我也不怕！"

"傻瓜！"他笑着，"谁会让你上刀山下油锅呢？你在胡思乱想些什么？"他拥着她，揉着她，逗着她，呵她的痒，"你说！你是不是个傻丫头？是不是？是不是？"

"是的！"她笑着，泪珠在眼眶中打转，"是的，是的！我是个傻丫头！傻丫头！"

她笑弯了腰，笑得喘不过气来，笑得滚出了眼泪。

19

就这样，对含烟来说，一段漫长的、艰苦的挣扎就开始了。需文呢？自结婚以后，他对人生另有一种单纯的、理想化的看法，他高兴，他陶醉，他感恩，他满足。他自认是个天之骄子，年纪轻轻，有成功的事业，有偌大的家庭，还有人间无二的娇妻！他夫复何求？而茶叶的生意也越做越大了，他年轻，他有着用不完的精力，于是，他热心地发展着他的事业。随着业务的蒸蒸日上，他也一日比一日忙碌，但他忙得起劲，忙得开心，他常常捧着含烟的脸，得意地吻着她小小的鼻尖说："享乐吧！含烟，你有一个能干的丈夫！"

含烟对他温温柔柔地笑着，虽然，她心里宁愿需文不要这样忙，宁愿他的事业不要发展得这么大。但是，她嘴里什么都没说，她知道，一个好妻子，是不应该把她的丈夫拴在身边的，男人，有男人的世界，每个男人，都需要一份成功的事业来充实他，来满足他那份男性的骄傲。

可是，含烟在过着怎样一份岁月呢？

每日清晨，需文就离开了家，开始他一日忙碌的生活，经常要下午五六点钟才能回来，如果有应酬，就会回来得更晚。含烟呢？她修剪着花园里的玫瑰花，她整理花园，她学做菜，她布置房间，她做针线……她每日都逗留在家中。她不敢单独走出含烟山庄的大门，她不敢去台北，甚至不敢到松竹桥去迎接需文。因为，柏老太太时时刻刻都在以她那一对锐利而严肃的眼睛跟踪着她，监视着她。只要她的头伸出了含烟山庄的铁门，老太太就会以冷冰冰的声音说："怎么了？坐不住了吗？我早就知道，以你的个性，想做个循规蹈矩的妻子是太难了。"

她咬住牙，控制了自己，她就不走出含烟山庄一步！这个画栋雕梁的屋子，这个花木扶疏的庭园，这个精致的楼台亭阁，竟成了她的牢笼，把她给严严密密地封锁住了。于是，日子对于她，往往变得那样漫长，那样寂寞，那样难耐。依着窗子，她会分分秒秒地数着需文回家的时间。在花园里，她会对着一大片一大片的玫瑰花暗弹泪珠。柏老太太不会忽视她的眼泪，望着她那盈盈欲涕的眸子，她会说："柏家有什么地方对不起你吗？还是你懊悔嫁给需文了？或者，是我虐待了你吗？你为什么一天到晚眼泪汪汪的，像给谁哭丧似的？"

她拭去了眼泪，头一次，她发现自己竟没有流泪的自由。但，柏老太太仍然不放过她，盯着她那苍白而忧郁的面庞，她严厉地问："你为什么整天拉长了脸？难道我做婆婆的，还要每天看你的脸色吗？需文不在家，你算是对谁板脸呢？"

"哦，老太太！"她忍受不住地低喊着，"你要我怎样呢？你到底要我怎样呢？"

"要你怎样？"柏老太太的火气更大了，"我还敢要你怎样？我整天看你的脸色都看不完，我还敢要你怎样？你不要我怎样，我就谢天谢地了！我要你怎样？听听你这口气，倒好像我在欺侮你……"

"好了，我错了，我说错了！"含烟连忙说，竭力忍住那急欲夺眶而出的眼泪。

在这种情形之下，她开始回避柏老太太，她把自己关在卧室里，整日不敢走出房门，因为，一和柏老太太碰面，她必定动辄得咎。可是，柏老太太也不允许她关在房里，她会说："我会吃掉你吗？你躲避我像躲避老虎似的！还是我的身份比你还低贱，不配和你说话吗？"

她又不敢关起自己来了。从早到晚，她不知道自己该怎样做才能不挨骂，怎样做算是对的！随时随地，她都要接受老太太严厉的责备和冷漠的讥讽。至于她那不光荣的过去，更成为老太太时不离口的话题：

"我们柏家几代都没有过你这种身份的女人！"

"只有你这种女人，才会挑唆男人瞒住母亲结婚，你真聪明，造成了既成事实，就稳稳地取得了'柏太太'的地位了！"

"我早知道，需文就看上了你那股狐狸味！"

这种耳边的絮絮叨叨，常逼得含烟要发疯。一次，她实在按捺不住了，蒙住了耳朵，她从客厅中哭着冲进花园里。正好高立德从茶园中回来，他们撞了一个满怀，高立德慌忙一把扶住她，惊讶地说："怎么了，房里有定时炸弹吗？"

她收住了步子，急急地拭去眼泪，掩饰地说："没有，什么都没有。"

高立德困惑地蹙起了眉头，仔细地看着她。"但是，你哭了？"

"没有，"她猛烈地摇头，"没有，没有，没有。"

高立德不再说话了，可是，他知道这屋子里有着一股暗流。只有他，因为常在家里，他有些了解含烟所受的折磨。但他远远地退在一边，含烟既然一点也不愿表示出来，他也不想管这个闲事，本来，婆媳之间，从人类有历史以来，就有着数不清的问题。

花园中这一幕落到老太太眼中，她的话就更难听了："已经开始了，是吗？"她盯着她，"我早就料到你不会放过高立德的！"

"哦，老太太！"含烟的脸孔雪白，眼睛张得好大好大，"您不能这样冤枉我！您不能！"

"冤枉？"老太太冷笑着，"我了解你这种女人，了解得太清楚了！你要怕被冤枉的话，你最好离他远一点！我告诉你，我看着你呢，你的一举一动都逃不过我的眼睛！你小心一点吧！"

含烟憔悴了，苍白了。随着日子的流逝，她脸上的光彩一日比一日暗淡，神色一日比一日萧索。站在花园里，她像弱柳临风，坐在窗前，她像一尊小小的大理石像，那样苍白，那样了无生气。霈文没有忽略这点。晚上，他揽着她，审视着她的面庞，他痛心地说："怎么？你像一株不服水土的兰花，经过我的一番移植，你反而更憔悴了。这是怎么回事？含烟，你不快乐吗？告诉我，你不快乐吗？"

"哦，不。"她轻声地说，"我很快乐，真的，我很快乐。"她说着，却不由自主地泫然欲泣了。

他深深地看着她，他的声音好温柔，好担忧："含烟，你要为我胖起来，听到吗？我不愿看到你苍白消瘦！你要为我胖起来，红润起来，听到没有？"

"是的，"她顺从地说，泪珠却沿颊滚落，"我会努力，需文，我一定努力去做。"

他捧着她的脸，更不安了。"你为什么哭？"

"没有，我没哭，"她用手抱住他的腰，把脸埋在他怀中，"我是高兴，高兴你这样爱我。"

他推开她，让她的脸面对着自己，他仔仔细细地审视她，深深切切地观察她，他的心灵悸动了，他多么爱她，多么爱这个柔弱的小妻子！

"告诉我，含烟，"他怀疑地说，"妈有没有为难你？你们相处得好吗？"

"噢！"她惊跳了，急切地说，"你想到哪儿去了？妈待我好极了，她是个好母亲，我们之间没问题，一点问题都没有。"

"那么，我懂了。"需文微笑着，亲昵地吻她，"你是太闷了，可怜的、可怜的小女人，你不该嫁给一个商人做妻子。这是我的过失，我经常把你一个人丢在家里，以后，我一定要早些回家，我要推掉一些应酬，我答应你，含烟。"

"不，别为我耽误你的工作，"含烟望着他，"可是，让我去工厂和你一起上班吧！我会帮你做事！"

"你希望这样吗？"

"是的。"

"这会使你快乐些吗？"

她垂下了头，默然不语。

"那么，好的，你来工厂吧！像以前一样，做我的女秘书！"

她喜悦地扬起睫毛来，然后，她抱住了他的脖子，主动地吻他，不住地吻他，不停地吻他。那晚上，她像个快乐的小仙子，像个依人的小鸟。可是，这喜悦只维持了一夜，第二天早餐桌上，柏老太太轻轻易易地推翻了整个的计划，她用不疾不徐的声音，婉转而柔和地说："为什么呢？含烟去工厂工作，别人会说我们柏家太小儿科了。而且，含烟在家可以给我做伴，女人天生是属于家庭的，创事业是男人的事儿，是不是？含烟，我看你还是留在家里陪我吧！"

含烟看着柏老太太，在这一瞬间，她了解了一项事实，柏老太太不会放过她，永远不会放过她！就像孙悟空翻不出如来佛的掌心似的，她也翻不出柏老太太的掌心。随着含烟的目光，柏老太太露出那样慈祥的微笑来，这微笑是给需文看的，她知道。果然，需文以高兴的声调，转向含烟说："怎样，含烟？我看你也还是留在家里陪妈好，你说呢？"

含烟垂下了头，好软弱好软弱地说："好吧，就依你们吧！我留在家里。"

她看到柏老太太胜利的目光，她看到需文欣慰的目光，她也看到高立德那同情而了解的目光。她把头埋在饭碗上面，一直到吃完饭，她没有再说过话。

就这样，日子缓慢而滞重地滑了过去，含烟的憔悴日甚一日，这使柏需文担忧，他请了医生给含烟诊视，却瞧不出什么病源来，她只是迅速地消瘦和苍白下去。晚上，每当需文怀抱着她那纤细的身子，感到那瘦骨支离，不盈一把，他就会含着泪，拥着她说："你怎么了，含烟？你到底是怎么了？"

含烟会娇怯地依偎着他，喃喃地说："我很好，真的，我很好。只要你爱我，我就很好。"

"可是，我的爱却不能让你健康起来啊！"霈文烦恼地说，他不知道自己的小妻子是怎么回事。

于是，柏老太太开始背着含烟对霈文说话了："她是个不属于家庭的女人，霈文。我想，她以前的生活一定是很活跃的。她有心事，她一天到晚都愁眉苦脸的。她过不惯正常的生活，我想。"

"不会这样！"霈文烦躁地说，"她只是身体太弱了，她一向就不很健康。"

春天来了，又过去了，暮春时节，细雨纷飞。含烟变得非常沉默了，她时常整日倚着栏杆，对着那纷纷乱乱的雨丝出神，也常常捧着一束玫瑰花暗暗垂泪。这天黄昏，霈文回家之后，就看到她像个小木偶似的独坐窗前，膝上放着一张涂抹着字迹的纸，他诧异地走过去，拿起那张纸条，他看到的是含烟所录的一阕词：

　　庭院深深深几许？
　　杨柳堆烟，帘幕无重数。
　　玉勒雕鞍游冶处，
　　楼高不见章台路！

　　雨横风狂三月暮，
　　门掩黄昏，无计留春住！
　　泪眼问花花不语，
　　乱红飞过秋千去！

他看完了，再望向含烟，他看到含烟正以一对哀哀欲诉的眸子瞧着他，在这一瞬间，他有些了解含烟了，庭院深深深几许？这含烟山庄成了一个精致的金丝笼啊！他握住了她的手，在她面前的地毯上坐下来，把头放在她的膝上，他轻轻地说："我们去旅行一次，好吗？"

她震动了一下。"真的？"她问。

"真的，我可以让赵经理暂代工厂的业务。我们去环岛旅行一次，到南部去，到阿里山去，到日月潭去，让我们好好地玩一个星期。好吗？"

她用手揽住他的头，手指摩挲着他的面颊，她的眼睛深情脉脉地注视着他，闪耀着梦似的光芒。她低低地、做梦般地说："啊！我想去！"

"明天我就去安排一切，我们下星期出发，怎样？"

她醉心地点点头，脸庞罩在一层温柔的光彩中。

但是，第二天，柏老太太把含烟叫进了她的房中，她锐利地盯着她，森冷地说："你竟教唆着他丢下正经工作，陪你出去玩啊？你在家里待不住了，是吗？现在结婚才多久，已经是这样了，以后怎么办呢？你这种女人，我早就知道了，你永远无法做一个贤妻良母！但是，你既嫁到柏家来，你就该学习做一个正经女人，学习柏家主妇的规矩！"

于是，晚上，这个小女人对霈文婉转轻柔地说："我不想去旅行了，霈文，我们取消那个计划吧！"

"怎么呢？"霈文不解地问，"为什么？"

"没有为什么，"含烟转开了头，不让他看到她眼中的泪光，

"只是，我不想去了。"

　　霈文蹙起了眉头，不解地看着她的背影，他觉得，他是越来越不了解她了。她像终日隐在一层薄雾里，使他探索不到她的心灵，看不清她的世界，她距离他变得好遥远好遥远了。于是，他愤愤地说："好吧！随你便！只是，我费了一整天的时间去计划，去安排，都算是白做了！"

　　含烟咬紧了牙，泪珠在眼眶里打着转，喉咙中哽着好大的一个硬块，她继续用背对着他，默默地不发一语。这种沉默和冷淡更触动了霈文的怒气。他不再理她，自顾自地换上睡衣，钻入棉被，整晚一句话也不说。含烟坐在床沿上，她就这样呆呆地坐着，一任泪水无声无息地在面颊上奔流。她看到了她和霈文之间的距离，她也看到她和霈文之间的裂痕。她隐隐感到，终有一天，这婚姻会完全粉碎。这撕裂了她的心，刺痛了她的感情。她不敢哭泣，怕惊醒了霈文，整夜，她就这样呆坐在床沿上流泪。

　　黎明的时候，霈文一觉睡醒，才发现身边是空的，他惊跳起来，喊着说："怎么？含烟，你一夜没睡吗？"

　　他扳过她的身子，这才看到她满面的泪痕，他吃惊了，握着她的手臂，他惶然地叫："含烟！"

　　她望着他，新的泪珠又涌了出来，然后，她扑到他的脚前，用手臂紧抱着他，她哭泣着喊："哦，霈文，你不要跟我生气，不要跟我生气吧！我一无所有，只有你！如果你再跟我生气，我就什么都没有了！那我会死掉，我一定会死掉！如果你有一天不要我，我会从松竹桥上跳下去！"

　　"噢，含烟！"他嚷着，战栗地揽紧了她，急促地说，"我不该跟你生气，含烟，是我不好，都是我不好，别伤心了，含烟！我再不跟你生气了！再不了！我发誓不会了！"他拥住她，于是，他们在吻与泪中和解，重新许下无数的爱的誓言。

为了弥补这次的小裂痕，霈文竟在数天后，送了含烟一个雕刻着玫瑰花的木盒，里面盛满了一盒的珠宝。不过，含烟几乎从不戴它们，因为怕柏老太太看到之后又添话题。她只特别喜欢一个玫瑰花合成的金鸡心项链，她在那小鸡心中放了一张和霈文的合照，经常把这项链挂在颈间。

这次的误会虽然很快就过去了，但是，含烟和霈文之间的距离却是真的在一天比一天远了。

含烟更忧郁，更沉默了。这之间，唯一一个比较了解的人是高立德，他曾目睹柏老太太对含烟的严厉，他也曾耳闻柏老太太对她的训斥，当含烟被叫到老太太屋里，大加责难之后，她冲出来，却一眼看到高立德正站在走廊里，满脸沉重地望着她。

她用手蒙住了脸，痛苦地咬住了嘴唇。高立德走了过来，在她耳边轻声地说："到楼下去！我要和你谈一谈！"

她顺从地下了楼，在客厅的沙发上坐下来。高立德站在她的面前，低沉地说："你为什么不把一切真实的情况告诉霈文？你要忍受到哪一天为止？"

她迅速地抬起头来，紧紧地注视着高立德，她说："我不能。"

"为什么不能？"

"我不能破坏他们母子的感情！我不能让霈文烦恼，我不能拆散这个家庭，我更不能制造出一种局面，是让霈文在我和他母亲之间选一个！"

"那么，你就让她来破坏你和需文吗？你就容忍她不断地折磨你吗？"

"或者，这是我命该如此。"含烟轻轻地说。

高立德嗤之以鼻。"什么叫命？"他冷笑着说，"含烟，你太善良了，你太柔弱了，我冷眼旁观了这么久的日子，我实在为你抱不平。你没有什么不如人的地方，含烟，你不必自卑，你不必忍受那些侮辱，坚强一点，你可以义正词严地和她辩白呀！"

"那么，后果会怎样呢？"含烟忧愁地望着他，"争吵得家里鸡犬不宁，让需文左右为难吗？不！我嫁给需文，是希望带给他快乐，是终身地奉献，因为我爱他，爱情中是必定有牺牲和奉献的，为他受一些苦，受一些折磨，又有何怨呢？"

"别说得洒脱，"高立德愤愤不平地说，"你照照镜子，你已经苍白憔悴得没有人样了，你以为这样下去，会永久太平无事吗？不要太天真！"他俯身向她，热心地说，"你既然不愿意告诉需文，让我去对他说吧，我可以把我所看到的和我所听到的告诉他，这只是我的话，不算是你说的！"

含烟大大地吃了一惊，她迅速地、急切地抓住了他的手腕，一口气地说："不，不，不！你绝不能！我请求你！你千万不能对需文吐露一个字！他一直以为我和他母亲处得很好！我费尽心机来掩饰这件事，你千万不能给我说穿！我不要需文痛苦！你懂吗？你了解吗？他是非常崇拜而孝顺他母亲的，他又那样爱我，这事会使他痛苦到极点，而且……而且……"泪蒙住了她的视线，"不能使他母亲喜欢我，总是我的过失！"

高立德瞪视着她，怎样一个女性！柏需文，柏需文，如果你不能好好爱惜和保护这个女孩，你将是天字第一号的傻瓜！他想着，嘴里却什么话都没有说。

"你答应我不告诉他，好吗？"含烟继续恳求地说，她那瘦小的手仍然攀扶在他的手腕上。

"唉！"他低叹了一声，注视着她，轻声地说，"我只能答应你，不是吗？"

"谢谢你！"她幽幽地说，低下头去。

就在这时，他们听到楼梯上的响声，两人同时抬起头来，柏老太太正满面寒霜地站在楼梯上，冷冷地看着他们。含烟迅速地把手从高立德的手腕上收了回来，她僵在沙发中，脸色变得像雪一样白了。

20

日子慢慢地流逝。秋茶采过没有多久，冬天就来临了，这年的冬天，雨季来得特别早，还没进入阴历十一月，檐边树梢，就终日淅沥不停了。冬天不是采茶的季节，高立德停留在家的时间比以前更多了，相反地，柏霈文仍然奔波于事业，扩厂又扩厂，他收买了工厂旁边的地，又在大兴土木工程，建一个新的机器房。因为建筑图是他自己绘的，他务希达到他的标准，不可更改图样，所以，他又亲自督促监工，忙得不亦乐乎，忙得不知日月时间、天地万物了。在他血管中，那抹男性的、创业的雄心在燃烧着，在推动着他，他成为一个火力十足的大发动机。拥着含烟，他曾说："你带给我幸运和安定，含烟，你是我的幸运、我的力量，我爱你。"

含烟会甜甜地微笑着，她陶醉在这份感情中。努力吧！需文！去做吧！需文！发展你的前途吧！需文！别让你的小妻子羁绊了你，你是个男人哪！

但是，同时，柏老太太没有放松含烟，她开始每日把含烟叫到她的屋子里来，她要她停留在自己的面前，做针线，打毛衣，或念书给她听。她坦白地对含烟说："你最好待在我面前，我得保护我儿子的名誉！"

"老太太！"她苍白着脸喊。

"别说！"老太太阻止了她，"我了解你！我完全了解你是怎样一种人物！"

她不辩白了。而且，随着时间的消逝，她有种疲倦的感觉，随她去吧！她顺从柏老太太，不争执，不辩白，当需文不在家的时候，她只是一个机器，一个幽灵。她任凭柏老太太责骂和训斥，她麻木了。

她的麻木却更刺激了柏老太太，她说她是个没有反应的橡皮人，是不知羞的，是没有廉耻的。不管怎么说，含烟只会用那对大而无神的眸子望着她，然后轻轻地、轻轻地叹口气，慢慢地低下头去。柏老太太更愤怒了，她觉得自己被侮辱了，被轻视了。因为，含烟那样子，就好像她是不值一理的，不屑于答复的。她开始对那些邻居老太太说："我那个儿媳妇啊，你跟她说多少话，她都像个木头人一样，但是在男人面前，她可就有说有笑的了。

本来嘛，她那种出身……"

　　对于这种话，含烟照例是置若罔闻。但是，有关含烟的传说，却不胫而走了。柏家是巨富豪门，一点点小事都可以造成新闻，何况是男女间的问题呢！因此，当第二年春天，开始采春茶的时候，那些采茶的女孩，都会唱一支小歌了：

　　　　那是一个灰姑娘，灰姑娘，
　　　　她的眼睛大，她的眉儿长，
　　　　她的长发像海里的波浪，
　　　　她住在那残破的灶炉之旁！
　　　　她的舞步啊轻如燕，
　　　　她的歌声啊可绕梁，

　　　　她的明眸让你魂飞魄荡！
　　　　有一天她跟随了那白马王子，
　　　　走入了宫墙！走入了宫墙！
　　　　穿绫罗锦缎，吃美果茶浆，
　　　　住在啊，住在啊——
　　　　那庭院深深的含烟山庄！

　　这不知是哪一个好事之徒写的，因为含烟深居简出，一般人几乎看不到她的庐山真面目，因此，她被传说成了一个神话般的人物。可喜的是这歌词中对她并无恶意，所以，她也不太在乎。而且，另一件事完全分散了她的注意力，带给她一份沉迷的、陶醉的、期盼的喜悦，因为，从冬天起，她就发现自己快做母亲了。

含烟的怀孕，使霈文欣喜若狂，他已经超过了三十岁，早就到了该做父亲的年龄，他迫不及待地渴望着那小生命的降临，他宠她，惯她，不许她做任何事。而且，他在含烟脸上看到了那份久已消失的光彩，他暗中希望，一个小生命可以使她健康快乐起来。但是，柏老太太对这消息没有丝毫的喜悦可言，暗地里，她对霈文说："多注意一下你太太吧！你整天在工厂，把一个年轻的太太丢在家里，而家里呢，偏巧又有个年轻的男人！"

"妈！"霈文皱着眉喊，"你在暗示什么？"

"我不是暗示，我只是告诉你事实！"

"什么事实？"霈文怀疑地问。

"含烟有心事，"柏老太太故意把话题转向另一边，"她只是受不惯拘束，我想。"

"你到底知道些什么，妈？"霈文紧盯着问。

"你自己去观察吧，"柏老太太轻哼了一声，"我不愿意破坏你们夫妻的感情，我不是那种多事的老太婆！"

"可是，你一定知道什么！"霈文的固执脾气发作了。柏老太太态度的暧昧反增加了他的疑心，他暴躁地说："告诉我！妈！"

"不，我什么都不知道，"老太太转开了头，"只看到他们常常握着手谈天。"

"握着手吗？"霈文哼着说，声音里带着浓重的鼻音，他的眼睛瞪得好大。

"这也没什么，"柏老太太故意轻松地看向窗外，"或者，这也是很普通的事，立德既然是你的好朋友，当然也是她的好朋友，现在的社交，男女间都不拘什么形迹的。何况，他们又有共同的兴趣！"

"共同的兴趣？"

"一个喜欢玫瑰花，另一个又是农业的专家，一起种种花，除除虫，接触谈笑是难免的事情，你也不必小题大做！我想，他们只是很谈得来而已！"

"哦，是吗？"需文憋着气说，许许多多的疑惑都涌上了心头，怪不得她心事重重，怪不得她从不离开含烟山庄！怪不得她总是泪眼汪汪的！而且……而且……她曾要求去工厂工作，她是不是也曾努力过，努力想逃避一段轨外的感情？他想着，越想越烦躁，越想越不安。但是，最后，他甩了甩头，说："我不相信他们会怎样，含烟不是这样的人，这是不可能的！"

"当然，"柏老太太轻描淡写地说，"怕只是怕，感情这东西太微妙，没什么道理好讲的！"

这倒是真的，需文的不安加深了。他没有对含烟说什么，可是，他变得暴躁了，变得多疑了，变得难侍候了。含烟立即敏感地体会到他的转变，她也没说什么，可是，一层厚而重的阴霾已经在他们之间笼罩了下来。

当怀孕初期的那段难耐的、害喜的时间度过之后，天气也逐渐地热了。随着气候的转变，加上怀孕的生理影响，含烟的心情变得极不稳定。而柏老太太，对含烟的态度也变本加厉地严苛了。她甚至不再顾全含烟的面子，当着下人们和高立德的面，她也一再给含烟难堪。含烟继续容忍着，可是，她内心积压的郁气却越来越大，像是一座活火山，内聚的热力越来越高，就终会有爆炸的一日。

于是，一天，柏老太太又在午餐的饭桌上对她冷嘲热讽地说："柏太太，一个上午没看到你，你在做什么？"

"睡觉。"含烟坦白地说，怀孕使她疲倦。

"睡觉！哼！"柏老太太冷笑着说，"到底是出身不同，体质尊贵，在我做儿媳妇的时代，哪有这样舒服，可以整个上午睡觉的？"

含烟凝视着柏老太太，一股郁闷之气在她胸膛内汹涌澎湃，她尽力压制着自己，但是，她的脸色好苍白，她的胸部剧烈地起伏着，她瞪视着柏老太太，一语不发。

这瞪视使柏老太太冒火，她也回瞪着含烟，语气严厉地说："你想说什么吗？别把眼睛瞪得像个死鱼！"

含烟咬了咬嘴唇，一句话不经考虑地冲口而出了："我有说话的余地吗，老太太？"

柏老太太放下了饭碗，愤怒燃烧在她的眼睛中，她凝视含烟，压低了声音问："你是什么意思？"

"我的意思是——"含烟轻声地，但却有力地、清晰地说，"在你面前，我从没有说话的余地，你是慈禧太后，我不过是珍妃而已！"

高立德迅速地望向含烟，她的反抗使他惊奇，但，也使他赞许，他不自禁地浮起了一个微笑，用一副欣赏而鼓励的眼光望着她。这表情没有逃过柏老太太的视线，她愤怒地望着他们，然后，她摔下了筷子，一句话也没有说，就转过身子，昂着头，一步步地走上楼去了。她的步伐高贵，她的神情严肃，她的背脊挺直……那模样，那神态，俨然就是慈禧太后。

目送她走上了楼，高立德微笑地说："做得好！含烟，不过当心一点吧！她不会饶过你的！你最好让我对需文先说个清楚！"

"不要！立德！"含烟急促地说，"请你什么话都不要说！你会使事情更复杂化！"

于是，高立德继续保持着沉默。但是，这天下午，需文匆匆地从工厂中赶回来了，显然是柏老太太打电话叫他回来的。他先去了母亲的房间，然后，他回到自己的卧室，面对着含烟，他的脸色沉重而激怒。含烟望着他，她知道柏老太太对自己一定有许多难听的言词，她等待着，等待着需文开口，她的表情是忧愁而被动的。

"含烟，你是怎么回事？"柏需文终于开了口，声音是低沉的、责备的、不满的，"你怎么可以对妈那样？她关怀你，对你好，而你呢？含烟！你应该感恩啊！"

含烟继续望着他，她的眉峰慢慢地聚拢，她的眼睛慢慢地潮湿，但她没有说话，一句话都没说。

"含烟，你变了！"需文接着说，"你变得让人不了解了！我不懂你是怎么了，你有什么心事吗？你对柏家不满吗？我对你还不够好吗？含烟，说实话，你最近的表现让我失望！"

含烟仍然望着他，但，泪水缓缓地沿着面颊滚落下来了，她没有去擦拭它，她一任泪珠奔泻，她的眼睛张得大大的，闪着泪光，闪着不信任的光芒。带着悲哀，带着委屈，带着许许多多难言的苦楚。需文紧锁着眉头，含烟的神情使他心软，可是，他横了横心，命令地说："擦干眼泪！含烟，向妈道歉去！"

含烟轻轻地摇了摇头。

"去！"霈文握住了她的肩膀，站在她的面前。她正坐在床沿上，仰着头望着他。他摇撼着那肩膀，严厉地说："你必须去！含烟！"

"不！"她终于吐出了一个字。

"含烟！"他愤怒地喊，"立刻去！"

她垂下了头，用手蒙住了脸，她猛烈地摇头。

"不！不！不！"她一迭连声地说，"别逼我，霈文，你别逼我！"

"我必须逼你！"霈文的脸色严肃，"母亲是一家之长，我不能让人说，柏霈文有了太太就忘了娘。你如果是一个好女人，一个好妻子，也不应该让我面对这个局面，让我蒙不孝之名！所以，你必须去！"他的声音好坚定，好沉重，"听到了吗？含烟，你无从选择，你必须去！"

含烟抬起头来了，她再度仰视着他，她的声音空洞、迷惘而苍凉，像从一个好远好远的地方传来："你一定要我这样做？"她问，幽幽地，她的眼光透过了他，落在一个不知道的地方。

"是的！"霈文说，却不自禁地打了个寒战，含烟的神情使他有种不祥之感。

"那么，我去！"她站起身来，立即往门口走去，一面自语似的说，"但是，霈文，你会后悔！"

他抓住了她的胳膊，紧盯着她。"你是什么意思？"

她望着他，缓缓地摇了摇头，没有回答。挣脱了他的掌握，她走出了门外。她的身子僵直，她的脸色苍白而一无表情。她径直走到柏老太太的门前，推开了门，她直视着柏老太太，用背台词一样的声音，清清楚楚地说："我错了，老太太，请你原谅我。因为我出身微贱，不懂规矩，冒犯了你，希望你宽宏大量，饶恕我的过失。"

说完，她不等柏老太太的回答，就立刻转过身子，走回自己的房间，她只走到了房门口，就被一阵子突来的晕眩和软弱打倒了，她踉跄了一下，仓促间，她想用手扶住门，但没有扶住，她扑倒了下去，晕倒在门前的地毯上面。

需文大喊了一声，他冲过来，抱住了她的头，直着嗓子喊："含烟！含烟！含烟！"

她一无所知地躺着，头无力地垂在他的手腕上。她的嘴唇毫无血色，呼吸微弱，需文的心脏收紧了，绞痛了，冷汗从他额上沁了出来。他苍白着脸，抱起她来，仍然一迭连声地喊着："含烟！含烟！含烟！"

整栋房子里的人都被惊动了，高立德也从他房里冲了过来，一看到这情况，他立即采取了最理智的步骤，他冲向楼下客厅，拨了电话给含烟的医生。这儿，需文把含烟放在床上，他焦急地摇撼着她，掐着她的人中，用冷毛巾敷她的头，一面不停地喊着："含烟！醒来！含烟！醒来！含烟，我心爱的，醒来吧！含烟！含烟！"

他吻她的面颊，吻她的额，吻她那冷冰冰的嘴唇。但她毫无反应，她那张小小的脸比纸还白，乌黑的两排长睫毛无力地垂着，在眼睑下投下了两个弧形的阴影。

医生来了，经过了一番忙碌的打针，安胎，诊断，然后，医生严肃地说："最好别刺激她，让她多休息，否则，这胎儿会保不住的。"

医生走了之后，需文仍然守在含烟的身边。柏老太太只来看了一眼，就走开了，她认为含烟的晕倒完全是矫情，是装模作样，因此，她对她更增加了一份嫌恶，多会施手段的小女人！她显然又让需文神魂颠倒了。

好久之后，含烟才醒了过来，她慢慢地张开眼睛，一时间，有点恍恍惚惚，她似乎是想不起来发生了什么事。需文深深地注视着她，他怜惜地抚摩着她的面颊、她的头发、她那瘦瘠的小手。眼泪涌进了他的眼眶，他轻声地叫："含烟！"

她望着他，想起经过的事情来了，翻转了身子，她用背对着他，把头埋进了枕头里，她什么话都没说。这无声的抗议刺痛了他，他看着她的背脊，以及她那瘦弱的肩膀。她一向是多么柔顺，为什么变得这样冷漠了？他痛心地想着。然后，他伸出手来，轻轻地抚弄着她的头发，低声地说："别生我的气，含烟，我也是无可奈何啊！我知道婆媳之间不容易相处，但是，谁叫我们是晚辈呢？"

她继续沉默着，躺在那儿动也不动。需文心中的痛楚在扩大，他隐隐地感到，含烟在远离他了，远离他了。他摸不清她的思想，他走不进她的领域，他们间的距离越来越远。为什么呢？他沉痛地思索着。难道……难道……难道真是为了高立德？他想到当她晕倒时，高立德怎样白着脸奔向客厅去打电话请医生，事后又怎样焦灼地在门口张望……他的心变冷了，他的手指僵硬地停在她的头发上。就这样，他在那儿呆坐了好长一段时间。然后，他站起身来，一语不发地走出了房间。

含烟看着他出去，泪濡湿了枕头，她仍然一动也不动地躺着，但是，在她的心底，那儿有一个裂口，正在慢慢地滴着血。

霈文下了楼，高立德正坐在客厅中看晚报，看到了他，高立德放下报纸，关怀地问："怎样？她醒了吗？"

霈文瞪着他，你倒很关心啊！他想着。走开去倒了一杯茶，握着茶杯，他看着高立德，慢吞吞地说："是的，醒了。"

高立德注视着他。"霈文，"他忍不住地说，"待她好一点，你常不在家，她的日子并不好过！"

霈文的眼光直直地射在他的脸上。"你的意思是什么？"他闷闷地问。

"我想——"高立德沉吟地说，"你母亲并不很喜欢她。"

哦，你倒知道了？霈文紧紧地盯着他。原来是你在挑拨离间哦！你想在我们家扮演什么角色呢？他放下了茶杯，慢慢地，他一个字一个字地说："我也有句话要对你说，立德！以后，请你把心神放在茶园上，不要干涉我的家务事！"

高立德跳了起来，愤然地看向霈文，霈文却抛开他，径自走上楼去了。高立德气怔了，好久好久，他就这样愤愤地对楼梯上瞪视着。

接着，一连好几天，含烟没有下床。霈文和含烟之间，那层隔阂的高墙已经竖起来了，他们彼此窥测着对方，却都沉默着，不肯多说话。含烟更憔悴，更苍白了，对着镜子，她常喃喃地自语着："你快死了！你已经没有生气了，你一定会死去！"

于是，她叹息着，她不甘愿就这样死去，这样沉默地死去！这样委屈地死去！她走下了楼，那儿有一间给霈文准备的书房，但是，霈文太忙了，他从没时间利用这书房。她走了进去，拿出一沓有着玫瑰暗花的信笺，她决心要写点什么，写出自己的悲哀，写出自己的爱情，写出自己的心声。于是，她在那第一页上，写下了一首小诗：

记得那日花底相遇，
我问你心中有何希冀？
你向我轻轻私语：
"要你！要你！要你！"

记得那夜月色旖旎，
你问我心中有何秘密？
我向你悄悄私语：
"爱你！爱你！爱你！"

但是今夕何夕？
你我为何不交一语？
我不知你有何希冀，
你也不问我心底秘密，
只有杜鹃鸟在林中欷歔：
"不如离去！不如离去！"

21

炎热的夏季来临了，随着夏季的来临，是一连好几次的台风和豪雨。对含烟来说，这个夏季是漫长的、难捱的，也是充满了风暴和豪雨的。柏老太太变成了她的克星，她的灾难，和她的痛苦的泉源。从夏季开始，老太太就想出一个新的方式来折磨她，来凌侮她，她让她为她念书，念《刁刘氏演义》。那是一本旧小说，述说一个淫妇如何遭到天谴，每当她念的时候，老太太就以那种责备的、含有深意的眼光望着她，似乎在说："你就是这个女人！你要遭到天谴！你要遭到天谴！"

然后，她开始训练她走路的姿势，指正她的谈吐，她不住地说："把你那些欢场的习气收起来吧！你该学着做一个贵妇人！瞧你！满脸的轻佻之气！"

含烟受不了这些，一次，在无法忍耐的悲愤中，她冒雨奔出了含烟山庄，她狂奔，奔向松竹桥。那桥下，每当豪雨之后，山洪倾泻，河水就会变得高涨而汹涌。她奔到河边，却被随后追来的高立德捉住了。拉住了她，高立德脸色苍白地说："你要做什么，含烟？"

"让我去吧！我受不了！我受不了！"她哭泣着。

"含烟！勇敢起来！"高立德深深地望着她，语重心长地说，"你受了这么多苦难和委屈，都是为了爱需文，如果你寻了死，这一切还有什么价值呢？勇敢起来吧！你一直是我见过的最勇敢的女人！终有一天，需文会了解你，你吃的苦不会没有代价的！

好好地活下去！含烟！为了霈文，为了你肚里的孩子！"

是的，为了霈文，为了肚里的孩子！她不能死！含烟跟着立德回到了家里。从此，高立德密切地注意着含烟，保护着含烟，也常终日陪伴着含烟，跟她谈天，竭力缓和她那愁惨的情绪。他没有把含烟企图寻死的事告诉霈文，因为，关于他和含烟的绯闻，已经在附近传开了，他怕再引起霈文不必要的误会。

而含烟呢，自从淋雨之后，就病倒了，有好几日，她无法起床，等到能起床的时候，她已形销骨立，虚弱得像一个幽灵，她常常无故晕倒，醒来之后，她会对立德说："不要告诉霈文，因为他并不关心！"

霈文真的不关心吗？不是。他没有忽略含烟的虚弱，没有漠视她的苍白，但，他把整个真实的情况完全歪曲了。他认为这份苍白，这份憔悴，都为了另一个人！他怀疑她，他讥刺她！他嘲弄她！在他的讥刺和嘲弄下，含烟更沉默了，更瑟缩了，更忧愁了。含烟山庄不再是她的乐园，不再是她做梦的所在，这儿成了她的地狱，她的坟墓！她不愿再对霈文做任何解释，她一任他们间的冷战延续下去，一任他们的隔阂和距离日甚一日。看到含烟和自己默默无言，和立德反而有说有笑，霈文的疑心更重了。于是，他对她明显地冷淡了，挑剔了。他愤恨她的苍白，他诅咒她的消瘦，他把这些全解释成另一种意义。一次，看到她又眼泪汪汪地独坐窗前，他竟冷冷地念了一首古诗：

美人卷珠帘，

深坐颦蛾眉，

但见泪痕湿，

不知心恨谁？

听出他语气里那份冷冷的嘲讽和酸味，含烟抬起眼睛来瞪视着他，问："你以为我在恨谁？"

"我怎么知道？"霈文没好气地说，就自管自地走出了房间，用力地带上房门。这儿，含烟倒在椅子中，她闭上了眼睛，一层绝望的、恐怖的、痛苦的浪潮攫住了她，淹没了她，撕碎了她。她无力地在椅背上转侧着头，嘴里喃喃地、一迭连声地低喊："哦，霈文！哦，霈文！哦，霈文！别这样吧！我们别这样吧！我是那么那么爱你！"

这些话，霈文没有听见，他已听不见含烟任何爱情的声音了，嫉妒和猜疑早就蒙住了他的耳朵，幻化了他的视线。他那扇爱情的门，也早就封闭起来了。含烟被关在那门外，再也走不进去。

就在那哀愁的、闷郁的、充满了风暴的日子里，一条小生命在不太受欢迎的情况下出世了。由于含烟体质衰弱，那小生命也又瘦又小。刚出世的婴儿都不太漂亮，红彤彤的满脸皱纹，像个小老头。柏霈文虽然情绪不佳，却仍然有初做父亲的那份欣喜。可是，这份欣喜却粉碎在柏老太太的一句话上面："啊，这个小东西，怎样又不像爸爸，又不像妈妈！看她的样子，显然柏家的遗传力不够强呢！"

人类是残忍的，上帝给了人类语言的能力，却没料到语言也可以成为武器，成为最容易运用而最会伤人的武器。柏霈文的喜悦消失了，他常常瞪视着那个小东西，一看好几小时，他研究她，他怀疑她。婴儿时期的小亭亭因为体质柔弱，是个爱哭爱吵的孩子，她的吵闹使柏霈文烦躁，他常对她大声地说："哭！哭！哭！你要哭到哪一天为止？"

含烟是敏感的，她立即看出柏霈文不喜欢这孩子，夜深人静，她常揽着孩子流泪，低低地对那小婴儿说："亭亭，小亭亭，你为什么要来到这世界呢？我们都是不受欢迎的，你知道吗？"

可是，高立德却本着那份纯真的热情，他喜爱这孩子，他一向对"生命"都有一种本能的热爱。于是，他常常抱着小亭亭在屋内嬉笑，他也会热心地接过奶瓶来喂她，看到她发皱的小脸，他觉得高兴，他会惊奇地笑着说："噢！我从来不知道婴儿是这个样子的！"

这一切看到柏老太太和柏霈文的眼中，就变了质，变得可怕而污秽了。柏老太太曾对柏霈文说："我看，孩子喜欢高立德远胜过喜欢你呢！我也从没有看过像高立德那样的大男人，会那样喜欢抱孩子的，还是别人的孩子！"

含烟山庄中乌云密布了，像台风来临前的天空，布满了黑色的、厚重的云层，空气是窒闷的、阴郁的、沉重的，台风快来了。

是的，台风来了。

那是一次巨大的台风，地动屋摇，山木摧裂，狂风中夹着骤雨，终日扑打着窗棂。天黑得像墨，花园内的榕树被刮向了一个方向，树枝扭曲着，树叶飞舞着，柳条彼此缠绕，纠结，在空中挣扎。玫瑰花在狂风暴雨下喘息，枝子折了，花朵碎了，满地的碎叶残红，含烟山庄的门窗都紧闭着，风仍然从窗隙里穿了进来，整个屋子的门窗都在作响，都在震动，都在摇撼。

霈文仍然去了工厂，午后，他冒着雨回到含烟山庄，一进客厅的门，他就看到高立德坐在沙发里，怀抱着小亭亭，正摇撼着她，一面嘴里喃喃不停地说着："小亭亭乖，小亭亭不哭，小亭亭不怕风，不怕雨，长大了做个女英雄！"

　　含烟站在一边，正拿着一瓶牛奶，在摇晃着，等牛奶变冷。一股怒气冲进了霈文的胸中，好一幅温暖家庭的图画！他一语不发地走过去，把滴着水的雨衣脱下来，抛在餐厅的桌子上。含烟望着他，心无城府地问："雨大吗？"

　　"你不会看呀！"霈文没好气地说。

　　含烟怔了一下，又说："听说河水涨了，过桥时没怎样吧？阿兰说松竹桥都快被水淹了！"

　　"反正淹不到你就行了！"霈文接口说。

　　含烟咬了咬嘴唇，一种委屈的感觉抓住了她。她注视着霈文，眉头轻轻地锁了起来。

　　"你怎么了？"她问。

　　"没怎么。"他闷闷地回答。

　　她把奶瓶送进了孩子的嘴中，高立德依旧抱着那孩子，含烟解释地说："亭亭被台风吓坏，一直哭，立德把她抱着在房里兜圈子，她就不哭了。"

　　"哼！"柏霈文冷笑了一声，"我想他们是很投缘的，倒看不出，立德对孩子还有一套呢！"说完，他看也不看他们，就径自走上楼去了。

　　这儿，含烟和高立德面面相觑，最后，还是高立德先开口："你去看看他吧！他的情绪似乎不太好！"

含烟接过了孩子，慢慢地走上楼，孩子已经衔着奶瓶的橡皮嘴睡着了。含烟先把孩子放到育儿室的小床中，给她盖好了被。然后，她回到卧室里，霈文正站在窗前，对着窗外的狂风骤雨发呆，听到含烟进来，他头也不回地说："把门关好！"

含烟愣了愣，这口气多像他母亲，严厉、冰冷，而带着浓重的命令味道。她顺从地关上了门，走到他的身边，他挺直地站在那儿，眼睛定定地看着窗外，那些树枝仍然在狂风下呻吟、扭曲、挣扎，他就瞪视着那些树枝，脸上毫无表情。

"好大的雨！"含烟轻声地说，也站到窗前来，"玫瑰花都被雨打坏了。"

"反正高立德可以帮你整理它们！"霈文冷冰冰地说。

含烟迅速地转过头来望着他。"怎么了，你？"她问。

"没怎么，只代你委屈。"他的声音冷得像从深谷中卷来的寒风。

"代我委屈？"

"是的，你嫁我嫁错了，你该嫁给高立德的！"他说，声音很低，但却似乎比那风雨声更大，更重。

"你——"含烟瞪着他，"你是什么意思？"

"你知道我是什么意思！"霈文转过头来了，他的眼睛紧紧地盯着她，里面燃烧着一簇愤怒的火焰，那面容是痛恨的、森冷的、怒气冲天的。好久以来积压在他胸中的怀疑、愤恨和不满，都在一刹那间爆发了。他握住了她的手腕，他的脸俯向了她，他的声音暗哑地、一个字一个字地冒了出来："我只告诉你一句话，假若你一定要和高立德亲热，也请别选客厅那个位置，在下人们面前，希望你还给我留一点面子！"

"霈文！"含烟惊喊，她的眼睛张得那样大，那样不信任地、悲痛地、震惊地望着他，她的嘴唇颤抖了，她的声音凄楚地、悲愤地响着，"难道……难道……难道你也以为我和立德有什么问题吗？难道……连你都会相信那些谣言……"

"谣言！"霈文大声地打断了她，他的眼睛眯眯了一条缝，又大大地张开来，里面盛满了愤怒和屈辱，"别再说那是谣言，空穴来风，其来有自！谣言？谣言？我欺骗我自己已经欺骗得够了！我可以不相信别人说的话，难道我也不相信自己的眼睛？"

"自己的眼睛？"含烟喘着气，"你的眼睛又看到些什么呢？"

"看见你和他亲热！看到你们卿卿我我！"霈文的手指紧握着她的胳膊，用力捏紧了她，她痛得咧开了嘴，痛得把身子缩成一团。他像一只老鹰攫住了小鸡一般，把她拉到自己的面前，他那冒火的眼睛逼近了她的脸。压低了声音，他咬牙切齿地说："告诉我吧，你坦白地告诉我一件事，亭亭是高立德的孩子吗？"

含烟震惊得那么厉害，她瞪大了眼睛，像听到了一声焦雷，像看到了天崩地裂，她的心整个都被震碎了。窗外的豪雨仍然像排山倒海似的倾下来，房子在震动，狂风在怒吼……含烟的身子开始颤抖，不能控制地颤抖，眼泪在她的眼眶中旋转。她几次想说话，几次都发不出声音，直到现在，她才真正地明白了一件事，自己的世界是完完全全地粉碎了！

"你说！你说！快说呀！"霈文摇着她，摇得她浑身的骨头都松了，散了，摇得她的牙齿咯咯作响，"说呀！快说！说呀！"

"霈……文，"含烟终于说了出来，"你……你……你是个混蛋！"

"哦？我是个混蛋？这就是你的答复？"需文一松手，含烟倒了下去，倒在地毯上，她就那样扑伏在地上，没有站起身来。需文站在她面前，俯视着她。他说："一个戴绿帽子的丈夫，永远是最后一个知道真情的人！我想，这件事早就尽人皆知了，只有我像个大傻瓜！含烟，"他咬紧了牙，"你是个贱种！"

含烟震动了一下，她那长长的黑发铺在白色的地毯上面，她那小小的脸和地毯一样地白。她没有说话，没有辩白，但她的牙齿深深地咬进了嘴唇里，血从嘴唇上渗了出来，染红了地毯。

"我今天才知道我的幼稚，我竟相信你清白，你美好，相信你的灵魂圣洁！我是傻瓜！天字第一号的傻瓜！我会去相信一个欢场中的女子！"他重重地喘着气，怒火烧红了他的眼睛，"含烟！你卑鄙！你下流！既失贞于婚前，又失贞于婚后！我是瞎了眼睛才会娶了你！"

含烟把身子缩成了小小的一团，她蜷伏在地毯上，像是不胜寒恻。她的感情冻结了，她的思想麻木了，她的心已沉进了几千万尺深的冰海之中。需文的每一句话，每一个字，都像是一根带刺的鞭子，狠狠地抽在她身上、心上和灵魂上。她已痛楚得无力反抗，无力挣扎，无力思想，也无力再面对这个残酷的现实。

"你不害羞，含烟？"柏需文继续说着，在狂怒中爆发地说着，"我把你从那种污秽的环境里救出来，谁知你竟不能习惯于干净的生活了！我早就该知道你这种女人的习性！我早就该认清你的真面目！含烟，你这个忘恩负义的女人！你这个没有良心、没有灵魂的女人！你竟这样对待我，这样来欺骗一个爱你的男人！含烟！你这个贱种！贱种！贱种！"

他的声音大而响亮，盖过了风，盖过了雨，像巨雷般不断地劈打着她。看着她始终不动也不说话，他愤愤地转过身子，预备走出这房间，他要到楼下去，到楼下去找高立德拼命！他刚移动步子，含烟就猝然发出一声大喊，她的意识在一刹那恢复了过来。不不，霈文！我们不能这样！不能在误会中分手！不不，霈文！我宁可死去，也不能失去你！不不，霈文！她爬了过来，一把抱住了霈文的腿，她哭泣着把面颊紧贴在那腿上，挣扎着、啜泣着、断续着说："我……我……我没有，霈文，我从……没有做过对不起你的……的事情，我爱……爱你，别离……离开我！别……别遗弃我！霈……霈文，求……求你！"

他把脚狠狠地从她的胳膊中抽了出来，踢翻了她。他冷笑了。"你不愿离开我？你是爱我呢，还是爱柏家的茶园和财产？"

"哦！"含烟悲愤地大喊了一声，把头埋进臂弯中，她蜷伏在地下，再也没有力量为自己做多余的挣扎和解释了。她任凭霈文冲出房间，她模糊地听到他在楼下和高立德争吵，他们吵得那么凶，那么激烈，她听到柏老太太的声音夹杂在他们之中，她听到老张和阿兰在劝架，她也听到育儿室里孩子受惊的大哭声，这闹成一团的声音压过了风雨，而更高于这些声音的，是柏老太太那尖锐而高亢的嗓音："你们值得吗？为了一个行为失检的女人伤彼此的和气！霈文！你不该怪立德，你只该怪自己娶妻不慎呀！"

"哦，"含烟低低地喊着，"我的天，我的上帝！这世界多残忍！多残忍哪！"

她的头垂向一边，她的意识模糊了，飘散了，消失了。她的心智散失了，崩溃了。她晕了过去。

不知道过了多久，她醒了过来，天已经黑了。她发现自己仍然躺在地毯上，包围着她的，是一屋子的黑暗与寂静。她侧耳倾听，雨还在下着，但是，台风已成过去了。那雨是淅淅沥沥的，偶尔还有一两阵风，从远处的松林里穿过，发出一阵低幽的呼号。她躺了好一会儿，然后，她慢慢地坐了起来，晕眩打击着她，她摇摇欲坠。好不容易，她扶着床站起身来，摸索着把电灯打开了，屋子里只有她一个人，夜，好寂静，好冷清。世界已经把她完全给遗弃了。

她看了看手表，十一点！她竟昏睡了这么久！这幢屋子里其他的人呢？那场争吵怎样了？还有亭亭——哦，亭亭！一抹痛楚从她胸口上划过去，她那苦命的、苦命的小女儿啊！

她在床沿上坐了很久很久，茫然地、痛楚地坐着。然后，她站起身来，走出房间，她来到对面的育儿室中，这么久了，有谁在照顾这孩子呢？她踏进了育儿室的门，却一眼看到孩子熟睡在婴儿床中，阿兰正坐在小床边打盹，看到了她，阿兰抬起头来，轻声说："我刚喂她吃过奶，换了尿布，她睡着了。"

"谢谢你，阿兰。"含烟由衷地说，眼里蓄着泪，"你帮我好好带小亭亭。"

"是的，太太。"阿兰说，她相当同情含烟，在她的心目里，含烟是个温和而善良的好女人，"我会的。"

"谢谢你！"含烟再说了一句，俯下身子，她轻轻地吻着那孩子的面颊，一滴泪滴在那小脸上，她悄悄地拭去了它。抬起头来，她问阿兰："先生呢？"

"他在客人房里睡了。"

"高先生呢？"

"他收拾了东西，说明天一清早就要离开，现在他也在他房里。"

"哦。"含烟再对那孩子看了一眼，就悄悄地退出了育儿室。走到楼下书房里，她用钥匙打开了书桌抽屉，取出了一册装订起来的，写满字迹的信笺，这是她数月来所写的一本书，一页一页、一行一行、一字一字，全是血与泪。捧着这本册子，她走上了楼，回到卧室中，关好房门。她取出了柏霈文送她的那一盒珠宝，把那本册子锁入盒子里。然后，她坐下来，开始写一个短笺：

霈文：

我去了。在经过今天这一段事件之后，我知道，这儿再也没有我立足之地了。千般恩爱，万斛柔情，皆已烟消云散。我去了，抱歉，在我离开这个世界，在我离开你之前，我最后要说的一句话，竟是：我恨你！

关于我走进含烟山庄之后，一切遭遇，一切心迹，我都留在一本手册之中，字字行行，皆为血泪写成。如果你对我还有一丝丝未竟之情，请为我善待亭亭，她是百分之百、千分之千的你的骨血。那么，我在九泉之下，也当感激。

我把手稿一册，连同你送给我的珠宝、爱情、梦想一起留下。真遗憾，我无福消受，你可把它们再送给另一个有福之人！

霈文，我去了。从今以后，松竹桥下，唯有孤魂，但愿河水之清兮，足以濯我玷污之灵魂！

霈文，今生已矣，来生——咳，来生又当如何？

仍愿给你

最深的祝福

含烟绝笔

写完，她把短笺放在珠宝盒上，一起留在床头柜上面的小台灯下。在灯旁，仍然插着一瓶黄玫瑰，她下意识地取下一枝来。然后，她披上一件风衣，习惯性地拿起自己的小手袋，悄悄地下了楼，走出了大门。花园内积水颇深，水中漂浮着断木残枝，雨依旧在斜扫着，迎面而来的风使她打了个寒战。她踩进了水中，一步一步地，走向了铁门，打开了门边的一扇小门，她出去了，置身在含烟山庄以外了。

雨扫着她，风吹着她，她的长发在风雨中飘飞。路上到处都是积水与泥泞，她毫不在意。像一个幽灵，她踏过了积水，她穿过了雨雾，向前缓缓地移动。她心中想的是，大家给她的那个绰号：灰姑娘！是的，灰姑娘，穿着仙女给她的华裳，坐着豪华的马车，走向那王子的宫堡！你必须在午夜十二点以前回来，否则，你要变回衣衫褴褛的灰姑娘！现在是什么时间？过了十二点了！

她笑了起来，雨和泪在脸上交织。雨，湿透了她的头发，湿透了她的衣服，她走着，走着，一步一步地走向了那道桥——那道将把她带向另一世界的桥。

雨，依然在下着，冷冷的，飕飕的。

第三部 暴风雨后

22

暴风雨是过去了。

方丝萦慢慢地醒了过来，迷迷糊糊地张开眼睛，她发现自己正躺在卧室的床上，那黑底金花的窗帘静静地垂着，床头那些白纱的小灯亮着。灯下，那瓶灿烂的黄玫瑰正绽放着一屋子的幽香。她轻轻地扬起了睫毛，神思恍惚地看着那玫瑰，那窗帘，那白色的地毯……一时间，她有些迷乱，有些眩惑，有些朦胧。她不知道自己是谁，正置身何处。是那饱受委屈的章含烟，还是那个家庭教师方丝萦？她蹙着眉，茫然地看着室内，然后，突然间，她的意识恢复了，她想起了发生过的许多事情：柏霈文、高立德、章含烟……她惊跳了起来，于是，她一眼看到了柏霈文，正坐在床尾边的一张椅子里，大睁着那对呆滞的眸子，似乎在全力倾听着她的动静。她刚一动，他已经迅速地移上前来，他的手压住了她的身子，他的脸庞上燃烧着光彩，带着无比的激动，他喊着："含烟！"

含烟！含烟？方丝萦战栗了一下，紧望着面前这个盲人，她退缩了，她往床里退缩，她的呼吸急促，她的头脑晕眩，她瞪视着他，用一对戒备的、愤怒的、怨恨的眸子瞪视着他，她的声音好遥远，好空洞，好苍凉："你在叫谁，柏先生？"

"含烟！"他迫切地摸索着、搜索着她的双手，他找到了，于是，他立即紧紧地握住了这双手，再也不肯放松了。坐在床沿上，他俯向她，热烈地、悔恨地、歉疚而痛楚地喊着："别这样！含烟，别再拒我于千里之外！原谅我！原谅我！这十年，我已经受够了，你知道吗？每一天我都在悔恨中度过！岂止每一天！每一时！每一分！每一秒！你不知道那日子有多漫长！我等待着，等待着，等待着，等待着，含烟！"他喘着气喊，他的身子滑下了床沿，他就跪在那儿了。跪在床前面，他用双手紧抓住她的手，然后，他热烈地、狂喜地把嘴唇压上了她的手背，他的嘴唇是灼热的。"上帝赦我！"他喊着，"你竟还活着！上帝赦我！天！我有怎样的狂喜！怎样的感恩！哦，含烟，含烟，含烟！"

他的激动和他的热情没有感染到她，相反地，他这一篇话刺痛了她，深深地刺痛了她，勾起了十年以来的隐痛和创伤，那深埋了十年的创伤。她的眼眶潮湿了，泪迷糊了她的视线，她费力地想抽回自己的手，但他紧紧地攥住，那样紧，紧得她发痛。

"不不，"他喊，"我不让你再从我手中跑出去！我不让！别想逃开！含烟，我会以命相拼！"

泪滑下了她的面颊，她挣扎着："放开我，先生，我不是含烟，含烟十年前就淹死在松竹桥下了，我不是！你放开我！"她喉中哽塞，她必须和那汹涌不断的泪浪挣扎，"你怎能喊我含烟？

那个女孩早就死了！那个被你们认为卑鄙、下流、低贱、淫荡的女孩，你还要找她做什么？你……"

"别再说！含烟！"他阻止了她，他的脸色苍白，他的喉音喑哑，"我是傻瓜！我是笨蛋！你责备我吧！你骂我吧！只是，别再离开我！我要赎罪，我要用我有生之年向你赎罪！哦，含烟！求你！"他触摸她，从她的手腕，一直摸索到肩膀，"哦，含烟！你竟活着！那流水淹不死你，我应该知道！死神不会带走枉死的灵魂，噢！含烟！"他的手指碰上了她的面颊。

"住手！"她厉声地喊，把身子挪向一边，"你不许碰我！你没有资格碰我！你知道吗？"

他的手僵在空中，然后无力地垂了下来。他面部的肌肉痉挛着，一层痛楚之色飞上了他的眉梢，他的脸色益发苍白了。"我知道，你恨我。"他轻声地说。

"是的，我恨你！"方丝萦咬了咬牙，"这十年来，我没有减轻过对你的恨意！我恨你！恨你！恨你！"她喘了口气，"所以，把你的手拿开！现在，我不是你的妻子，我不是那个受尽委屈、哭着去跳河的灰姑娘！我是方丝萦，另一个女人！完完全全的另一个女人！你走开！柏霈文！你没有资格碰我，你走开！"

"含烟？"他轻轻地、不信任地低唤了一声，他的脸被痛苦扭曲了。不由自主地，他放开了她，跪在那儿，他用手蒙住了脸，手肘放在床沿上，他就这样跪着，好半天都一动也不动。然后，他的声音低低地、痛苦地从他的手掌中飘了出来："告诉我，你要怎样才能原谅我？告诉我！"

"我永不会原谅你！"

他震动了一下，手垂下来，落在床上，他额上有着冷汗，眉峰轻轻地蹙拢在一块儿。

"给我时间，好吗？"他婉转地、请求地说，"或者，慢慢地，你会不这样恨我了。给我时间，好吗？"

"你没有时间，柏霈文。"她冷冷地说，"你不该把高立德找来，你不该揭穿我的真面目，现在，我不会停留在你家里了，我要马上离去！"

他闭上了眼睛，身子摇晃了一下。这对他是一个大大的打击，他的嘴唇完全失去了血色。

"不要！"他急切地说，"请留下来，我请求你，在你没有原谅我以前，我答应你，我绝不会冒犯你！只是，请不要走！好吗？"

"不！"她摇了摇头，语音坚决，"当你发现我的真况之后，我不能再在你家中当家庭教师……"

"当然，"他急急地接口，"你不再是一个家庭教师，你是这儿的女主人……"

"滑稽！"她打断了他。

"你不要在意爱琳，"他迫切地说着，"我和她离婚！我马上和她离婚，我把台北的工厂给她！我不在乎那工厂了！我告诉你，含烟，我什么都不在乎，只求你不走！我马上和她离婚……"

"离不离婚是你的事。"她说，声音依然是冷淡而坚决的，"反正，我一定要走！"

他停顿了片刻，他脸上有着忍耐的、压抑的痕迹，好半天，他才问："没有商量的余地？"

"没有。"

他低下头，沉思了好一会儿，再抬起头来的时候，他唇边有个好凄凉、好落寞、好萧索，又好怆恻的笑容，那额上的皱纹，那鬓边的几根白发，他骤然间看起来苍老了好多年。他的手指下意识地摸索着方丝萦的被面，那手指不听指挥地、带着神经质地震颤。他无法"看"，但他那呆滞的眼睛却是潮湿的，映着泪光，那昏蒙的眸子也显得清亮了。这神情使方丝萦震动，依稀恍惚，她又回到十年前了。这男人！这男人毕竟是她生命里最重要的人啊！曾是她那个最温柔的、最多情的、最缠绵的丈夫！她凝视着他，不能阻止自己的泪潮泛滥。然后，她听到他的声音，那样软弱、无力，而带着无可奈何的屈辱与柔顺。

"我知道，含烟，我现在没有任何资格对你要求什么，我想明白了。别说以前我所犯的错误，是多么的难以祈求你的原谅，就论目前的情形，我虽不知道当初你是怎样逃离那场苦难，怎样去了美国的，但我却知道，你直到如今，依然年轻美貌，而我呢？"他的苦笑加深了，"一个瞎子！一个废物！我有什么权利和资格再来追求你？是的，含烟，你是对的！我没有资格！"

方丝萦闪动着眼睑，需文这篇话使她颇有一种新的、被感动的情绪，但是，在这种情绪之外，她还另有份微微的、刺痛似的感觉，她觉得被歪曲了，被误解了。一个瞎子！她何尝因他瞎了就轻视了他？这原是两回事啊！他不该混为一谈的！

"所以，"需文继续说了下去，"我不勉强你，我不能勉强你，只是，不为我，为了亭亭吧！那可怜的孩子！她已经这样依赖着你，热爱着你，崇拜着你！别离开！含烟，为了那苦命的孩子！"

"哦！"方丝萦崩溃地喊，"你不该拿亭亭来要挟我！这是卑劣的！"

"不是要挟，含烟，不是要挟！"他迫切地、诚恳地、哀求地说，"我怎敢要挟你？我只请你顾全一颗孩子的心！你知道她，她是多么脆弱而容易受伤的！"

方丝萦真的沉吟了，这孩子！这孩子一直是她多大的牵系！多大的思念！为了这孩子，她留在台湾。为了这孩子，她去正心教书。为了这孩子，她甘愿冒着被认出来的危险，搬进柏宅。为了这孩子，她不惜和爱琳正面冲突！而现在，她却要离开这孩子了吗？她如何向亭亭交代呢？她惶然了，她失措了。坐在床上，她弓起了膝，把下巴放在膝上，她尽力地运用着思想，但她的思想却像一堆乱麻，怎么也整理不出头绪来。何况，她的情绪还那样凌乱，心情还那样激动着！

"亭亭到哪儿去了？"她忽然想起亭亭来了，自从她晕倒到现在，似乎好几小时过去了，亭亭呢？

"立德带她出去了，他要给我们一段单独相处的时间。"柏霈文坦白地说，猛地跳了起来，"我忘了，你还没有吃晚餐，我去叫亚珠给你下碗面来。"

"我不饿，我不想吃。"她说，继续地沉思着。

"我让她先做起来，你想吃的时候再吃，同时，我也还没吃呢！"他向门边走去，到了门口，他又站住了，回过头来，他怔怔地叫，"含烟！"

"请叫我方丝萦！"她望着他，"含烟早已不存在了。"

"方丝萦？丝萦？"他喃喃地念着，忽然间，一层希望之色燃亮了他的脸，他很快地说，"是的，丝萦，属于含烟的那些悲惨的时光都过去了，以后，该是属于方丝萦的日子，充满了甜蜜与幸福的日子！丝萦，一个新的名字，将有一个新的开始！"

"是的，新的开始！"她接口说，"我是必须要有一个新的开始，我将离开这儿！"

他顿了顿，忍耐地说："关于这问题，我们再讨论好吗？现在，首先，你必须要吃一点东西！"

打开房门，他走出去了。他的脸上，仍然燃满了希望的光彩。他大踏步地走出去，眉梢眼角，有股坚定不移的、充满决心的神色。他似乎又恢复到了十年前，那个不畏困难、不怕艰巨、誓达目的的年代。

深夜，亭亭在她的卧室里熟睡了，这孩子在满怀的天真与喜悦中，浑然不知家中已有了怎样一份旋转乾坤的大变动。方丝萦仍和往常一样照顾着她上床，她也和往常一样，用手攀住方丝萦的脖子，吻她，用那甜甜软软的童音说："再见！老师！"

方丝萦逗留在床边，不忍遽去，这让她牵肠挂肚的小生命啊！她一直看到她熟睡了，才悄悄地走出房间，眼眶里蓄满了泪。

现在是深夜了，孩子睡了，亚珠和老尤也都睡了。但是，在柏宅的客厅里，那大吊灯依然亮着。柏霈文、高立德和方丝萦都坐在客厅中，在一屋子幽幽柔柔的光线里，这三个人都有些神思恍惚，有些不敢相信，这聚会似乎是不可思议的。高立德和柏霈文都衔着烟，那烟雾氤氲，弥漫，扩散……客厅里的一切，在烟雾笼罩中，朦胧如梦。

"那次，我们始终没有捞起尸体，"高立德深思地说，"我曾经揣测过，你可能没死，但是，你的风衣勾在断桥的桥柱上，风衣的口袋里插着一朵黄玫瑰。而那时山洪暴发，河水汹涌而急湍，如果你跳了河，尸体不知会冲到多远，所有参与打捞的人都说没有希望找到尸体……一直经过了两个礼拜，我们才认了……"

"不，"需文打断了高立德的叙述，"我没有认！我一直抱着一线希望，你没有死！我在全台北寻访，我查核所有旅馆名单，我去找你的养父母，甚至于——我去过每一家舞厅、酒楼，我想，或者你在绝望中，会……"

"重操旧业？"方丝萦冷冷地接了口，"你以为我所受的屈辱还不够深重？"

"哦，"柏需文说，"那只是我在无可奈何中的胡乱猜测罢了，那时，只要有一丝丝希望，我都绝不会放弃去找寻的，你知道。"他喷出一大口烟雾，他那深沉的、易感的面容隐在那腾腾的烟雾中，"说实话，我想我那时是在半疯狂的状态里……"

"不是半疯狂，简直就是疯狂！"高立德插口说，"我还记得那天早上的事，一幕幕清楚得像昨天一样。我是第一个起来的人，因为我已决心马上离开含烟山庄了。天刚刚亮，我涉着水走出大门，发现铁门边的小门是敞开的，我觉得有些奇怪，却没有太注意，大路上的水已淹得很深，我一路走过去，看到茶园里全是水，我还在想，这些茶树遭了殃了！那时还下着雨，是台风以后的那种持续的豪雨。我冒着雨走，路上连一个人都没有。我一直走到松竹桥边，然后，我就大大地吓了一跳，那座桥已经断了，水势汹涌而急湍地奔泻下去，黄色的浊流夹杂着断木和残枝，我想，糟了，一定是上游的山崩了，而目前呢，通台北的唯一一条路也断了，就在这时候，我看见了那件风衣，你最爱穿的那件浅蓝色的风衣，勾在断桥的栏杆上！我大吃一惊，顿时知道发生了什么事！我立即回转身子，发狂似的奔回含烟山庄，我才跑到山庄门口，就看到需文从里面发疯似的冲出来，他一把抓住我，问我有没有看到你，我喘着气告诉他风衣的事，于是，我们再一起奔回松竹桥……"他顿了顿，深吸了一口烟。方丝萦沉默着，倾听这一段经过是让人心酸的，她捧着茶杯，眼睛迷蒙地注视着杯里那淡绿色的、像翡翠般的液体，柏家的绿茶！

"我们到了桥边！"高立德继续说了下去，"需文一看到那件风衣就疯掉了。他也不顾那剩下的断桥有多危险，就直冲了上去，取回了那件风衣，只一看，我们就已经断定是你的，口袋里有朵黄玫瑰，还有一个鸡心项链。那时，需文的样子非常可怕，他狂喊、号叫着你的名字，并且企图跳到水里去，我只得抱住他，他和我挣扎，对我挥拳，我只好跟他对打，我们在桥边的泥泞和大雨中打成一团……咳，"他停住了，苦笑了一下，看着方丝萦，"含烟，你可以想象那副局面。"

方丝萦默然不语，她的眼睛更迷蒙了。

"我们打得很激烈，直到老张也追来了，我和老张才合力制服了需文，但他说什么也不肯离开桥边，叫嚣着说要到激流中去找寻你，说你或许被水冲到了浅滩或是岸边，他坚决不肯承认你死了。于是，老张守着他，我回到含烟山庄，打电话去报警，去求助……两小时后，大批的警员和救护车都来了，我们打捞又打捞，什么都没有。警员表示，以水势来论，尸体早就冲到好远好远了。于是，一连四五天，我们沿着河道，向下游打捞，仍然没有。需文不吃不喝不睡，日日夜夜，他就像个疯子一样，坐在那个桥头上。"

方丝萦低垂着头，注视着茶杯，一滴泪静悄悄地滴入杯中，那绿色的液体立即漾出无数的涟漪。

"接着，需文就大病一场，发高热，昏迷了好几天，等他稍微能走动的时候，他就又像个疯子似的在大街小巷中去做徒劳的搜寻了。我也陪着他找寻，歌台舞榭，酒楼旅馆……深夜，他就捧着你的手稿，呆呆地坐在客厅的窗前，一遍又一遍地读着，常常这样读到天亮。那时候，我们都以为他要精神失常了。"

他又顿了顿。需文深倚在沙发中，一句话也不说，烟雾笼罩住了他整个的脸。

"那段时间里，他和他母亲一句话也不说，我从没看过那样固执的人。他生病的时候，老太太守在他床边流泪，他却以背对着她，绝不回顾。我想，事情演变到这个样子，老太太心里也很难过的。需文病好了，和老太太仍然不说话，直到好几个月以后，亭亭染上了急性肺炎，差点死去，老太太和需文都日夜守在床边，为抢救这条小生命而努力。当孩子终于度过了危险期，需文才和老太太说话。这时，我们都认为，你是百分之百地死了。不过，整个含烟山庄，都笼罩着你的影子，那段日子是阴沉、晦暗而凄凉的，我也很难过，自己会牵涉在这件悲剧里，所以，那年秋天，我终于不顾需文的挽留，离开了含烟山庄，到南部去另打天下了。"

他停住了，注视着方丝萦。方丝萦的眼睛是潮湿而清亮的，但她的面容却深沉难测。

"这就是你走了之后的故事，"高立德喝了一口茶，"全部的故事……"

"不，不是全部！"霈文忽然插了进来，他的声音里带着难以抑制的激情，"故事并没有完。立德走了以后，我承认我的日子更难以忍受了，我失去了一个可以和他谈你的对象。我悔恨，我痛苦，我思念着你。夜以继日，这思念变得那样强烈，我竟常常幻想你回来了，深夜，我狂叫着你的名字醒过来，白天，我会自言自语地对你说话，我这种病态的情况造成了含烟山庄闹鬼的传说。于是，人人都说山庄闹鬼。一夜，阿兰从外面回来，居然狂奔进屋，说是看到一个人影在花园里剪玫瑰花。这触动了我的一片痴心，我忽然想，如果你真死了，而死后的人真有灵魂，那你会回来吗？噢，含烟，我是开始在等你的鬼魂了，而且一日比一日更相信那闹鬼的说法，所以，我想，你是故意折磨我，所以不愿在我面前现身。后来，我看了许多关于鬼魂的书，仿佛鬼魂出现时，多半在烛光之下，而非灯火辉煌的房间里。所以，从第二年开始，我每夜都在楼下那间小书房里，燃上一支蜡烛，我就睡在躺椅中等你，在书桌上，我为你准备好了纸笔，我想，这或者会诱惑你来写点什么。唉！"他叹口气，"傻？但是，当时我真是非常非常虔诚的！"

方丝萦悄悄地抬起了睫毛来，静静地注视着霈文，她面部的肌肉柔和了。高立德看得出来，她是有些动容了。

"你信吗？这种点蜡烛的傻事我竟持续了一年半之久，然后，那一夜来临了。我不知道是我的虔诚感动了天地，还是我的痴心引动了鬼神，那夜，我看到你了，含烟。你站在桌前一片昏黄的烛光之中，披着长发，穿着一件白纱的洋装，轻灵，飘逸。手里握着一枝红玫瑰，默默地、谴责似的望着我。我那样震动，那样惊喜，那样神魂失据！我呼叫着你的名字，奔过去想拉住你的衣襟，但是你不让我触摸到你，你向窗前隐退，我狂呼着，向你急迫地伸着手，哀求你留下。但是，你去了，你悄悄地越出了窗子，飘散在那夜雾迷蒙的玫瑰园里。我心痛如绞，禁不住张口狂叫，然后，我失去了知觉。当我从一片惊呼和嘈杂声中醒来，发现我躺在花园中，而整个含烟山庄，都在熊熊烈火里。他们告诉我，火是被蜡烛引起的，当时我在书房中，已被烟熏得昏了过去。当他们把我拖出来时，都以为我被烧死了。我从花园的地上跳起来，知道所有的人都逃离了火场，没有人受伤，才安了心。在我恍恍惚惚的心智里，还认为这一场烈火是你的意旨，你要烧毁含烟山庄。我痴望着烈火燃烧，不愿抢救，烧吧！山庄！烧吧！我喃喃地念叨着。可是，立即，我想起放在卧室中的你那份手稿，我毫不考虑地冲进火场，一直跑上那燃烧着的楼梯，冲进卧房。那时整个卧房的门窗都烧起来了，我在烟雾中奔窜，到后来，我已经迷迷糊糊，自己也不知拿到了什么，楼板垮了，我直掉下去，大家把我拖出来。事后，他们告诉我，我一手抱着那装着你的珠宝和手稿的盒子，另一只手里，却紧抱着那欧律狄刻和俄耳甫斯的大理石像。我被送进了医院，灼伤并不严重，却受了很重的脑震荡，等我醒来后，我发现我瞎了。"

方丝萦深深地望着他，眼里又被泪雾迷蒙了。

"这就是失火的真相，后来，大家竟说是我放火烧掉含烟山庄的，那就完全是流言了。我的眼睛，当时并非绝对不治，医主说，如果冒险开刀，有治疗的希望，可是，我放弃了。当年既然有眼无珠，如今，含烟既去，要眼睛又有何用？我保留了含烟山庄的废墟，在附近重造这幢屋子。两年后，因为亭亭乏人照顾，我奉母命娶了爱琳，但是，心心念念，我的意识里只有含烟，我经常去含烟山庄，等待着，等待着，唉！"他长叹一声，"这一等，竟等了十年！含烟，你毕竟是回来了。"

方丝萦用牙齿轻咬着茶杯的边缘，那杯茶已经完全冰冰冷了。

"但是，含烟，"高立德眩惑地望着她，"你是怎样逃开那场灾难的？那晚，你走出含烟山庄之后，到底发生了一些什么事？"

怎样逃开那场灾难的？方丝萦握着茶杯，慢慢地站起身来，走向窗口。是的，那晚，那晚，那晚到底发生了些什么？她看着窗外，窗外，月色朦胧，花影仿佛，夜，已经很深了。

23

"我的遭遇非常简单，我根本没有跳河。"她从窗前回过头来，安安静静地说，眼前浮动着一团雾气，那夜的一切如在目前，那雨，那风，那积水的道路，那呼啸的松林，那奔湍着的激流，那摇摇欲坠的桥梁……她倚着窗子，出神地看着墙上的壁灯。回忆往事，使她痛苦，也使她伤心。

"怎么呢？"高立德追问，"那断桥和那件风衣，你似乎没有第二个可能啊！而且，你不是去跳河的吗？"

"是的，我去跳河。"她沉思地说，"我那时什么意识都没有，我只想死，只想结束自己，越快越好。那时，死亡对我一点也不恐怖，反而，那是一个温床，我等着它来迎接我，带我到一个永久的、沉迷的、无知无觉的境界里去。就这样，我从积水的道路上一直走到松竹桥，到了桥边，我才呆住了。我从来没有听过那样大的水声，我说听，因为那时四周十分黑暗，我极目看去，只能看到一片黑暗的水面，反射着一点点的光。而那条桥，却在水中呻吟、挣扎，夹着枝木断裂的响声，我想，桥要断了，马上要断了，或是已经断了。因为我没法看清桥的情况到底是怎样了。"

她啜了一口茶，走回到沙发前面来，高立德深深地注视着她。柏霈文却略带紧张地倾听着她说话，浓浓的烟雾不断地从他的鼻孔中冒出来。

"我在那桥边站立了好一会儿。"她坐下去，继续地说着，"什么事都不做，只是倾听着那流水的奔泻声，我心里模糊地想着，我将要走上桥，然后从桥上跳下去，可是，我又听到了桥的碎裂声。于是，我想，桥断了。果然，一阵好响的断裂声，夹杂着倾倒的声音，我就在这些声音里，走上了桥。我预备一步一步地走过去，一直走到桥的中断处，那么，我就会掉进水里去了。就这样，我走着，一步步地走着，而那桥却在我脚下摇晃，每一块木头都在咯咯作响，每跨一步，我就想，下面一步一定是空的了，但，下面仍然是实在的。然后，一阵风来，我站不住，我扑倒在栏杆上，那桥立即又是一大串的碎裂声，我站起来，发现衣服钩住了，我舍弃了那件衣服，继续往前走，我急于要掉进水里去，可是，好几步之后，我发觉我的脚触及的地方不再是木板，而是泥土了，我已经平安地过了桥，并没有掉进水里去。我好惊愕，好诧异，也好失望，就在这时，一阵哗啦啦的巨响使我惊跳起来，那座桥，是真的断了。"

她润了润嘴唇，思想深深地沉浸在记忆的底层里。

"我想，我当时一定呆了好几分钟，然后，我折回了身子，又往桥上走去，这次，我想，即使桥仍然没断，我也要从桥中间跳下去。我大步地走，一脚跨上了木板，可是，我突然怔住了。隐隐中，我似乎听到了一个声音，不知来自何处，细微、清晰，而又有力地在我耳畔响着：'不要再去！不要再去！你已经通过了那条苦难的桥，不要回头！往前走，你还年轻，你还有一大段美好的生命！别轻易结束自己！再想一想！再想一想！'

"我真的站住了，而且真的开始思想了！自从走出含烟山庄，我一直无法思想，但是，现在，我那思想的齿轮却转得飞快。我居然走过了这条桥，这是上帝的意旨吗？谁能说在这个冥冥的、广漠无边的宇宙里，没有一个至高无上的力量？我举首向天，雨淋在我的脸上，冷冰冰的，凉沁沁的。于是，忽然间，我觉得心地空明，烦恼皆消，一个新的我，一个全新的我蜕变出来了！我已经走过了这条死亡的桥，于是，我也重投了胎，脱胎换骨，我不再是那个柔弱的、顺从的、永远屈服于命运的章含烟了！我听着那河水的奔泻，我听着那激流的呼号，我握住拳，对那流水说：'章含烟！章含烟！从今以后，你是淹死了！你死在这座桥下了！至于我呢？我是另一个人！我还要好好地活下去！去另创一个天下！'

"转过身子，我大踏步地向台北走去了。"

她停住了，轻轻地吐出一口长气。柏霈文一动也不动地坐

265

着。一大截烟灰落在他的衣服上，他好久都忘记去吸那支烟了。这时，他抬起头来，脸向着上面，他那无神的眸子呆怔怔地瞪着，但他整个脸上，都闪耀着一份感恩、虔诚的光彩。

"两小时后，我到了台北，一个孤身的女子，我不敢去旅社，那时，离天亮已经不远了。我到了火车站，在候车室中，一直等到天亮。这时，我才发现我很幸运，因为我带出来的手袋里，还有一千多元现款和我的证件。于是，早上八点多钟，我乘了第一班早车南下，一直到了高雄。那时，我并不知道我要到高雄做什么，只是觉得跑远一点比较好，免得你们找到我，我希望，你们都认为我是淹死了，因为，我再也不愿回含烟山庄。

"到了高雄的第一件事，我买了一套新衣服，然后找了一家小旅社，好好地洗了一个澡，睡了一大觉。醒来后，我重新衡量眼前的局面，一千多元不够我维持几天，我必须找工作，同时，租一间简陋的房子。于是，我立即租了房子，由于一时找不到好工作，我到了前金区一家小百货店去当了店员。"

柏霈文叹了口气。他的面容因为怜惜，因为歉疚，因为恻恻而扭曲了。

"我的店员生涯只做了三天，就被一件突来的意外终止了。一天，一个少女来买东西，我惊奇地发现，她竟是我中学时代的好友，自从高中毕业以后，我们就不通音讯了。那次重逢使我们两人都很兴奋，她的家就住在那商店的附近，那晚，我住在她那里，我们畅谈终夜。我没有把我的故事告诉她，我只说，我新遭遇了一场变故，一件很伤心的事。那时我仍然苍白而消瘦。她同情我，于是，她极力劝我不要做店员，暂时到她家里去住。我也在一种无可无不可的心情下答应了。

"当时，她正在办去美国的手续，她问我愿不愿意也一起办着试试，在那时候，中学毕业就可以去美国。我说没有旅费，办也无益，但她劝我先申请了学校再说，结果，很意外地，竟申请到了。我那同学也申请到了，力劝我想办法去美国，一来改换环境，以前的沧桑全可以忘了，二来学一些新的东西，充实自己。三来，这是一个全新的开始，从此可以做一个新人！我也跃跃欲试，只是，我没有旅费，也没有保证金，但是，像灵机一闪般，我看到了手上的戒指……咳，"她轻唷了一声，望着柏霈文，"三克拉的钻戒！这钻戒竟帮我渡过了海，直飞另一个世界！所以，当你们在舞厅里一家家找寻我的时候，我已经在美国的大学里念教育系了。"

柏霈文坐正了身子，一种感动的神色使他的脸孔发亮，他的声音低沉而温柔："老天有它的安排，一切都是公平的。"他叹息，"你开始过另一种生活，而我呢，却陷进了黑暗的地狱，这是报应，不是吗？"

方丝萦不语，她细小的牙齿轻咬着嘴唇，眼光深深地、研究地停在柏霈文的脸上。高立德熄灭了手里的烟蒂，望着方丝萦，他眩惑地问："后来呢？什么因素使你回来的？"

"我读完了大学，又进了研究院，专攻儿童教育，拿到硕士学位以后，我到西部一个小城市里去教书，那儿只有我一个中国人，我一教就是五年，这样，前后我在美国待了十年了，使我耿耿难以忘怀的，是亭亭。每当我看着那些孩子，我就会联想起亭亭，不住地揣测她有多高了，她长得如何，她的生活怎样。这种想念随着时间，有增无减。而且，这时，一个名叫亚力的美国人，正用全力追求着我，最后，我终于答应了亚力的求婚。"

柏霈文震动了一下，他的面容显得有些苍白，呼吸有些急促。

"自从到美国后，我就将中文名字改成了方丝萦，我恨章含烟那名字，而且，章不是我的本姓，那是我养父的姓，他早就终止对我的收养了，我改回了本姓，换名为丝萦。事实上，在美国，我都用英文名字。和亚力订婚后，我对亭亭的思念更切了，于是，我决心回来一趟。

"刚好，那时我有三个星期的休假，我告诉亚力，我必须回台湾看看，在我的心里，我只要想办法看一眼亭亭，看一眼就够了，假若她过得很好，我也就可以安安心心地嫁给亚力了。亚力对于我这一段过去是一点也不知道的，他只认为我是思乡病发了，他也同意我回来走一趟，我们约好，等我回美国后就结婚，于是，五月，我回到了台湾。

"这就是那个五月的下午，我怎会走到含烟山庄的废墟里去的原因，那时，我根本不知道山庄已成了废墟，更不知道霈文失明的事，我只想徘徊在山庄附近，找机会窥视一下亭亭。我到了那儿，竟碰到了霈文，同时，发现你失明了。仓促间，我隐匿了自己的真面目，我相信，经过了这么一段漫长的时间，我又在美国住了这么多年，你不可能再认出我的声音了。"

"你错了，"柏霈文到这时才开口，"虽然你的声音确实变了很多，你希望我完全认不出来仍然是不可能的事。只是，当时我已认定含烟是死了，所以，我只怔了一下，而你又说得那么不可能是含烟，我就更认为是自己的幻觉。"

"好吧，不管怎样，我那天竟见到亭亭了！"方丝萦继续说着，"你们不能想象我的震动，在看到那孩子的第一眼，我就完全崩溃了！所有母性的、最强烈的那份感情都恢复到我的胸中和我的血管里！她那样瘦小，那样稚弱，那样美丽，又那样楚楚可怜！我再也控制不住自己，我看到的是一个失去了母亲又缺乏着照顾的孩子！在那一刹那间，我就决定了，我要留下来，我要留在我孩子的身边，照顾她，保护她！

"接着几天之内，我打听了许多有关你家里的事情，我知道你家的旧用人都已不在，甚至连工厂中都换了新人，我知道立德也已离开，我再也不怕这附近会有人认出我来，因为以前的含烟，也是终日关在家里，镇上没有人认识的。所以，我大胆地留下来，并谋得了正心的教员职务。但，为了怕有人见过我的照片，我仍然变换了服装和打扮，戴上了一副眼镜。"

"其实，这是无用的，"高立德接口说，"服装打扮和时间都改变不了你，你依然漂亮，只是，你显得坚定了，成熟了，有魄力了！"

"事实上，你要知道，我已不再是含烟了！"方丝萦说，定定地注视着高立德，"那个含烟早就淹死了！也因为有这份自信，所以我敢于走进柏家的大门，来当亭亭的家庭教师！"

"可是，你第一晚来这儿吃饭，我就有了那种感觉，"柏需文说，他又显得兴奋了，"我觉得你像含烟，强烈地感觉到含烟回来了，所以，我才会那样迫切地争取你！又布置下那间和当初一模一样的房间，来刺探你！自从含烟山庄烧毁后，我再也不种植玫瑰花，我怕闻那股花香，它使我黯然神伤，但是，为了你，我却吩咐他们准备一瓶黄玫瑰。你瞧，我并不是茫然无知的！但是，你逃避得太快了！每次我要刺探你的时候，你就远远地逃开！唉，含烟，你让我在暗中摸索了这么久！"

"你早就怀疑了？"

"是的！我一日比一日加深我的怀疑，我开始想，含烟不一定是死了！我们始终没有捞着尸体，凭哪一点断定她是死了呢？于是，我的信心越来越强了，再加上老尤又说……"

"老尤？"她怔了怔。

"是的，老尤！你不认得他，他却在十年前见过你，他原是给工厂运输茶叶的卡车司机，你在工厂的时候，他见到过你。但是，到底是十多年了，他也无法断定了，但是，据他的许多叙述和描写，使我更加相信你是含烟，所以……"

"哦，原来老尤是你的密探！"方丝萦恍然地说，"怪不得他总是用那样怪怪的眼光看我！"

"你不要责怪他，"柏霈文说，"他对你非常恭敬的！他认为你是个最完美的女性！事实上，你一走进柏家，就已经成女主人了，亚珠也崇拜你！"

"女主人！"方丝萦冷笑了一声，"我可不稀罕！"

"我知道，"柏霈文急切地说，那层焦灼的神情又来到他的脸上，"不是你稀罕，是我稀罕！"

"是吗？"她冷冷地说，"这是人类的通病，失去的往往是最好的，得到了也就不知珍惜了！"

"再试一次，好吗？"他迫切地问。

"我说过了，不！"她注视着他，忽然又想起一件事来，"再告诉我一件事，那晚在含烟山庄的废墟里，你知不知道你抓住的是我？"

"哦！"他有些困惑，有些迷惘，"我不能断定，但是，我希望是你，也希望你就是含烟！"

"你用了一点诡计，我想。什么时候，你才能断定我是含烟了？"

"当我从昏迷中醒来，发现你睡在躺椅上，而老尤又告诉我，你昨晚回来时，曾掉落了一朵玫瑰花，含烟山庄的玫瑰花！那时，我就知道了，所有的前后情形都连接了起来，我知道：方丝萦就是章含烟！"

"那么，你还要叫立德来做什么？"

"防止你逃避！你会逃避的，我知道！而且，我也还不能百分之百地断定！"

"好了，现在，你拆穿了我。"方丝萦用一种坚定的、冷淡的语气说，"我在住到这儿的第一天，就下过一个决心，我不被认出来就罢了，如果有一天被认出来了，那就是我离开的一天！"

"含烟！"柏霈文的脸色又苍白了，"我说过，我不敢祈求你原谅，但是，你看在亭亭的面子上吧！"

"亭亭？"她站了起来，走到窗前，"你就会抬出亭亭来做武器！"她的声音里充满了怨愤，"你不爱护她，你不怜惜她，逼得我不得不留在这儿，现在，你又想用她来做武器拴住我！"

"不是的，含烟！"

"我不是含烟！"

"好的，丝萦，"他改口说，"我是爱那孩子的，但是，她更需要母亲啊！”

方丝萦闭上了眼睛，她又觉得晕眩，柏霈文这句话击中了她的要害，攻入了她最软弱的一环！亭亭！亭亭！亭亭！她怎忍心离去？怎忍心抛开那可怜的孩子？她的嘴里说得再强硬，她心中却多么软弱！事实上，她愿用全世界来换取和那孩子在一块儿的权利！她不能容忍和那孩子分离，她根本不能容忍！用手扶住了落地窗的框子，她把额头倚在手背上，她闭着眼睛，满心绞痛，痛得额上沁出冷汗。她将怎样？她到底将要怎样？

一只手轻轻地搭在她的肩上，她一惊，回过头来，是高立德。他用一对好温和又好了解的眸子瞧着她，低低地说："留下吧！含烟！随便你提出什么条件，我想霈文都会答应你的。主要的是，你们母女别再分开了！"

"是的，"霈文急急地接口，他也走到窗前来，满脸焦灼地祈求，"只要你留下，随便你提什么条件都可以！"

"真的吗？"她沉吟着。

"是的！"柏霈文坚决地说。

"你不会反悔？你不会破坏约定？"

"不会！你提出来吧！"

"那么，第一点，我是方丝萦，不是含烟，你不许叫我含烟！我仍然是亭亭的家庭教师！"

"可以！"

"第二点，你永不可以侵犯我！也不许示爱！"

"含烟……"他喊着。

"怎样？做不到吗？"她抬高了声音。

"不不！"他立即说，咬了咬牙，"好！我答应你，再有呢？"

"关于我是含烟这一点，只是我们三人间的秘密，你绝不能再泄露给任何人知道！我要一切维持现状！"

"可以！"

"还有——"含烟咬了咬嘴唇。

"怎样？"柏霈文追问。

"你必须和爱琳和好！"

"什么？"他大吃了一惊。

"你必须和爱琳和好！"方丝萦重复了一句，"她是你的妻子，只要你心里没有含烟的鬼魂，你们可以相处得很好！事实上，她是很爱你的！"

"你这是强人所难！"他抗声说，"这太过分了！含烟！"

"瞧！马上就犯忌了！"

"哦，丝萦，"他改口，焦灼而烦躁地，"除去这最后一项，其他我都可以答应你！"

"不能除去！你要为跟她和好而努力，我会看着你，否则，我随时离去！"

"丝萦，求你……"

"不行！"她斩钉截铁地说。

"哦！"他犹豫地说，额上有着汗珠。终于，他横了横心，一甩头说："好吧！我就答应你！"

方丝萦轻呼出一口气来，忽然觉得好疲倦好疲倦。屋内沉静了下去，这晚的谈话，是如此的冗长！她虚弱地看向窗外，远远的天边，已经冒出了黎明时的第一线曙光。

24

早上，虽然带着一夜无眠的疲倦，方丝萦仍然牵着亭亭的手，到学校去上课了。目送这母女二人的身影，消失在道路的尽头，高立德和柏霈文站在柏宅的大门口，都伫立良久。然后，高立德叹口气说："真是让人不能相信的事！"

这是暮秋时节，阳光灿烂而明亮地照射着，柏霈文沐浴在阳光里，带着满身心难言的温暖和激情。一夜长久的谈话并没有使他疲倦，相反地，却让他振奋和激动。感觉得到那份阳光的美好，他说："我们走走，如何？"

"好吧，"高立德点点头，"我也想去看看你的茶园，我来的时候就注意到了，你让野草全蹿出来了。"

"我还有心情管那个！"柏霈文慨然而叹。他们沿着道路向前走，高立德本能地注视着那些茶树，不时跑进茶园里去，摘下一片叶子来察看着。柏霈文却心神恍惚。走了一段，柏霈文站住了，说："告诉我，她变了很多，是吗？"

"你是说含烟？"高立德沉吟着，"是的，她是变了很多！完全出乎我意料！"他深思着，"她比以前成熟、坚定，而且，更迷人了。"

"是吗？"柏霈文吸了口气，"我猜也是这样的！立德，你猜怎么，我要重新开始，我要争取她！不计一切地争取她！"

"霈文，"高立德慢吞吞地说，"我劝你不要轻举妄动！"

"你的意思是——"

"她不是以前的她了！如果你看得到她，你就会明白这一点！她再也不是个柔弱的、娇怯的小女孩，她已经完完全全长成了！她是说得出做得到的。我想，你最好照她的意思做，否则，她会离开这儿！"

"可是——"霈文急急地说，"难道她一点也不顾虑以前的恩情？"

"恩情？"高立德笑了笑，"霈文，以前是你对不起她，她对你的怀恨可能远超过恩情！何况，十年是一段漫长的时间，她仍然小姑独处，而你反而另结新欢！你希望她记住什么恩情呢？"

柏霈文怔住了，一层失望的、茫然的神色浮上了他的眉梢，他呆立在那儿，好半天默然不语。半晌，他才喃喃地重复了一句："是的，我希望她记住什么恩情呢？"

"不过，你也别灰心，"高立德又不自禁地把手按在他的肩上，"人生的事情很难讲，谁也不能预料以后的发展。你瞧，我们一直以为含烟死了，谁会料到十年之后，她会忽然出现，而且，摇身一变，她已学成归来，不再是那个可怜兮兮的小女工，不再是那不知何去何从的、被虐待的小媳妇。她独立了，站得比我们谁都稳！我告诉你，霈文，那是一个奇异的女人！你真不该失去她！为了十年前的事，我到现在还想揍你一顿呢！"

"揍吧！"柏霈文苦笑了一下，"我保证绝不还手！我是该挨一顿揍的！"

"不，我不揍你。"高立德笑了，"你已经揍了你自己十年了，我何忍再加上一拳？"他在他肩上用力拍了一下，"可是，现在够了，霈文，停止虐待你自己吧！你也该振作起来了。"

"你放心，"柏霑文挺了挺肩膀，"我是要振作起来了。你说含烟变了，但是，我要得回她！我告诉你吧，我一定要得回她！你想我办得到吗？"

"你去试着办吧！不过，小心一些！她现在是一枝带刺的玫瑰了，弄得不好，你会被扎得遍体鳞伤！"

"我不怕遍体鳞伤！"柏霑文咬紧了牙，他的脸上恢复了信心与光彩，"我相信一句话：功夫用得深，铁杵磨成针！我非达目的不可！"

"我预祝你成功！"高立德感染了他那份兴奋和信心，"我希望能看到你重建含烟山庄！"

"重建含烟山庄！"柏霑文叫了起来，他的脸孔发亮，"你提醒了我！是的，我要重建含烟山庄！要恢复那个大的玫瑰园！她仍然爱着玫瑰花，你知道吗？哦，"他忽然想了起来，"立德，你的农场怎样？你来了，就忙着弄清楚含烟的事，我都忘了问问你。还有你太太和孩子们，都好吗？"

"是的，他们都好，"高立德说，他已经在六年前结了婚，"南部太阳大，两个孩子都晒得像小黑炭一样。至于农场嘛——"他沉吟了一下，"惨淡经营而已。我不该弄那些乳牛，台湾的牛奶业实在不好发展。可能，我要把牛卖掉。"

"我说——"霑文小心地、缓慢地说，"把整个农场卖掉，如何？"

"怎么？"高立德盯着他，"我不懂你的意思！"

"你瞧，我的茶园已经弄得一塌糊涂了，现在已是该收秋茶的时候，我也没精力去处理，而野草呢，你说的，已经到处都是。去年我所收的茶青，只有你在的时候的一半。所以——我说，回来吧，立德。像以往一样，算你的股份，我们等于合伙。怎样？能考虑吗？"

高立德微笑着，注视着那一片片的茶园，他确实有种心痛的感觉，野草滋生着，茶叶已经长老了，却还没有采摘，而且，显然很久都没有施肥了，那些茶树已露出营养不良的痕迹。这茶园！这茶园曾耗费过他多少的心血！他沉思着，许久没有说话。

"怎样呢？"柏霈文追问着。

"哦，你不了解我的情绪，"高立德终于说，"我很愿意回到你这儿来。但是，我那农场虽小，到底是我自己的一番事业，而这茶园……"

"我懂了。"柏霈文打断了他，"你认为是在帮别人做，不是你自己的事业！你错了，立德。我是来请求你跟我合作，既然是合作，这也是你的事业。而且，茶叶都认得你，不认得我，它们都听你的话，立德，你是它们的主人！"

高立德笑笑。

"说得好！霈文，你打动了我。"他说，"但是，我现在的情况和以前不同，以前我是单身汉，现在我有一个家，一切总有个牵挈。所以，你让我考虑考虑吧！"

"我告诉你，立德，"霈文兴奋地说，"我要重建含烟山庄，然后，我要搬回到山庄里去住，至于现在我住的这栋房子，就刚好给你和你的家人一起住！你瞧，这不是非常圆满吗？"

"你要住回含烟山庄？和爱琳一起？"高立德怀疑地问。

"不！我要和爱琳离婚，我的原配并没有死亡，那婚姻原就无效！”

“别忘了你答应含烟的话！”

“那是不得已！”

“她会要你兑现的！她是个坚决的小妇人！”

“我会努力，”柏霈文说，“我要重建我的家：丈夫、妻子和他们的女儿，该团聚了！这原是个幸福的家庭啊！”

“好吧！我看你的！”高立德说，“我可以跟你约定，哪一天，你真说服了含烟，解决了你跟爱琳的婚姻，重建了含烟山庄，那么，我就哪一天回来，再来重整这个茶园！”

“真的吗？”

“真的！”

“那么，我们一言为定！到时候，你必定回来，不再用各种理由来搪塞我！”

“是的！不过，你还有一段艰苦的路程呢！”

“那是我的问题！”柏霈文说，伸出手来，“我们握手为定吧！不许反悔！”

于是，两个男人的手紧紧地握在一起了，一层新的友谊和信念，也在这紧握的手中滋生了。高立德惊奇地看着霈文，他看到了一张明亮而果决的脸，看到了一个勇敢的、坚定的、新的生命。他是那样迷惑——这完全是一个死而复苏的灵魂啊！

黄昏的时候，方丝萦牵着亭亭的手走出学校，才出校门，就一眼看到柏霈文和高立德都站在校门旁边。亭亭立刻抛开了方丝萦的手，扑奔过去，叫着说：“爸爸！爸爸！高叔叔！高叔叔！”

柏霈文抓住了亭亭的小手，用手揽着她那小小的肩，他微笑着，笑得好温柔，充满了宠爱和喜悦。他抚摩了一下她的头发，说："今天在学校里乖吗？有没有被老师骂？"

"没有！训导主任还夸我好呢！"

"真的？"

"不信你问方老师！"

方丝萦站在一边，她正用一种讶异的神情注视着柏霈文。他变了！她立刻发现了这一点，他浑身都充满了一份热烈的温情，他的脸孔明亮，他的声音和煦，他恢复成了一个"人"，一个活生生的、有血有肉有骨头的人！她瞪视着他，而亭亭已经跑了过来，摇着她的手，那孩子用一种爱娇的声音，甜甜地说："你告诉爸爸！方老师！你告诉爸爸！"

"是吗？"柏霈文的脸转向了方丝萦这边，"她说得对吗？"他的声音好温柔好温柔，他的脸上绽放着一片柔和的光彩。

"是的，她说得对。"方丝萦慢吞吞地说，她的神志好恍惚。

"你看！是吧？我没撒谎！"亭亭得意地转向了她的父亲，接着，她又转向了高立德，"高叔叔，你要在我家住几天？"

"我明天就要走！"

"那么快？怎么不多住几天呢？"

"你要高叔叔下次把两个弟弟带来陪你玩！"柏霈文说。

方丝萦惊奇地看着高立德。"你结婚了？"她问。

"六年了。有两个小孩，全是男的。"

"一定很可爱。"

"很淘气。"他说，拉起亭亭的手，"来！亭亭，我们来赛跑，看谁先跑到家门口，怎样？"

"好！你先让我十秒钟！"亭亭说。

"行！"

亭亭拔起腿就跑了起来，一对小辫子在脑后一抛一抛的，两个大蝴蝶结的缎带飞舞着。小裙子也鼓满了风，像一把张开的小伞。

高立德回头对方丝萦说："你有个好女儿。含烟，好好教育她啊！"说完，他也像个大孩子一样，撒开腿向前追去了。

这儿，方丝萦和柏霈文被留在后面了。方丝萦看着高立德和亭亭的背影，不能不觉得高立德是故意要把他们抛下来的。她看了看身边的柏霈文，无奈地说："我们走吧！柏先生！"

"柏先生？"他说，"一定要这样称呼吗？最起码，你可以叫我一声霈文啊！"

"不行，我们约定好了的，一定要维持现状，我不能让下人们疑心。"

他轻叹了一声。两人沉默地向前走去，好一会儿，他说："你今天一定很累，昨晚，你根本一夜都没睡过。"

"还好！"她淡淡地说。

"我想要把含烟山庄重建起来，你觉得怎样？我想，你会高兴再有一个大的玫瑰园。"

"我不在乎什么玫瑰园！"她不太高兴地说，"至于要不要重建含烟山庄，那是你的事，我管不着！"

他被刺伤了，忍耐地，他又轻叹了一声。

"我猜，我让你很讨厌，是吧？"他说，"你那个在美国的朋友，那个亚力，他很漂亮吗？"

"是的，他很漂亮。"

"你没有按时间回去，他怎样了？"

"他会等的！"她故意地说，事实上，亚力在大骂了她一顿之后，就闪电和另一个美国女孩订婚了。她并不惋惜，她认为自己的选择没有错误。

"哦，"柏霈文像挨了一下闷棍，"那么，你还准备回美国去吗？"

"迟早总要去的！"

"哦，可是，昨晚你答应过留下了？"

"那并不是一辈子啊！我只说目前不离开而已。"

他咬咬牙，额上有一根青筋在跳动着。

"我觉得，"他闷闷地说，"你变得很多，你变残忍了。"

"残忍？"她冷哼了一声，"那是学来的！"

"也变得无情了！"

"有情的人是傻瓜！"

"哦！"他微喟着，不由自主地，再发出了一声叹息。谈话变得很难继续下去了。他不再说话，只是默默地行走，她也沉默地走在一边。他脸上，刚才在学校门口的那份喜悦和阳光都消失了，取而代之的，是一层重而厚的阴霾。他的脚步不经心地往前迈着，手杖也随意地拖在身边，他的心思显然是迷茫而抑郁的。因此，他直往路边的一根电线杆走去，眼看就要撞到电线杆上去，方丝萦出于本能地冲过去，一把拉住了他，喊："小心！"

就这样一拉，他迅速地收住步子，方丝萦正冲上前，两人竟撞了一个满怀。他扶住了她，于是，他的手捉住了她的，他不肯放开了，紧紧地握住这只柔若无骨的小手，他喃喃地激动地喊："含烟！"

她怔了几秒钟，然后，她就用力地抽出了自己的手来，愤怒地说："好！离开你的许诺不过几小时，你就这样不守信用！我看，这儿是绝对待不下去了！"

"哦，含烟，不，丝萦！"他急急地说，"原谅这一次，我不过是一时忘情而已。"

方丝萦正要再说什么，亭亭喘着气向他们跑了过来，一面跑，一面笑，一面喘，一面说："爸爸！方老师！你们猜怎样？我跑赢了！不过，"她站住，做了个好可爱的鬼脸，压低声音说，"不过，高叔叔是故意让我赢的！我看得出来！"她拉住了方丝萦的手，立即，她有些吃惊地看看方丝萦，又看看柏霈文，用很担忧的声音说，"你们在生气吗？你们吵架了吗？是吗，爸爸，方老师？"

"你方老师在生我的气，"柏霈文抓住了机会，开始利用起亭亭来了，"她说要离开我们呢！"

"真的吗，方老师？"亭亭真的受了惊吓，她用那对坦白而天真的眸子，惊慌地看着方丝萦，用自己的两只手紧抱住她的手，"爸爸惹你生气，我又没有惹你生气呀，方老师！"她怪委屈地说。

"是呀！亭亭又没惹你生气！"柏霈文接口说。

方丝萦狠狠地瞪了柏霈文一眼，不过，柏霈文是看不见的。方丝萦心中有着一肚子的火，但是，在亭亭面前，她却无法发作。看着亭亭那张忧愁的小脸，她只得故作轻快地说："谁生气了？根本没人生气呀！"

"是吗？真的？"亭亭欢呼起来了。然后，她嬉笑着，一只手拉住柏霈文，一只手拉住方丝萦，她竟俯头在每人的手上吻了一下，用软软的、真挚的、天真的童音说："好爸爸！好方老师！你们不要吵架，不要生气吧！我唱歌给你们听！"

于是，她一只手牵着一个人，小小的身子夹在两个大人的中间，她蹦蹦跳跳地走着，一面走，一面唱：

> 我有一只小毛驴，
>
> 我从来也不骑，
>
> 有一天我心血来潮，
>
> 骑着去赶集，
>
> 我手里拿着小皮鞭，
>
> 心里真得意，
>
> 不知怎么哗啦啦啦，
>
> 摔了一身泥！

方丝萦的眼眶潮湿了，紧握着那只小手，她觉得心中好酸楚好酸楚。亭亭那孩子气的、喜悦的歌声震撼了她，这不再是她第一次在正心门口所看到的那个忧忧郁郁的小女孩了。这孩子，这让她牵肠挂肚的小女儿，她怎忍心离开她？

柏霈文同样被这歌声震动，他的眼眶也潮湿了，孩子走在中间，唱着歌，他和含烟走在两旁，漫步在黄昏的小径上。这是多年以来，梦寐以求的场面啊！如今，竟会如愿以偿了，但是，这局面能维持多久？能维持多久？他是否能留得住含烟那颗已冷了的心？

　　他们往前走着，亭亭仍然不住口地唱着歌。方丝萦和柏霈文都沉默着，他们的脸色是感动的，眼眶是潮湿的。高立德站在门口等着他们，看到这样一幅图画，他的眼眶不由自主地也潮湿了。

　　这天晚上，柏霈文吩咐，很早就吃了晚饭，他坚持亭亭今晚不必再补功课了，因为，方老师很累了。确实，一夜无眠，又上了一天课，再加上这么多感情上的冲击、压力、困扰……她是真的倦了，非常非常的疲倦了。她很早很早就回到了卧房，她想睡了。或者，在一次充足的睡眠之后，她可以再好好地想一想。

　　一进房，是扑鼻而来的玫瑰花香，床头柜上，又换了新鲜的玫瑰花。方丝萦不禁轻叹了一声。换上了睡衣，刷过了头发，她神思迷惘地走到床前。不行，她今天是什么都不能再想了，她必须要睡了。掀开被褥，她正要躺下去，却忽然吃了一惊，在那雪白的被单上，一枝长茎的红玫瑰正静静地躺着，在玫瑰下面，压着一张纸条。她拾起了玫瑰，取出那张纸条，上面，是一个盲人的、歪扭而凌乱的字迹：

　　祝
　　好梦无数

　　她茫然地放下了花，颓然地倒在枕上。满被褥都是芬芳馥郁的玫瑰花香。她合上眼睛，无法成眠，脑子里充满了凌凌乱乱的思绪、迷迷茫茫的感觉和一份酸酸楚楚的柔情。她再睁开眼睛，那床头柜上的玫瑰花都对她灿烂地笑着。

25

第二天一早，高立德就回到南部去了。同日的黄昏，方丝萦带着亭亭走进客厅时，发现爱琳回来了。

爱琳已经换上了家常的衣服，一件橘红色的毛衣和同色的裙子，仰靠在沙发中，她若有所思地注视着小几上的一瓶红玫瑰。在饭厅的桌上，也有一大瓶，不知何时开始，这客厅中到处都是玫瑰花了。听到她们进来，爱琳懒洋洋地抬起睫毛来，看了她们一眼，心不在焉地问："亭亭，你爸爸到哪里去了？"

"他出去了吗？我不知道，我在学校里。"亭亭说，有些怯生生的，她一看到爱琳，就像小老鼠见到了猫似的。方丝萦才想起刚刚没有看到老尤和车子，显然柏霈文是出去了。

"他的病倒好了？"爱琳问，一面用一个小锉刀修着指甲，也不知道是在向谁问话。

"好了，早就好了。"方丝萦代亭亭回答了，注视着爱琳，出于礼貌地问，"您回来多久了？"

"下午到家的。"爱琳说，突然抬起眼睛来，深深地看了方丝萦一眼，"方小姐，坐下谈谈吗？"

方丝萦坐了下去，一面把手里的书本交给站在一边的亭亭说："亭亭，把这些书放到我屋里去。你也把制服换下来吧，免得明天上课时又脏了。"

亭亭捧着书本走上楼去了。方丝萦掉回眼光来，才发现爱琳正用一副研究的、怪异的眼神，紧紧地盯着她。

"方小姐，"她慢吞吞地说，"你似乎很喜欢孩子？"

"是的。"

"你为什么不结婚？"

方丝萦怔了怔，接着就苦笑了一下。她看着爱琳，不知她今天是怎么回事，找她谈话！这是很反常的！她总不会一回家就发现了什么端倪吧？那是不可能的。何况她还没有见着霈文。

"每个人有不同的遭遇，你知道。"她回避地说。

"恋爱过吗？"爱琳追着问。

"是的。"她有些不安。

"怎样呢？有段伤心的往事，我想。"

"哦！"她无力地应了一声，看着爱琳，她想采取主动了，"不是每个人都有您这样的运气，柏太太。有个幸福的家庭是不容易的。"

"哼！"她冷笑了一声，漂亮的大眼睛冷冷地盯着她，"你在讽刺我吗？你也看到了！幸福家庭，可真够幸福、够温暖的！"

"只要你愿意让它幸福……"她低低地说。

"你说什么？"爱琳捉住了她的语音，"你的意思是——"

"柏太太！"她俯向爱琳，这几句话倒是非常诚恳的，"你可以改变一切的，只要你愿意！那父亲和那孩子，都很需要你呢！"

"你怎么知道？"爱琳挑高了眉梢，她那美丽的大眼睛里有着火焰，愤怒的、仇恨的火焰，"你根本不知道！你什么都不知道！他们都不需要我，他们需要的，只是一个鬼魂！章含烟的鬼魂！"

方丝萦情不自己地打了个冷战。

"我从没听说过，人会战胜不了鬼魂的！"她软弱地、勉强地说。

"那么，你现在就听说过了！"爱琳说，看着她，然后，她忽然转变了话题，"好吧！告诉我吧！我离开的这几天家里发生了什么事？"

"怎么？"她一惊，"没什么呀，只有——只有亭亭喊高叔叔的那个客人来住过两天。"

"这个我知道了。亚珠已经说了。他来干吗？"

"不——不知道。"

"这些花呢？"爱琳指着那瓶玫瑰，"是为什么？"

"哦？"方丝萦瞪着她。

"你不懂吗？柏家客厅里从没有玫瑰花！这是他的法律！现在，这些花是为了什么？"

"我——对不起，我不知道。"

"你不知道吗？"她紧紧地望着她，"可是，你的房里也在开玫瑰花展呢！"

那么，爱琳到过她的房里了！方丝萦迎视着爱琳的目光，这女人并不糊涂啊！她的感觉也是敏锐的，反应也是迅速的。方丝萦咬咬嘴唇，轻声地说："柏太太，柏先生并没有给我法律，说我房里不能有玫瑰花啊！"

爱琳斜睨着她，好半天没有说话，方丝萦开始感到那份剑拔弩张的气氛在她们之间酝酿。她不喜欢这样，她并不愿和爱琳树敌，无论如何，在这家庭里，她只是个雇用的家庭教师，而爱琳却是女主人啊！

"当然，他没有给你法律，"爱琳慢吞吞地开了口，"就是这个，才让人奇怪呢！"

方丝萦站起身来，很快地，她说："啊，柏太太，假若这些玫瑰花使你不高兴，我把它拿去丢了吧！"

"哦，不不，"爱琳立即阻止了她，"想必这些玫瑰花会使有些人高兴的，要不然他不会叫亚珠跑那么远的路去买！噢，方小姐，请坐下好吗？"

方丝萦无奈地坐了回去，她看着爱琳，不知爱琳到底想要怎样。爱琳靠在沙发里，又开始修起她的指甲来。好长一段时间，她就那样修着、剪着、锉着，根本连头都不抬一下，似乎根本不知道方丝萦的存在。这种漠视，这种傲气，这种颐指气使的主人态度，使方丝萦受伤了。方丝萦深深地注视她，静静地问："柏太太，你要我留下来，有什么事吗？"

爱琳伸开了自己的手指，打量着那些修好了的指甲，然后，她突然掉过头来问："会擦指甲油吗？"

"哦？"方丝萦愕然。

"我问你，会不会涂指甲油？你可以帮我涂一下。"

方丝萦瞪视着她，于是，在这一刹那间，她明白了。爱琳要她留下来，没有别的，只是要屈辱她，要挫折她，爱琳要找一个发泄的对象，去发泄她那一肚子的怨气。而她呢？成了爱琳最好的发泄者。

"哦，对不起，"她说，"我不会。"

"不会？"她挑了挑眉毛，"那你会做什么？会侍候瞎子，我想。"

方丝萦惊跳起来，她按捺不住了。张大了眼睛，她盯着爱琳，用压抑的、愤怒的语气问："你是什么意思，柏太太？"

"哈哈！"她冷笑了，"别那样紧张，没有做贼，就不必心虚啊！"她也站起身来了，把指甲刀扔在桌上，她走到窗边，看着外面。窗外有汽车喇叭声，柏霈文回来了。

方丝萦仍然呆立在客厅里，她的心情又陷进了一份混乱的迷惘之中，在迷惘之余，还有种委屈的、受伤的、矛盾的和痛楚的感觉。噢，这一切弄得多么复杂，多么尴尬？她如何继续留下去？以后又会怎样发展？在爱琳的盛气凌人下，她能待多久？难道十年前受的委屈还不够，现在还要来受爱琳的气？

她慢慢地转过身子，向楼梯的方向走去。她的脚步好滞重，好无力。才走到了楼梯口，她就听到身后一声门响和柏霈文那兴奋的呼叫声："丝萦！你在吗？"

方丝萦站住了，回过头来，她看到柏霈文站在客厅门口，手中高举着一个大纸卷，脸上遍布着高兴的、喜悦的光彩。她来不及开口，窗前的爱琳就发出了一声轻哼。听到这声轻哼，柏霈文脸上的喜悦消失了，他高举的手乏力地垂了下来，把脸转向了窗子，他犹豫地说："爱琳，是你？"

"是的，是我，"爱琳冷冰冰地说，看了站在楼梯口的方丝萦一眼，"不过，你要找的丝萦也在这儿！"

方丝萦低低地、无奈地叹息。这种气氛之下，她还是走开的好。回过身子，她向楼上走去。可是，立即，爱琳厉声地喝住了她："站住，方小姐！"

她愕然地站住，回过头来，爱琳那对火似的眸子，正锐利地盯着她。"你没听到你的主人在叫你吗？你怎么可以自顾自地往楼上走？下来！"

方丝萦的背脊挺直，肌肉僵硬。站在那儿，扶着楼梯的扶手，她居高临下地看着客厅里的一切。柏霈文的脸色苍白了，他的声音急促而沙哑："爱琳，你这是做什么？方小姐有自由做她要做的事，她高兴上楼就上楼，高兴下楼就下楼！"

"是吗？"爱琳用鼻音说，"她在这家里是女王吗？我偏要叫她下来！我看，慢慢地，她快要骑到我的头上去了呢！下来，听到了吗？方小姐！"

方丝萦面临了一项考验，下楼，是将自尊和情感都一脚踩碎。上楼，是对这个家庭和亭亭告别。她呆立在那儿，一动也不动。而柏霈文却先她发作了，他走向了爱琳，大声而愤怒地吼叫着说："你没资格对方小姐下命令！爱琳！她也无须听从你！如果你自爱一点，就少开尊口！"

爱琳的身子挺直了，她的眉毛挑得好高好高，眼睛瞪得好大好大，怒火燃烧在她的脸上和眼睛里，她逼近了霈文，胸口剧烈地起伏着。喘着气，她用低沉的、残酷的、仇恨的声音说："柏霈文！你这个混蛋！你这个瞎子！你不必包庇那个女人，我知道，你的眼睛虽瞎，你的坏心眼可不瞎！今天，我要叫她走！我告诉你，我到底还是这家里的女主人！"她掉头对着方丝萦，"听到了吗？收拾你的东西，马上离开柏家！"

"丝萦！"柏霈文急促地喊，"不要听她的！不要听她的！你不是她请来的……"

"走！听到了吗？"爱琳也喊着，"如果你还有一点志气，一点自尊，就别这样赖在别人的家里！听到了吗？走！马上走！"

方丝萦紧紧地咬住了牙，胸口像燃烧着一盆火，又像有数不清的浪潮在那儿翻腾汹涌，她的视线变成了一片模糊，她听到爱琳和霈文仍然在那儿吼叫，但她已经完全听不清楚他们在吼叫些什么了。转过身子，她开始机械化地、无力地、沉重地向楼上走去。听到她上楼的脚步声，柏霈文不顾一切地追了过来，力竭声嘶地、又急又痛地喊着："丝萦！你绝不能走！听我的！你绝不能走！"

　　他冲得那么急，在他前面，有张椅子拦着路，他直冲了过去，连人带椅子都倾跌在地下，发出一阵哗啦啦的巨响。他摸索着站了起来，这一下显然摔得很重，好一会儿，他扶着楼梯的栏杆，不能移动。然后，他仰头向着楼梯，用焦灼而担忧的声音，试探地喊："丝萦？"

　　方丝萦咽下了哽在喉咙口的硬块。一甩头，她毅然地撇开了柏霈文，自顾自地走上了楼。到了楼上，她才吃惊地看到亭亭正坐在楼梯最高的一级上，两手抓着楼梯的栏杆，张大了眼睛注视着楼下的一切。她的小脸已吓得雪白，瘦小的身子在那儿不停地颤抖着。看到了方丝萦，她伸出了她的小手来，求助似的拉着方丝萦，两行泪水滑下了她的小脸，她啜泣着轻声叫："方老师！"

　　方丝萦拉住了她，把她带进了自己的屋里。关上了房门，她坐在椅子中，把那颗小小的脑袋紧紧地揽在自己的怀里。她抚摩她的面颊，抚摩她的头发，抚摩她那瘦瘦的小手。然后，方丝萦把自己的脸埋进了那孩子胸前的衣服里，开始沉痛地、心碎地啜泣起来。那孩子吃惊了，害怕了，抱着方丝萦的身子，摇着她，嘴里不住地低呼着："方老师！方老师！方老师！"

然后，那小小的身子溜了下去，溜到地毯上，她跪在方丝萦的面前了，把两只手放在方丝萦的膝上，她仰着那遍是泪痕的小脸，看着方丝萦，低声地、哀求地说："你不走吧，方老师？求你不要走吧！求求你！求求你！方老师？"

透过泪雾，方丝萦望着孩子那张清清秀秀的脸庞，她的心脏收紧，收紧，收紧成了一团。她轻轻地拂开亭亭额前的短发，无限怜惜地抹去了亭亭颊上的泪痕，再把那孩子的头温柔地压在自己的膝上。噢！她的孩子！她的女儿！她的"家"！现在，她将何去何从？何去何从？就这样，她用手抱着亭亭，坐在那儿，许久许久，一动也不动。

楼下，柏霈文和爱琳的争执之声，仍然传了过来，而且，显然这争吵是越来越激烈了。随着争吵的声浪，是一些东西摔碎的声响。那诟骂声，那诅咒声，那摔砸声造成了巨大的喧嚣和杂乱。方丝萦沉默着，那蜷伏在她膝上的孩子也沉默着。最后，一切终于安静了下来，接着，是汽车惊人的喇叭声响和车子飞驰出去的声音。方丝萦和亭亭都明白，爱琳又驾着车子出去了。

方丝萦以为柏霈文会走上楼来，会来敲她的门，但是，没有。一切都很安静，非常非常安静，安静得让人吃惊，让人心慌。到了吃晚饭的时候，方丝萦才带着亭亭走下楼。她看到柏霈文沉坐在一张高背的沙发椅里，苍白着脸，大口大口地喷着烟雾。亚珠正轻悄地在收拾着地上的花瓶碎片。杂在那些碎片中的，是一地被践踏后的玫瑰花瓣。

餐桌上的空气非常沉闷，三个人都默然不语，柏霈文的神情是深思而略带窥伺性的。他似乎在防范着什么，或者，他在等待着方丝萦的发作。可是，方丝萦很安静，她不想再多说什么，对需文，即使再埋怨，再发脾气，又有什么用呢？亭亭带着一脸的畏怯，瑟缩在两个大人的沉默之下。于是，一餐饭就在那沉默而安静的气氛下结束了。饭后，方丝萦带着亭亭走上楼去，在楼梯口，她的脚绊到了一样东西，她弯腰拾了起来，是柏需文带回来要给她看的那个纸卷，她打开来，看到了一张画得十分精致的建筑图样，上面用红笔写着：

含烟山庄平面图

她知道柏需文这一天忙了些什么了。他无法再自己设计，只得求助于他人，想必，他和那建筑师一定忙了整个下午。她不由自主地感到一阵痉挛般的痛楚，啊，这男人！啊，她曾梦想过的含烟山庄！她走到柏需文的面前，把这纸卷放在柏需文的膝上，她低声说："你的建筑图，先生。"

柏需文握住了那图样，一语不发。但他的脸仰向了她，带着满脸的期盼与等待，似乎在渴望着她表示一点什么。她什么都没说。她也不敢说什么，因为她的喉咙哽住了，任何一声言语都会泄露她心中的感情。她带着亭亭继续往楼上走去，但是，当她上楼前再对他投去一瞥，他那骤然浮上脸来的萧索、落寞和失意却震动了她，深深地、深深地震动了她。

整晚，她都在亭亭屋里，教她做功课，陪伴着她。一直到亭亭上了床，她仍然坐在床边，望着她那睡意蒙眬的小脸。她为她整理着枕头，拂开那满脸的发丝，同时，轻轻地、轻轻地，她为她唱着一支催眠歌：

夜儿深深，人儿静静，
小鸟儿也停止了低吟，
万籁俱寂，四野无声，
小人儿啊快闭上眼睛，
风声细细，梦魂轻轻，
愿微笑在你唇边长存！
……

那孩子张开眼睛来，蒙蒙眬眬地再看了方丝萦一眼，她打了个呵欠，口齿不清地说："老师，你像我妈妈！"

闭上眼睛，她睡了。方丝萦弯下身子，轻吻着她的额，再唱出下面的两句：

睡吧睡吧，不要心惊，
守护着你啊你的母亲！

孩子睡着了。方丝萦给她掖好了四周的棉被，把洋娃娃放在她的臂弯里。然后，她站在床边，静静地望着亭亭，泪水模糊了她的视线，那孩子的脸像浮在一层水雾里。好久之后，她悄悄地退出了这房间，关上房门。于是，她发现柏霈文正靠在门边上，在一动也不动地倾听着她的动静。她呆了呆，默默地看了看他，就垂下头，想绕过他回到自己的屋里去，可是，他准确地拦住了她。

"丝萦!"他轻声叫,"说点什么吧!为你所受的委屈发脾气吧!别这样沉默着。好吗?"

她不语,两滴泪珠悄悄地滑下了她的面颊,跌落了下去。她轻轻地摆脱了他,向自己的门口走去。他没有再拦阻她,只是那样靠在那儿,带着一脸的痛楚与求恕。她走进了自己的房间,回过头来,低低地抛下了一句:"再见!"

她不敢再看他,很快地,她把门关了起来。

26

午夜,方丝萦平躺在床上,瞪视着天花板,呆呆地发着愣。在她身边的地毯上,她的箱子打开着,所有的衣物都已经整齐地收拾好了。她本来准备再一次地不告而别,可是,到了临走前的一刹那,她又犹豫了。她是无法拎着箱子悄无声息地离开的,而且,正心的课程必须继续下去,她以前的宿舍又早已分配给了别人。她如果要走,只好先去住旅社,然后再租一间屋子住,每天照常去正心上课。但是,这样,柏霈文会饶过她吗?

"啊,这一切弄得多么复杂,多么混乱!"她想着,眼睛已经瞪得干而涩。这家庭,在经过爱琳这样强烈的侮辱和驱逐之后,什么地方还能容她立足?走,已经成了当务之急,她无法再顾虑亭亭,也无法再做更深一层的研究了。是的,她必须离去,必须在爱琳回来之前离去!否则,她所面临的一定是一连串更深更重的屈辱！她不能犹豫了，她已经没有选择的余地！女主人已经对你下了逐客令了，你只能走！

她站了起来，对着地上的那口箱子又发了一阵呆，最后，她长叹了一声。合起箱子，她把它放在屋角，管他什么箱子呢？她尽可以把一切都安排好了之后，再来取这口箱子，即使不要它，也没什么关系，她不再是以前那个穷丫头了，在她的银行存折上，她还有着足够的金钱。她穿上了外套，拿起手提包，不由自主地，她看了看床头柜上的玫瑰花，依稀恍惚，又回到了十年前的那个晚上，那个凄苦的风雨之夜！这是第二次，她被这个家庭放逐了！啊！柏霈文，柏霈文，她与这个名字是何等无缘！她的眼睛蒙眬了。

忽然，她惊觉了过来，夜已深了，爱琳随时可能回来，此时不走，还等到什么时候？她拉了拉衣领，再叹了口气，打开房门，她对走廊里看过去，四周静悄悄的，整个柏宅都在沉睡着，柏霈文的房门关得很紧，显然，他也已经进入梦乡了。她悄悄地走了出来，轻轻地，轻轻地，像一只无声的小猫。她走下楼，客厅里没有灯光，暗沉沉的什么都看不到。她不敢开灯，怕惊醒了下人们。摸索着，她向门口走去，她的腿碰到了桌脚，发出一声轻响，她站住，侧耳倾听，还好，她并没有惊醒谁。她继续往前走，终于走到了门口，她伸出手来，找到了门柄，刚刚才扭动了门柄，一只手突然从黑暗中伸了出来，一把抓住了她的手腕。她大惊，不自禁地发出一声轻喊，然后，她觉得自己的身子被人抱住了，同时，听到了霈文那低沉而暗哑的声音："我知道你一定又会这样做！不告而别，是吗？所以我坐在这儿等着你，你走不了！含烟，我不会再放过你了！永远不会！"

她挣扎着，想挣出他的怀抱，但他的手腕紧箍着她，他嘴里的热气吹在她的脸上。

"这样是没用的，"她说，继续挣扎着，"你放开我吧！如果我决心要走，你是怎样也留不住的！"

"我知道，"他说，"所以，我要你打消走的念头！你必须打消！"

"留在这儿听你太太的辱骂？"她愤愤地问，"十年前我在你家受的屈辱还不够多，十年后再回到你这儿来找补一些，是吗？"

"你不会再受任何委屈，任何侮辱，我保证。"

"你根本保证不了什么。"她说，"你还是放开我吧，我一定要在你太太回来前离开这儿！"

"你就是我太太！"她停止了挣扎，站在那儿，她在黑暗中瞪视着他的脸，一种愤怒的情绪从她胸中升了起来，迅速地在她血管中蔓延。许许多多积压的委屈、冤枉、愤怒，都被他这句话勾了起来，她瞪着他，狠狠地瞪着他，憋着气，咬着牙，她一个字一个字地说："你还敢这样说？你还敢？你给过我什么？保护？怜惜？关怀？这十年来，你在做些什么……"

"想你！"他打断了她。

"想我？"她抬高了眉毛，"爱琳就是你想我想出来的吗？"

"那是妈的主意，那时我消沉得非常厉害，她以为另一个女人可以挽救我，自你走后，妈一直对我十分歉疚，她做一切的事，想来挽回往日的过失，你不知道，后来妈完全变了，变成了另一个人……"

"我不想听!"她阻止了他,"我不想再听你的任何事情,你最好放开我,我要走了!"

"不!"他的手更加重了力量,"什么都可以,我就是不能放开你!"

"你留不住我!你知道吗?明天放学后,我可以根本不回来,你何苦留我这几小时,让我再受爱琳的侮辱?你如果还有一点人心,你就放手!"

"我不能放!"他喘息着,他的声音里带着强烈的激情,"十年前的一个深夜,我失去过你,我不能让老故事重演,我有预感,如果我今夜让你离开,我又会失去你!你原谅我,含烟,我不能让你走!如果我再失去你一次,我会发疯,我会发狂,我会死去,我会……啊,含烟,请你谅解吧!"

"我不要听你这些话,你知道吗?我不在乎你会不会发疯发狂,你知道吗?"她的声音提高了,她奋力地挣扎,"我一定要走!你放手!"

"不!"

"放手!"

"不!"

"放手!"她喊着,拼命扳扯着他的手指。

"不,含烟,我绝不让你走,绝不!"他抱紧了她,他的胳膊像钢索般捆牢了她,她挣不脱,她开始撕抓着他的手指,但他仍然紧箍不放,她扭着身子,喘息着,一面威胁地说:"你再不放手,我要叫了。"

"叫吧!含烟,"他也喘着气说,"我绝不放你!"

"你到底放不放手？"她愤怒到了极点。

"不，我不能放！"

"啪"的一声，她扬起手来，狠狠地给了他一个耳光，在这寂静的深夜里，这一下耳光的声音又清脆又响亮。她才打完，就愣住了，吃惊地把手指衔进了嘴中。她不知道自己怎会有这种行为，她从来也没有打过人。瞪大了眼睛，她在黑暗中望着他，她看不清他的表情，但可以感到他胸部的起伏，和听到那沉重的呼吸声。她想说点什么，可是，她什么都说不出来。然后，好像经过了一个世纪那么久，她才听到他的声音，低低地、沉沉地、幽幽地、柔柔地、安安静静地在说："含烟，我爱你。"

她忽然崩溃了，完完全全地崩溃了。一层泪浪涌了上来，把什么都遮盖了，把什么都淹没了。她失去了抵抗的能力，她也不再抵抗了。用手蒙住了脸，她开始哭泣，伤心地、无助地、悲悲切切地哭泣起来。这么多年来的痛苦、折磨、挣扎……到了这时候，全化为两股泪泉，一泻而不可止。于是，她觉得他放松了她，把她的手从脸上拉开，他捧住了她的脸，然后，他的唇贴了上来，紧紧地压在她的唇上。

一阵好虚弱的晕眩，她站立不住，倾跌了下去，他们滚倒在地毯上，他拥着她，他的唇火似的贴在她的唇上，带着烧灼般的热力，辗转吸吮，从她的唇上，到她的面颊，到她的耳朵、下巴和颈项上。他吻着她，吮着她，抱着她，一面喃喃不停地低呼着："哦，含烟，我心爱的，我等待的！哦，含烟，我爱你！我爱你！我爱你！"

她仍然在哭，但是，已是一种低低的呜咽，一种在母亲怀里的孩子般的呜咽。她不由自主地偎着他，把她的头紧靠着他那宽阔的胸膛。她累了，她疲倦了，她好希望好希望有一个保护。紧倚着他，她微微战栗着，像只受伤了的、飞倦了的小鸽子。

"都过去了，含烟。"他轻抚着她的背脊，轻抚着她的头发，把她拉起来，他们坐进了沙发中，他揽着她，不住地吻着她的额头，她那湿润的眼睛和那小小的唇，"不要离开我，不要走，含烟，我的小人儿，不要走！我们要重新开始，含烟，我答应你，一切都会圆满的，我们将找回那些我们损失了的时光。"

她不说话，她好无力好无力，无力说任何的话，她只能静静地靠在他的肩头。然后，一阵汽车喇叭声划空而来，像是一个轰雷震醒了她，她惊跳起来，喃喃地说："她回来了。"

"别动！"他抱紧了她，"让她回来吧！"

"你——"她惊惶而无助地说，"你预备怎样？"

"面对现实！我们都必须面对现实，含烟。如果我再逃避，我如何去保有你？"

"不，"她急迫地、惶恐地说，"不要，这样不好，我不愿……"她没有继续说下去，门开了，一个身影跌跌冲冲地闪了进来，一声电灯开关的响声，接着，整个屋子里大放光明。方丝萦眨动着眼睑，骤来的强光使她一时睁不开眼睛，然后，她看到了爱琳。后者鬓发蓬松，服装不整，眼睛里布满了红丝，摇摇晃晃地站在那儿，睁大了一对恍恍惚惚的眸子，不太信任似的看着他们。好半天，她就那样瞪视着，带着两分惊奇和八分醉意。显然，她又喝了过量的酒。

"呃，"终于她打着酒嗝，扶着沙发的靠背，口齿不太灵便地开了口，"你们……你们倒不错！原来……原来是这样的！方——方小姐，好手段哪！这个瞎子并不十分容易勾引的！你倒教教我，你——你怎样到手的？你怎样让他——他抛掉了那个鬼魂？"

方丝萦蜷伏在沙发中，无法移动。一时间，她不知道该说什么，该做什么，也不知该如何处置这种局面。爱琳显然醉得厉害，这样醉而能将车子平安驾驶回来，不能不说是奇迹了。柏霈文站起身来了，他走向爱琳的身边，深吸了一口气，冷静地说："你喝了多少酒？"

"你关心吗？"她反问，忽然纵声大笑了起来，把手搭在柏霈文的手腕上，她颠踬了一下，柏霈文本能地扶住了她，她把脸凑近了柏霈文，慢吞吞地说："我喝了酒，是的，我喝了酒，你在意吗？你明知道我是怎样的女人，抽烟、喝酒、跳舞、打牌……我是十项全能！你知道吗？十项全能！而且，我有成打的男朋友，台中、台北、高雄，到处都有！他们都漂亮，会玩，年轻！比你强一百倍、一千倍、一万倍！你以为我在乎你！柏霈文！我不在乎你！我告诉你，我不在乎你！你这个瞎子！你这个残废！我告诉你，"她凑在他耳边大吼，"我不在乎你！"

柏霈文的身子偏向了一边，爱琳失去了倚靠，差点整个摔倒在地下，她扶住了沙发，好不容易才站稳，踉跄着，她绕到沙发前面来，就软软地倾倒在方丝萦对面的沙发上，乜斜着醉眼，她看着方丝萦，用一个手指头指着她，警告似的说："我——我告诉你，呃，你这个——这个小贱种，你如果真喜欢——喜欢这个瞎子，我——让给你！我不稀罕他！不过，你——你——你会捉鬼吗？一个落水鬼！含烟山庄的鬼？你——你——"她认真地看她，扬起了那两道长长的眼睫毛，眸子是水雾蒙蒙的，神情是醉态可掬的，"你真的会捉鬼吗？说不定，你是个女巫！一个女巫！"她又打了个酒嗝，把手指按在额上，"你一定是女巫，因为我看到好几个你，好几个！哈哈！我一定有两个头，是不是？我有两个头吗？"

柏霈文走了过来，站在爱琳的面前。他的脸色是郑重、严肃，而略带恼怒的。

"听着！爱琳！"他说，"我本来想在今晚和你好好地谈一谈，但是，你醉成这个样子，我看也没有办法谈了。所以，你还是上楼去睡觉吧，我们明天再谈！"

"谈，谈，谈！"她把脸埋在沙发靠背中，用手揉着自己的头发，含含糊糊地说，"你要和我谈？哈哈，呃，你居然和我还会有话谈？我以为，你——呃，你只有和鬼才有话谈呢！呃，"她用手抱住头，和一阵突然上涌的恶心作战，闭上眼睛，她喘了口气，费力地把那阵难过给熬过去了。

柏霈文伸出手来，抓住了她的手腕。"上楼去吧！你！"他说，带点命令味道。

她猛力地挣开了他，突然间，她像只被触怒的狮子般昂起了头来，对着柏霈文，爆发似的又吼又叫："不许碰我！你这个混蛋！你永不许碰我！你这个无心无肝无肺的废物！你给我滚得远远的！滚得远远的，听到了吗？柏霈文！我恨你！我讨厌你！讨厌你！讨厌你！讨厌你！讨厌你……"

她一口气喊了几十个"讨厌你"，喊得力竭声嘶。方丝萦相信用人们和亭亭一定都被吵醒了，但他们早就有了经验，都知道最好不闻不问。爱琳的喉咙哑了，头发拂了满脸，泪水进出了她的眼眶，她伏在沙发背上，忽然哭泣了起来，莫名其妙地哭泣了起来。

"你醉了！"柏霈文冷冷地说，"你的酒疯发得真可以！"

方丝萦静悄悄地看着这一切，然后，她从她蜷缩的沙发中走出来了，一直走到爱琳的身边，她俯下身去，把手按在她的肩膀上，她用一种自己也不相信的，那么友好而温柔的声音说："回房间去吧！让我送你到房里去，你需要好好地休息一下了。"

"不不不！"爱琳像个孩子般地说，在沙发中辗转地摇着头，继续哭泣着，哭得伤心，哭得沉痛。

"你让她去吧！"柏霈文对方丝萦说，"她准会又吐又闹地弄到天亮！"

"我送她回房去！"方丝萦固执地说，看了柏霈文一眼，"你也去睡吧，一切都明天再谈，今晚什么都别谈了，大家都不够冷静。"

"答应我你不再溜走。"柏霈文说。

"好的，不溜走。"她轻轻地叹息，"明天再说吧！"

她挽住了爱琳，后者已经闹得十分疲倦和乏力了。她把她从沙发上拉了起来，让她的手绕在自己的肩膀上，再挽紧了她的腰，嘴中不住地说："走吧！我们上楼去！上去好好地睡一觉！走吧！走吧！走吧！"

爱琳忽然变得非常顺从了，她的头乏力地倚在方丝萦的肩上，跟着方丝萦踉踉跄跄地向前走去，她依旧在不停地呜呜咽咽，夹带着酒嗝和恶心，她的身子歪歪倒倒的，像一株飓风中的芦草。方丝萦扶着她走上了楼，又好不容易地把她送进了房间。到了房里，方丝萦一直把她扶上床，然后，她脱去了她的鞋子，又脱掉了她的外套，再打开棉被来盖好了她。站在床边，她没有离去，却呆呆地、出神地望着爱琳那张相当美丽的脸庞。爱琳显然很难过，她不安地在床上翻腾，模糊地叫："水，我要水！给我一点水！"

方丝萦叹了口气，走到小几边，她倒了一杯冷开水，拿到爱琳的床边来，扶起爱琳的头，她把杯子凑近她的嘴边，爱琳很快地喝干了整杯水。她的面颊像火似的发着烧，她把面颊倚在冰凉的玻璃杯上，呻吟着说："我头里面在烧火，有几万盆火在那里烧！心口里也是，"她把手按在胸上，"它们要烧死我！我一定会死掉，马上死掉！"

"你明天就没事了。"方丝萦说，向门口走去，可是，爱琳用一只滚烫的手抓住了她。

"别走！"她说，"我不要一个人待在这房里，这房间像一个坟墓！别走！"

方丝萦站住了。然后，她干脆关好了房门，到浴室中绞了一条冷毛巾，把冷毛巾敷在爱琳的额上，她就坐在床边望着她。爱琳在枕上转侧着头，她的黑眼珠迷迷蒙蒙地望着方丝萦，在这一刻，她像个孤独而无助的孩子。她不再是凶巴巴的了，她不再残酷，她不再刻毒，她只是个迷失的、绝望的孩子。

"我爱他，"她忽然说，"我好爱好爱他，我用尽了一切的方法，却斗不过那个鬼魂！"她把脸埋在枕头里，像孩子般啜泣。

"我知道，"方丝萦低低地说，"我知道。我早就知道了。"泪蒙住了她的视线。

"刚结婚的时候，他抱着我叫含烟，含烟！那个鬼！"她诅咒，抽噎，"我以为，总有一天，他会知道我，他会顾念我，但是，没有！他心里只有含烟，含烟，含烟！那个女人，把他的灵魂、他的心全带走了！他根本是死的！死的！死的！"她哭着，拉扯着枕头和被单，"一个人怎能和鬼魂作战，怎能？我提出要离婚，他不在乎，我说要工厂，那工厂才是他在乎的！他不在乎我！他从不在乎我！从不！"

泪水从方丝萦的面颊上滴落了下来，她俯下身去，把头发从爱琳脸上拂开，把那冷毛巾换了一面，再盖在她的额上。她就用带泪的眸子瞅着她，长长久久地瞅着她。爱琳仍然在哭诉，不停地哭诉，泪和汗弄湿了整个脸庞。

"我从没有别的男朋友，从来没有！我到台中去只是住在我干妈家，我从没有男朋友！我要刺激他，可是，他没有心啊！他的心已经被鬼抓走了！他没有心啊！根本没有心啊！"她抓住了方丝萦的手，瞪视着她，"我没有男朋友，你信吗？"

"是的，"方丝萦点着头，"是的，我知道。你睡吧！好好地睡吧！再闹下去，你会呕吐的，睡吧！"

爱琳合上了眼睛，她是非常非常的疲倦了，现在，所有酒精都在她体内发生了作用，她的眼皮像铅一样地沉重，她的意识飘忽而朦胧。她仍然在说话，不停地说话，但是，那语音已经呢喃不清了。她翻了一个身，拥着棉被，然后，她长长地叹息，那长睫毛上还闪烁着泪珠，她似乎睡着了。

方丝紫没有立即离去，站在床边，她为爱琳整理好了被褥，抚平了枕头，再轻轻地拭去了她颊上的泪痕。然后，她低低地、低低地说："听着，爱琳，撇开了敌对的立场，我们有多么微妙的关系！我们爱着同一个男人，且曾是同一个男人的妻子。看样子，我们之间，必定有一个要痛苦，不是你，就是我，或者，最不幸的，竟是我们两个！我们该怎么办呢？该怎么协调这份尴尬？爱琳，最起码，我们不要敌对吧！如果有一天，你会想到我，会觉得我对你还有一些贡献，那么，爱那个孩子吧！好好地爱那个孩子吧！"

　　她转过身子，急急地走出了房间，泪，把一切都封锁了，都遮盖了。

27

　　爱琳呆呆地坐在窗前，对着那满花园的阳光发愣。隔夜的宿醉仍旧使她昏昏沉沉的，昨夜的一切也都模模糊糊，但她知道发生了一些事情，一些很重要的事情。方丝紫，那个奇异的家庭教师，自己对她说了些什么？她记得方丝紫曾逗留在她屋里，她诉说过，她哭过，枕上的泪痕犹新！那么，那家庭教师一定已知道了她心底最深处的秘密！而且，那家庭教师也说过一些什么，是什么呢？她努力地回忆，努力地思索，却什么都想不起来了！

　　昨晚，昨晚像隐在一层浓雾里，那样朦胧，那样混沌。唯一真实的，是当她走进客厅，开亮电灯那一刹那所见到的一幕。那长沙发，方丝萦蜷伏在那儿，像一只小猫，柏霈文紧拥着她，带着满脸最深切的激情！怎会呢？她想不透。怎会呢？或者，这只是自己的幻觉吧？或者，根本没有昨晚那一幕吧！但是，不！她还记得方丝萦的打扮，没有戴眼镜，是的，这几天她都没有戴眼镜，长发披垂，穿了一身浅蓝色的秋装……她猛地打了个冷战，不可否认，那家庭教师相当漂亮，可是，对一个盲人而言，漂亮又怎样呢？

她烦躁地站起身来，在屋内兜着圈子，然后，她打开房门，直着喉咙喊："亚珠！亚珠！亚珠！"

亚珠急急地从后面跑过来，站在楼梯上，扬着声音回答："是的，太太？"

"方老师呢？"爱琳问。

"到学校去了，和亭亭一起去的。"亚珠诧异地说。

哦，真的！怎么这样糊涂！当然是到学校去了。爱琳咬了咬嘴唇，不管怎样，今晚她要和这个女人好好地谈一谈！她要请她走！她绝不能允许自己的地盘内再有人侵入。一个鬼魂已经够了，又跑来一个活生生的人！哦，她不能容忍这个！她绝不能容忍！

"太太？"亚珠小心翼翼地说，"你要吃早餐吗？"

"不要！给我冲杯牛奶拿到楼上来。"

"是的。"

关上了门，她继续坐在桌前沉思。奇怪，不论她怎样整理自己的思绪，她始终有点恍恍惚惚的。大概是酒的关系，酒会使人软弱。她发现自己并不像想象中那样恨方丝萦，她心底有一点什么奇异的东西，在那儿不听指挥地容纳着方丝萦！她困惑而迷茫地摇摇头，昨夜，昨夜她到底和方丝萦谈了些什么。

亚珠送来了牛奶，爱琳立即在她身上嗅到了一股强烈的芬芳，她冷笑着说："玫瑰花味，你又买了玫瑰！"

"是的，太太，买了好几打！先生叫买的！我刚刚插了好几瓶，你这儿要一瓶吗？"

"不要！你去吧！"

亚珠退了下去。爱琳倚着窗子，情绪更乱了。天知道！这家中一定发生了一些什么事！玫瑰花！玫瑰花！问题的核心在那个家庭教师身上吗？

门上传来了轻微的剥啄之声，没等她回答，门被推开了。她看过去，出乎意料的，门外竟是柏霈文！他穿着件灰色的套头毛衣，灰色的西服裤，整洁、清爽，而且神采奕奕，爱琳惊异地望着他，从什么时候开始，他已经摆脱了他那份忧郁和消沉？他看来像一个崭新的人。不但如此，爱琳还几乎是痛心地发现，他虽然年纪已超过四十岁，虽然眼睛失明，他却依然挺拔、漂亮、儒雅而潇洒！依然是个吸引人的男人！难怪！难怪那个方丝萦会喜欢他！她盯着他，这男人，这男人是她的？她曾多么希望揽住那个浓发的头，抚平他眉心的皱纹，吻去他唇边的忧郁，可是，她没有做到！而如今呢？是谁抚平了那眉间的皱纹，是谁吻去了那唇边的忧郁？

"我可以进来吗？"柏霈文礼貌而温文地问，很久没有见到礼貌和温文，那不是亲切的代表，那是冷淡和疏远。爱琳知道这个，她在他心里是个陌生人。

"是的。"她的声音生而涩。

他走了进来，关上了房门，他对这间房子的布置并不熟悉，他是几乎不进这屋子的。爱琳故意不去帮助他，让他去摸索。他找着了沙发，坐了下来，他燃起了一支烟，一副准备长谈的模样。

"昨晚你喝醉了。"他说。

"怎样呢？"她问，不由自主地带点挑战的意味，"虽然醉了，并没有醉到看不清楚我眼前的好戏的地步！你要知道！"

"我知道，"他吐出一口烟来，显得冷静、沉着，而胸有成竹，"我就为了这个来和你谈。"

"别告诉我那是一时冲动……"

"不不，"他很快地接口，"不是一时冲动，完全不是。"他定了定，慢慢地说，"爱琳，我想，我们这勉强的婚姻再维持下去，对我们两个都是一件没有意义的事，所以，我来请求离婚。"

爱琳震动了一下，她紧紧地注视着他。

"为了那个家庭教师吗？"她不动声色地问，"我想，你是真的爱上她了。"

"是的。"他很干脆地回答。

她又震动了一下。靠着窗子，她端着牛奶杯，有好半天没有说话，她的眼睛注视着杯子，杯里的热气冒了出来，升腾着，弥漫着。

"怎样呢？"他问。

一股怒气从她胸坎中冲到头脑里。哦哦，这个天下最痴情的人！一个家庭教师！一个家庭教师！原来那副痴情面孔都是装扮出来的啊!

"谈离婚,这也不是第一次了!"她冷冷地说,"你不是知道我的条件吗?"

他沉吟了一下。"你是指工厂?"

"是的。"

"你知道,工厂和茶园是分不了家的,"他困难地说,"你能提别的条件吗?例如,现款、房屋,或是一部分的茶园?"

"不。"

他咬了咬牙,烟雾笼罩着他,他显然面临了一个巨大的抉择。然后,他忽然用力地一甩头,用坚决的、不顾一切的语气说:"好吧!我给你!"

爱琳大吃了一惊,她不信任地看着柏霈文,几乎不相信自己所听到的。工厂,那是他的祖产,他事业的重心,她深深明白这工厂在他心中的分量,不只是物质的,也是精神上的,这工厂有他的血,有他的汗。而现在,他竟毅然决然地要舍弃这工厂了?为了那个方丝萦?爱情的力量会这样大吗?这简直是不可思议的!一层嫉妒的、痛苦的情绪抓住了她,她的声音森冷:"为了那个家庭教师,你不惜放弃工厂?她对你是这样重要吗?"

"说实话,她比一百个工厂更重要。"

"哦?"柏霈文的那份坦白更刺激了她,这女人是怎样做的?怎可能把一个男人的心收服到这个地步?她嫉妒她!她恨她!"和我离婚以后,你准备和她结婚吗?"

他深思了一下,一种十分奇妙的神情升到了他的脸上,他的脸被罩在一种梦似的光辉里去了,他的神情温柔,他的嘴角露出了一丝细腻的、柔和的微笑。

"是的。"他轻声说。

这种表情，这种面色，这种她渴求而不可得的感情！她紧握着杯子，牛奶在杯中晃动，她的呼吸急促，她的头脑昏乱，她的血脉偾张。

"那么，我们就这样讲定吧，"柏霈文又开口说，"总之，我们也做了六七年的夫妻，我希望好聚好散。我今天会去台北找我的律师，我想尽快把这事办好。关于工厂，"他心痛地叹了口气，"我会叫老张来，你可以让他把账本拿给你看。假若你没有其他的意见，我就这样子去办了！"

"慢着！"她忽然冲口而出，"你是这样迫不及待地要离婚啊！"

"怎样呢？"柏霈文锁起了眉头。

"我并没有同意啊！"

"爱琳！"柏霈文吃惊地喊，"你是什么意思？"

"我的意思是：我不同意离婚！"她盯着他，一个字一个字地说。

"可是，我已经答应把工厂给你！"柏霈文急切地说，"整个的工厂，你随时要，随时接收！"

"我改变主意了！"爱琳把牛奶杯放在桌上，斩钉截铁地说，"我不要你的工厂，我也不要离婚！你想那样顺心地娶那个女人，你办不到！"

"你这是为什么呢？"柏霈文的身子向前倾，焦灼使他的脸色苍白，他的眉毛锁成了一团，声音迫切而急躁，"你坦白说吧！你还想要些什么？你说吧！只要是我有的，你都拿去吧！别为难我！爱琳！我告诉你，我一定要和你离婚。我爱那个女人，我不惜牺牲一切，势必要得到她！你了解吗？反正，你不爱我，你有的是男朋友，你就放手吧！你会得到用不完的金钱，你没有任何损失，为什么你不肯？爱琳，你就算做一件好事吧！"

他简直是在哀求了！几时看到他如此低声下气过？爱琳的心脏绞紧了。"反正，你不爱我，你有的是男朋友……你没有任何损失！"噢，柏霈文，柏霈文，你这个瞎子！瞎子！瞎子！她迅速地瞪着他，冒火地瞪着他，她的声音尖锐而高亢："不！我不离婚！随你怎么说，我不离婚！我不要你的东西，你的财产，我只是不要离婚！"

"你这是和我作对！"柏霈文站起身来，一直走到爱琳的面前，"你何苦呢，爱琳？使我痛苦，你也得不到什么好处呀！你的目的是什么呢？"

"我讨厌那个女人！"爱琳吼了起来，"她会勾引你，是吗？她既然会强占别人的丈夫，我也有对付她的一套，我到底是这家里的女主人，是吗？我非但不要和你离婚，我还要她走！要她离开柏宅！"

"爱琳！"柏霈文额上的青筋突了起来，他喘着气说，"我认清你了！爱琳，你比我想象中更坏，更恶毒，更残酷！你是冷血的动物！你没有热情，没有温暖！你宁可做损人不利己的事，却不肯成全一对苦难中的恋人！是的，我认清你了！但是，你阻止不了我！我告诉你，我这次是拼了命的！你阻止不了的，我要得到她，不管用怎样的方式，我都要得到她！"

爱琳瞪大了眼睛看着他，她是那样震惊，那样激动，那样不能相信！她从没看过柏霈文如此激动，如此坚决！他的话刺伤了她，刺痛了她，她喃喃地说："哦！她是真的战胜了那个鬼魂了！"

"鬼魂？"柏霈文厉声说，"别再提'鬼魂'两个字！"

"你连提都不愿提了！"爱琳点着头，"她连含烟的位置都侵占了。"

"她侵占不了含烟的位置，"柏霈文说，坚定地、冷静地，"因为她就是含烟！"

"你疯了。"爱琳嗤之以鼻。

"我没有疯，这秘密已经保不住了，坦白告诉你吧，她就是含烟！她十年前并没有淹死，而去了美国，现在，她回来了！你懂了吗？她没有侵占你的位置，是你侵占了她的！"

"我不相信！"爱琳喘着气，猛烈地摇着头，"我一个字都不相信！这是谎话！天大的谎话！是你编出来的故事，你想含烟想疯了，才会编出这样一个荒谬的故事来！我一个字也不信！"

"这却是真的！"柏霈文说，"每一个字都是真的！所以她会那样爱亭亭，所以她会愿意做亭亭的家庭教师！她骗过了所有的人，也骗过了我，直到三天前，我用电报把高立德找了来，才拆穿了她！现在，你明白了吗？你明白我为什么那样爱她，那样发疯般地要得到她了吗？因为她是我的妻子！我等待了十年，我期盼了十年，我不能再失去她！我不能！"

"哦，天！哦，天！"爱琳低呼着，不由自主地向后退，退到了沙发边，她软弱地倒了进去。用手蒙住了脸，她开始相信了这件事的真实性，她的思想混淆了，她的意识迷糊了，她的感情陷进了一份完完全全的昏乱中。这件事情打击了她，大大地打击了她。

"你懂了吗，爱琳？"柏霈文又逼近了她，"我对你抱歉，十分十分抱歉。当初，我不该和你结婚的。现在，你能同情我们的处境吗？了解我们的心情吗？假若你肯离婚，我会感激你，非常非常感激你。爱琳，我会补偿你的损失，我会！"

你补偿不了！柏霈文，你如何补偿？爱琳昏乱地想着。泪水冲进了她的眼眶。许许多多的疑惑，现在像锁链般地连接了起来。哦，那个家庭教师，竟是亭亭的生母！怪不得她像个母鸡保护幼雏般用翅膀遮着那孩子！哦，天！怎会有这样的事情？怎会？

"我不信，"她呻吟着说，"我还是不信。"

"看看这个。"柏霈文从口袋里掏出了一个金鸡心，"打开鸡心，看看里面的照片！"

爱琳接过了鸡心，打开来，那张小小的合照就呈现在眼前了，她看着那个少女，皓齿明眸，长发垂肩。她"啪"的一声合上了鸡心。是的，她改变得并不多，依然漂亮，依然风姿嫣然！她递还了那鸡心，喃喃地说："是的，是她！那鬼魂！那幽灵！她踏着夜雾而来，掠夺别人的一切！"

柏霈文不太明了爱琳的话，但是，他也无心去了解她的话。收回了鸡心，他以迫切的、诚恳的、近乎祈求的声调，急促地说："你懂了吧，爱琳？懂得我为什么这样发疯，这样痴狂了吧？请答应我吧，取消了我们的婚姻关系，你就成全了一个破碎的家庭！答应了吧，爱琳！为我，为含烟，为亭亭，也为你。"

爱琳痴痴地坐在那儿，有一种又想哭、又想笑的冲动。这是多么荒谬而复杂的故事！你丈夫那个早已死亡的前妻，会突然出现，来向你讨还她的位置！而现在，她将怎样呢？怎么办呢？退出自己的位置，让给那个幽魂吗？噢！她瞪着柏霈文，后者仍然在不停地说着："好吗，爱琳？关于我的财产，只要我做得到，你要多少，都没有关系，我可以给你！就算你帮了我一个忙，好吗，爱琳？"

好吗，爱琳？好吗，爱琳？他这一刻多温柔！所有的财产，你要多少都可以！只要还我自由！她突然猛地从沙发里站了起来，一直走到窗子旁边，她大声地说："我不知道！我必须要想一想！你走开吧！让我想一想，我现在没有办法答复你！"

"爱琳！"

"给我几天的时间，我现在不能做决定！我要和那个女人谈一谈！那个鬼魂！"

"爱琳，"柏霈文的神情紧张，"请不要伤害她，请不要刺激她，她已经受了过多她不该受的苦难！"

爱琳掉过头来，直视着柏霈文，她的目光奇异而古怪，她的声音深幽而低沉："告诉我，你到底有多爱她？有多深？"

柏霈文沉吟了一下，然后，他轻轻地念了几个句子，是含烟当日最爱唱的一支歌里的：

海枯石可烂，

情深志不移！

日月有盈亏，

我情曷有极！

爱琳注视着窗外，视线越过了那山坡，那茶园，她似乎看到了含烟山庄，那废墟，那真是个废墟吗？泪慢慢地滑下了她的面颊，慢慢地、慢慢地，滴落在窗棂上。

28

天气是多变的，早上还是晴朗的好天气，到下午却飘起了霏霏细雨，天空黑暗了下来，秋意骤然地加浓了。放学的时候，方丝萦已经感到那份凉凉的秋意，走出校门，一阵风迎面而来，那样凉飕飕的，她不自禁地打了个寒战。抬头看了看天空，云是低而厚重的，校门口的一棵不知名的树，撒了一地的落叶。细细的雨丝飘坠在她的脸上，带来一份难言的萧索的感觉。

"哦，老尤开车来接我们了。"亭亭说。

真的，老尤的车子停在路边，他站在那儿，恭恭敬敬地打开了车门，微笑着说："下雨了，先生要我来接你们。"

方丝萦再仰头看了看天空，雨丝好细，好柔，好轻灵，像烟，像雾，像一张迷迷蒙蒙的大网。她深呼吸了一下，吸进了那份浓浓的秋意。然后，她对老尤说："你把亭亭带回去，我想在田野间散散步。"

"你没有雨衣，小姐。"老尤说。

"用不着雨衣，雨很小，你们去吧！"

"快点回来哦！老师，你淋雨会生病。"亭亭仰着一张天真的小脸说。

"没关系，去吧！"她揉了揉亭亭的头发，推她钻进了汽车。

车子开走了。

沿着那条泥土路，方丝萦向前慢慢地走着。雨丝好轻柔，轻轻地罩着她。她缓缓地向前移动，像行走在一个梦里，那恻恻的风，那蒙蒙的雨，那泥土的气息和那松涛及竹籁，把她牵引到了另一个境界，另一个不为人知的、朦胧而混沌的境界里。她沉迷了，陶醉了，就这样，她一直走到了含烟山庄的废墟前。

推开了那扇铁门，她走进去，轻缓地游移在那堆残砖废瓦中。雨雾下的废园更显得落寞，显得苍凉。那风肆无忌惮地在倒塌的门窗中穿梭，藤蔓垂挂在砖墙上，正静悄悄地滴着水，老榕树的气根在寒风中战栗，柳树的长条上缀满了水珠，亮晶晶的，每滴水珠里都映着一座含烟山庄——那断壁残垣，那枯藤老树。

她叹息。多少的柔情，多少的蜜意，多少古老的往事，都湮没在这一堆废墟里。谁还能发掘，谁还能找寻，那些埋葬的故事和感情，属于她的那一份梦呢？像这废墟，像这雨雾，一般的萧索，一般的迷蒙，她怕自己再也拼不拢那些梦的碎片了。

在一堆残砖上坐下来，她陷入一种沉沉的冥想中，一任细雨飘飞，一任寒风恻恻。她不知坐了多久，然后，她被一声呼唤惊动了。

"含烟！"

她抬起头来，一眼看到柏霈文正站在含烟山庄的门口，带着满脸的焦灼和仓皇。他那瘦长的影子沐浴在薄暮时分的雨雾里，有份特殊的孤独与凄凉。

"含烟，你在吗？含烟？"柏霈文走了进来，拄着拐杖，他脚步微带跛跄。他穿着一件深蓝色的雨衣，在他的臂弯中，搭着方丝萦的一件风衣。方丝萦从断墙边站了起来，她不忍看他的徒劳的搜索。一直走到他的面前，她说："是的，我在这儿。"

一层狂喜的光彩燃亮了他的脸，他伸出手来触摸她，长长地吐出一口气来。

"哦，我以为……我以为……"他喃喃地说着。

"以为我走了？"她问，望着他，那张脸上刻画着多么深刻的挚情！带着多么沉迷的痴狂！哦！要狠下心来离开这个男人是件多么困难的事！她真会吗？带走他那黑暗世界中最后的一线光明？

"哦，是的，"他仓促地笑了，竟有点羞涩，"我是惊弓之鸟，含烟。"他摸摸她的头发，再摸摸她那冰冷的手，"你湿了，你也冷了！多么任性！"他帮她披上了风衣，拉紧她胸前的衣襟，"老尤说你不肯上车，一个人冒着雨走了，我真吓了一大跳。啊，别捉弄我了，你再吓我几次，我会死去。"

"我只是想散散步。"她轻声说，费力地把眼光从他脸上掉开，望着那雨雾下的废墟，"这儿像一个坟场，埋葬了欢乐和爱情的坟场。"

"会重建的，含烟，"他深沉地说，"我答应过你，一切都会重建的。"

"有些东西可以重建，只怕有些东西重建不了。"于是，她轻声地念一首诗，一首法国诗人魏尔伦的诗：

在寂寞而寒冷的古园中，
刚刚飘过两条影子朦胧。
他们眸子木然，双唇柔软，
他们的言谈几乎不可闻。

在寂寞而寒冷的古园中，
两个幽魂唤回往事重重。
······
——那时，天空多蓝，希望多浓！
——希望已飞逸，消沉，向夜空。

如此他们步入野燕麦间，
只暮天听见他们的言谈。

"你在念什么？"柏霈文问。

"一首诗。"

"希望你没有暗示什么，"柏霈文敏感地说，"我现在很怕你，因为我猜不透你的心思，把握不住你的情感，我总觉得，你在想办法离开我。于是，我必须用我的全心来窥探你，来监视你，来牢笼你。"

"再给我筑一个金丝笼，像以前一样？那个笼子几乎关死了我，这一个又将怎样？"

"没有笼子。"他说。

"那你就任我飞翔吧！"

他打了个寒战，声音微微有些战栗："我将任你飞翔，但是，小鸟儿却知道哪儿是它的家。"

"是吗？"她幽幽地问，看着那废墟。我的家在哪儿呢？这废墟是筑巢的所在吗？何况，鹊巢鸠占，旧巢已不存在，新巢又禁得起多少风风雨雨？

"我们走吧，含烟，你淋湿了。"他挽着她的手。

"我还不想回去，"方丝萦说，"淋雨有淋雨的情调，我想再走走。"

"那么，我陪你走。"

于是，他们走出了含烟山庄，沿着那条泥土路向前走去，暮秋的风雨静幽幽地罩着他们。好一阵，他们谁都没有说话，然后，他们一直走到了松竹桥边。听到那流水的潺潺，柏霈文说："有一阵我恨透了这条河。"

"哦，是吗？"她问，"仅仅恨这条河吗？"

"还有，我自己。"

她没有说话，他们开始往回走，走了一段，柏霈文轻轻伸手挽住了她，她没有抗拒，她正迷失在那雨雾中。

"我一直想告诉你，"柏霈文说，"你知道，三年前，妈患肝癌去世了。你知道她临死对我说的是什么？她说：'霈文，如果我能使含烟复活，我就死亦瞑目了。'自你走后，我们母子都生活在绝望和悔恨里，她一直没对我说过什么关于你的话，直到她临死。含烟，你能原谅她吗？她只是个刚强任性而寂寞的老人。"

方丝萦轻轻地叹息。

"你能吗？"

"是的。"

"那么，我呢？你也能原谅吗？"他紧握住了她的手，她那凉凉的、被雨水濡湿了的手。

她又轻轻地叹息。

"能吗？能吗？能吗，好含烟？"

"是的。"她说，轻声地，"我原谅了，早就原谅了。但是，这并不代表我接受了你的感情。"

"我知道，给我时间。"

她不语，她的眼光透过了蒙蒙的雨雾，落在一个遥远的、遥远的、遥远的地方。

晚上，雨下大了。方丝萦看着亭亭入睡以后，她来到了爱琳的房门口，轻轻地敲了敲门。柏霈文的门内虽没有灯光，但是，方丝萦知道他并没有睡，而且，他一定正警觉地倾听着她的动静。所以，她必须轻悄地、没有声息地到爱琳屋里，和她好好地倾谈一次。

门开了，爱琳穿着一件粉红色的睡袍，站在房门口，瞪视着她。方丝萦不等她做任何表示，就闪进了房内，并且关上了房门。用一对坦白而真挚的眸子，她看着爱琳，低低地说："对不起，我一定要和你谈一谈。"

爱琳向后退，把她让进了屋子，走到梳妆台前面，她燃起了一支烟，再默默地看着方丝萦。这还是第一次，她仔细地打量方丝萦，那白皙的皮肤，那乌黑的眼珠，那小巧的嘴和尖尖的小下巴，那股淡淡的哀愁和那份轻灵秀气，自己早就该注意这个女人啊！

"坐吧！方——啊，"她轻蹙了一下眉毛，"该叫你什么？方小姐？章小姐？还是——柏太太？"

方丝萦凝视着爱琳，她的眼睛张大了。"他都告诉了你？"

"是的。"爱琳喷一口烟，"一个离奇的、让人不能相信的故事！"

"天方夜谭。"方丝萦轻声地说，叹了一口气，她的睫毛低垂，微显苍白的面容上浮起了一个淡淡的、无奈的、楚楚可怜的微笑。

爱琳颇被这微笑打动，她对自己的情绪觉得奇怪。想象里，她会恨她，会嫉妒她，会诅咒她。可是，在这一刻，她对她没有敌对的情绪，反而有种奇异的、微妙的、难以解释的感情。这是为什么？仅仅因为昨晚她曾照顾过醉后的她？

"谢谢你昨晚照顾我。"爱琳忽然想了起来。

"没什么。"

"我昨晚说过什么吗？"

方丝萦温柔地望着她，那对大眼睛里有好多好多的言语。于是，爱琳明白了，自己一定说过了一些什么，一些只能对最知己、最亲密的姐妹才能说的话。她低下头，闷闷地抽着烟。

"我来看你，柏太太，因为我有事相求。"方丝萦终于开了口。

是的，来了！那个原配夫人出来讨还她的原位了！爱琳挺直了背脊。

"什么事？"她的脸孔冷冰冰的。

"既然你已经知道了我的本来面目，我想，我们就一切都坦白地谈吧。"方丝萦说，恳切地注视着爱琳，声音里带着一丝温柔的祈求，"我以一个母亲的身份，郑重地把我的孩子托付给你，请你，不，求你，好好地帮我照顾她吧！我会很感激你。"

爱琳吃惊了。她的眼睛张得好大好大，诧异地瞪着方丝萦，这几句话是她做梦也想不到的。"我不懂你的意思。"她说。

"我很不愿这么说，"方丝萦用舌头润了润嘴唇，"但是，这是事实，你似乎不喜欢那孩子。我只请求你，待她稍微好一点……"

"你在暗示我虐待了那孩子？"爱琳竟有些脸红。

"不是的，我不敢。"方丝萦轻柔地说，露出了一股委曲求全的神态，"只是，每个孩子都希望温情，何况，你是她的妈妈，不是吗？"

"你才是她的妈妈！"

"她永不会知道这个。事实上，她叫你妈妈。所以，你是她的母亲，现在是，将来也是。而我呢，只不过隐姓埋名地看看她，终究要离开的。"

"离开？"爱琳熄灭了烟蒂，"你必须说清楚一点！我以为，你将永不离开呢！"

"在正心教完这一个学期，我就必须回美国去了。"方丝萦静静地看着爱琳，"现在离放寒假只有一个月了，所以，这是我停留在这儿最后的一个月。你了解我的意思了吗？我十分舍不得亭亭，假若你肯答应我，好好照顾她，我……"一层泪浪突然涌了上来，她的眸子浸在水雾之中了，"我说不出我的心情，我想，我们都是女人，都有情感，你会了解我的。"

爱琳紧紧地注视着她，好一会儿，她没有说话，然后，她拉了一张椅子，在方丝萦对面坐了下来。她的眼光仍然深深地、研判地停留在她脸上。

"你在施舍吗？宽宏大量地把你的丈夫施舍给另一个女人？是吗？"

"不，你错了。"方丝萦迎视着她的目光，也深深地回视着她，"我不是那样的女人，如果我爱的，我必争取。问题是——"她顿了顿，"十年是一个很漫长的时间，我无法再恢复往日的感情，你了解吗？何况，在美国，我的未婚夫正等着我去结婚。我不可能在台湾再停留下去，我必须回去结婚。"

两个女人面对面地看着，这是她们第一次这样深刻地打量着对方，研究着对方，同时，去费心地想了解和看透对方。

"可是——"爱琳说，"你难道不知道他想娶你吗？他今天已经对我提出离婚的要求了。"

"是吗？"方丝萦微微扬起了眉梢，深思地说，"那只是他片面的意思，那是根本不可能的，因为，我已经不爱他了，我停留在这儿半年之久，只是为了亭亭。如果亭亭过得很快乐，我对这儿就无牵无挂了。我必定要走，要到另一个男人身边去！"

"可是——"爱琳怀疑地看着她，"你就不再顾念需文，他确实对你魂牵梦萦了十年之久！"

"我感动，所以我原谅了他。"她说，"但是，爱情是另外一回事，是吗？爱情不是怜悯和同情。"

"那么，你的意思是说，你走定了？"

"是的。"

"他知道吗？"

"他会知道的，我预备尽快让他了解！"

爱琳不说话了，她无法把目光从方丝萦的脸上移开，她觉得这女人是一个谜，一个难解的人物，一本复杂的书。好半天，她才说："如果你走了，他会心碎。"

"一个女性的手，可以缝合那伤口。"方丝萦轻声地说，"他会需要你！"

爱琳挑起了眉毛，她和方丝萦四目相瞩，谁也不再说话。室内好安静好安静，只有窗外的雨滴敲打着玻璃窗，发出丁丁冬冬的声响。远处，寒风正掠过了原野，穿过了松林，发出一串低幽的呼号。

爱琳走到了窗边，把头倚在窗棂上，她看着窗外的雨雾，那雨雾蒙蒙然，漠漠无边。"我不觉得他会需要我，"她说，"他现在对我所需要的，只是一张离婚证书。"

"当然你不会答应他！"方丝萦说，走到爱琳的身边来，"他马上会好转的，等我离开以后。"她的声音迫切而诚恳，"请相信我，千万别离开他！"

爱琳掉转了头来，她直视着方丝萦。"你似乎很急切地想撮合我们？"她问。

"是的。"

"为什么？"

"如果他有一个好妻子，有一个幸福的家庭，我就摆脱了我精神上的负荷。而且，我希望亭亭生活在一个正常而美满的家庭里。"

"你有没有想过，假若你和他重新结合，才算是个完美的家庭？"她紧盯着问，她的目光是锐利的，直射在方丝萦的脸上。

"那已经不可能，"方丝萦坦白地望着她，"我说过，我已经不再爱他了。"

"真的？你不是为了某种原因而故意这样说？"

"真的！完完全全是真的！"

爱琳重新望向窗外，一种复杂的情绪爬上了她的心头。她觉得酸楚，她觉得迷茫，她觉得身体里有一种崭新的情感在那儿升腾，她觉得自己忽然变得那么女性，那么软弱。在她的血管中，一份温温柔柔的情绪正慢慢地蔓延开来，扩散在她的全身里。

"好吧，"她回过头来，"如果你走了，我保证，我会善待那孩子。"

眼泪滑下了方丝萦的面颊，她用带泪的眸子瞅着爱琳。在这一刹那间，一种奇异的、崭新的友谊在两个女人之间滋生了。方丝萦没有立即离去，没有人知道那天晚上，两个女人之间还谈了一些什么，但是，当方丝萦回到自己屋子的时候，夜已经很深很深了。

29

接下来的一个月，柏霈文的日子是在一种迷乱和混沌中度过的。方丝萦每日带着亭亭早出晚归，一旦回到柏宅之后，她也把绝大部分的时间耗费在亭亭的身上，理由是期考将届，孩子需要复习功课。柏霈文有时拉住她说："别那样严重，你已经不是家庭教师了啊！"

"但是，我是个母亲，是不？"她轻声说，迅速地摆脱他走开了。柏霈文发现，他简直无法和方丝萦接近了，她躲避他像躲避一只刺猬似的。他常常守候终日，而无法和她交谈一语，每夜，她都早早地关了房门睡觉。清晨，天刚亮，她就带着亭亭出去散步，然后又去了学校。柏霈文知道方丝萦在想尽方法回避他，但他并不灰心，因为，寒假是一天天地近了，等到寒假之后，他相信，他还有的是时间来争取她。

而爱琳呢？这个女人更让柏霈文摸不清也猜不透，她似乎改变了很多很多，她绝口不提离婚的事，每当柏霈文提起的时候，她就会不慌不忙地、轻描淡写地说："急什么？我还要考虑考虑呢！"

这种事情，他总不能捉住爱琳来强制执行的。于是，他只好等下去！而爱琳变得不喜欢出门了，她终日逗留在家内，不发脾气，不骂人，她像个温柔的好主妇。有一天晚上，柏霈文竟惊奇地听见，爱琳和亭亭以及方丝萦三个人不知为了什么笑成了一团。这使他好诧异，好警惕，他怕爱琳会在方丝萦面前用手段。笼络政策一向比高压更收效，他有些寒心了。

于是，他加紧地筹划着重建含烟山庄，对于这件事，方丝萦显露出来的也是同样的冷淡和漠不关心。爱琳呢？对此事也不闻不问。这使柏霈文深受刺激，但是，不管怎样，这年的年尾，含烟山庄的废墟被清除了，地基打了下去，新的山庄开工了。

就这样，在这种混混沌沌的情况中，寒假不知不觉地来临了。和寒假一起来临的，是雨季那终日不断的、缠缠绵绵的细雨。这天早上，完全出乎意料的，方丝萦来到了柏霈文的房中。

"我想和你谈一谈，柏先生。"

"又是柏先生？"柏霈文问，却仍然惊喜，因为，最起码，她是主动来找他的，而一个月以来，她躲避他还唯恐不及。"亭亭呢？"他问。

"爱琳带她去买大衣了，孩子缺冬衣，你知道。"

柏霈文一愣，什么时候起，她直呼爱琳的名字了？爱琳带亭亭去买大衣！这事多反常！这后面隐藏了些什么内幕吗？一层强烈的、不安的情绪掩上了他的心头，他的眉峰轻轻地蹙了起来。

"我不知道爱琳是怎么回事，"他说，"我跟她提过离婚，但她好像没这回事一样，改天我要去请教一下律师，像我们这样复杂的婚姻关系，在法律上到底哪一桩婚姻有效？说不定，我和爱琳的婚姻是根本无效的，那就连离婚手续也不必办了。"

"你用不着费那么大的劲去找律师，"方丝萦在椅子中坐了下来，"这是根本不必要的。爱琳是个好妻子，而你也需要一个妻子，亭亭需要一个母亲，所以，你该把她留在身边……"

"我有妻子，亭亭也有母亲，"他趋近她，坐在她的对面，他抓住了她的手，"你就是我的妻子，你就是亭亭的母亲，我何必要其他的呢？"

方丝萦用力地抽出自己的手来。"你肯好好地谈话吗？"她严厉地问，"你答应不动手动脚吗？"

"是的，我答应。"他忍耐地说，叹了口气，"你是个残忍的、残忍的人，你的心是铁打的，你的血管全是钢条，你残酷而冰冷，我有时真想揉碎你，但又拿你无可奈何！假若你知道我对你的热情，对你的痴狂，假若你知道我分分秒秒、时时刻刻所受的煎熬，假若你知道！只要知道千分之一、万分之一，不，十万分之一、百万分之一就好了！"

"你说完了吗？"方丝萦静静地问。

"不，我说不完，对你的感情是永远说不完的，但是，我现在不说了，让我留到以后，每天说一点，一直说到我们的下辈子。好了，我让你说吧！不过，假若你要告诉我什么坏消息，你还是不要说的好！"

"不是坏消息，是好消息。"

"是吗？那么，说吧！快说吧！"

"我要结婚了！"

他屏息了几秒钟，他脸上的肌肉僵住了，然后，很快地，他恢复了自然，用急促的声音说："是的，当然，我们要重新举行一次婚礼，一次隆重而盛大的婚礼，我保证……"

"你弄错了，先生，我不是和你结婚，我要回美国去，亚力有信来，他正等着我去完婚，所以，我已经订了下礼拜天的飞机票。正心那儿，我也已经递上了辞呈。"

方丝萦一口气把要说的话都说了出来，然后，室内好安静，静得让她心惊。她看着柏霈文，他坐在那儿，深靠在椅子里，一动也不动，像是突然被巫师的魔杖点过，已经在一刹那间成了化石，他的脸上毫无表情，那失明的眸子显得呆滞，那薄薄的嘴唇闭得很紧，那脸色已像一张纸一般苍白。他不说话，不动，没表情，只有那沉重的呼吸，急促地、迅速地掀动了他的胸腔。

方丝萦几乎是痛苦地等着时间的消逝，似乎好几千、好几万个世纪过去了。柏霈文才深深地吐出一口气来，他的声音暗哑而枯涩："别开这种玩笑，含烟，这太过分了。"

"不是玩笑，先生。"方丝萦的声音有些颤抖，她的心脏在收紧，"我确实已经订了飞机票，我的未婚夫正在美国等着我。"

柏霈文的牙齿咬住了嘴唇，咬得那样紧，那样深，方丝萦又开始觉得紧张和软弱。他的脸色更加苍白了，额上的青筋在跳动着，他的手指紧抓了椅子的扶手，手背上的血管也都凸了起来。

"说清楚一点，"他说，"你到底是什么意思？"

"我的意思是——"她困难地说，喉头紧逼着，紧逼得疼痛，"我要回美国去了，我在台湾的假期已经结束了，我看过了亭亭，我相信她以后会过得很好，所以——所以，我已经无牵无挂，我要回到等我的那个男人身边去。就是这样，不够清楚吗？"

"等你的男人！你应该弄清楚，到底谁才是真正等你的男人！"他倾向前面，他的手抓住了她的胳膊，立即，他的手指加重了力量，捏紧了她，他用了那样大的力气，似乎想把她捏碎，他的声音咬牙切齿地从齿缝里迸了出来，"含烟！看看我！我才是等你的男人！我等了你整整十年了！含烟！你看清楚！"

方丝萦的手臂疼痛，痛得她不由自主地从齿缝中吸着气，她软弱地说："你弄痛了我！"

"我弄痛了你？是的，我要弄痛你！"他更加重了力量，"我恨不得弄碎你，你这个没有心、没有情感的女人！你要我怎样求你？怎样哀恳你留下？你要我怎样才能原谅我？要我下跪吗？要我跟你磕头、跟你膜拜吗？你说！你说！你到底要我怎样？要我怎样？"

"我不要你怎样，"方丝萦忍着痛说，泪水在眼眶中旋转，"我早就说过，我已经原谅你了。我回美国去，与原谅不原谅你是两回事！"

"怎么两回事？你既然已经原谅我了，为什么不肯留下？"

"爱情。"她轻声地、痛苦地吐出这两个字来，"爱情，你懂吗？"

"爱情？"他咬牙，"什么意思？"

"为了爱情，我必须回去！"

他的手指更用力了。"你的意思不是说，你爱那个——"他再咬牙，"那个见鬼的亚力吧！"

"正是。"她说，吸了口气，痛得咧了咧嘴，"正是这意思！"

"你撒谎！"他恶狠狠地说，脸色由白而红，他用力地甩开了她，跳起来，他走向桌子前面，在桌子上重重地捶了一拳，咆哮着说，"你撒谎！撒谎！撒谎！"在桌前的椅子里坐了下来，他用两只手紧紧地抱住了头，痛苦地把脸埋在桌面上："含烟，你撒谎，你不该撒这样的谎！你承认吧，你是撒谎，是吗？是吗？"他的声音由暴怒而转为哀求，"是吗？"

"不是。"方丝萦闭上了眼睛，把头转向了一边，她不敢再看他，"很抱歉，我说的是真的，你不可能希望十年间什么都不改变，尤其是爱情。"

他的头抬了起来，一下子，他冲回到她的身边，蹲下身子，他握住了她的双手，把一张被热血充满的面庞对着她，他的声音里夹带着苦恼的热情，急促地说："想想看！含烟，回忆回忆我们新婚时的日子！你还记得那支歌吗，含烟？你最爱唱的那一支歌？我俩在一起，誓死不分离。花间相依偎，水畔两相携……记得吗？含烟，想想看！我虽不好，我们也曾有过一些甜蜜的时光，是吗，含烟？想想看，想想看……"

"哦，"她站了起来，摆脱开他，一直走到窗子前面，"这是没有用的，需文，我抱歉！"

他追到窗前来，轻轻地揽住她的肩。"不要马上走。"他在她的耳畔说，他的下巴紧贴在她的鬓边，他的声音变得十分十分地温柔，在温柔之余，还有份动人心魄的挚情，"再给我一段时间，我请求你。含烟，不要马上走。或者你会再爱上我。"

"哦，不行，需文，我将在下星期天走。"她说，痛苦地咽了一口口水。

"我可以打电话去退掉飞机票。"

"没有用的，需文，没有用。"她猛烈地摇着头。

"你的意思是，你再也不可能爱上我？"

方丝萦闭了一下眼睛，她觉得好一阵晕眩。

"是的！"她狠着心说。

他揽着她的肩头的手捏紧了她，他的呼吸停顿了一下。

"为什么？"他的声音仍然温柔，温柔得让人心碎。

她用力地摇头："不为什么，不为什么，只是——只是爱情已经消逝了，如此而已！"

"爱情还可以重新培养。"

"不行，需文，不行。我抱歉，真的。我要走了，只希望……"她的声音有些哽咽，"在我走后，你和爱琳，好好地照顾亭亭，多爱她一些，需文，那是个十分脆弱又十分敏感的孩子。"

"你留下来，我们一起照顾她。"他震颤地说。

"不行，我必须走！"

"完全没有转圜的余地？"

"我抱歉，霈文。"

他的手捏紧了她的肩膀，他嘴里的热气吹在她的耳际，他的声音里有着风暴来临前的窒息与战栗："别再说抱歉，给我一个理由！什么原因你不能接纳我的爱？我不要你爱我，我不敢再做这种苛求，我只求你留下，让我奉献，让我爱你，你懂吗？留下来！含烟，留下来！"

"不，哦，不！"她挣扎着，在他的怀抱中挣扎，在自己的情感中挣扎，"我必须走，因为我已经不再爱你！不再爱你了！"

"我知道，"他屏着气说，"因为我是一个瞎子！是吗？是吗？"

方丝萦咬紧了牙，故意不回答。她知道这种沉默是最最残忍的，是最最冷酷的，是最最无情的。但是，让他死了这条心吧！她闭紧了嘴，一句话也不说。

"我说中了重点，是不是？"他的声音喑哑而凄厉。

她的沉默果然收到了预期的效果，他受到了一份最沉重、致命的打击。

"我不再是你梦里的王子，我只是个瞎了眼睛的丑八怪！你另有英俊的男友，你不再看得起我！对不对？"他用力捏住她的肩膀，他的声音狂暴而怆恻，"你老实说吧！就是这原因！你不要一个残废！对不对？对不对？对不对？你说！你说！"

"我……啊，请放手！"她勉强地扭动着身子，泪在脸上爬着，"我抱歉！"

他猛力地把她一把推开，那样用力，以至于她差点摔倒，她踉跄地收住步子，扶住桌子站在那儿，喘息地，她望向他，他苍白的脸上遍布着绝望的、残暴的表情，那咬牙切齿的模样是让人害怕的，让人心惊胆战的。他像一个濒临绝境的野兽，陷在一份最凄惨的、垂死的挣扎中。站在那儿，他哮喘着，头发散乱，呼吸急促，他发出一大串惊人的、撕裂般的吼叫："你给我滚出去！滚出去！滚出去！你要走！马上走！离开我远远的！别再让我听到你的声音！走吧！走吧！赶快走！走得越远越好！听到了吗？"他停住，然后，集中了全身的力量，他大叫，"走！"

方丝萦被吓住了，她从没有看过他这种样子，一层痛苦的浪潮包裹住了她。在这一刹那，她有一种强烈的冲动，她想冲上前去，抱住这个痛苦的、狂叫着的野兽，抚平那满头的乱发，吻去那唇边的暴戾，安抚下那颗狂怒的心和绝望的灵魂。但是，她什么都没有做，只是用手捂住了自己的嘴，压制住那即将迸裂出来的啜泣，然后，她逃出了那间房间，一直冲回自己的卧房里。

直到中午，亭亭和爱琳回来了，方丝萦才从她的房里走出来。亭亭穿着一件簇新的小红大衣，快乐得像个小天使，看到方丝萦，她扑上来，用胳膊抱着方丝萦的脖子，不住口地叫着："老师！你看我！老师！你看我！"

她旋转着，让大衣的下摆飞了起来。然后，她又直冲到柏霈文的房门口，叫着说："爸爸！我买了件新大衣！你摸摸看！"一面喊着，她一面推开了门，立即，她怔在那儿，诧异地说："爸爸呢？"

方丝萦这才发现，柏霈文根本不在屋里，她和爱琳交换了一个眼神。走下楼来，亚珠才说："先生出去了。一个人走出去的。"

"没穿雨衣吗?"爱琳问,"雨下得不小呢!"

"没有。"爱琳看了看方丝萦,低声地问,"你告诉他了?"

"是的。"她祈求地看了爱琳一眼,"你去找他好吗?"

"你认为他会在什么地方?"

方丝萦轻咬了一下嘴唇。

"含烟山庄。"她低低地说。那山庄自从雨季开始,就暂时停工了,现在,只竖起了一个钢筋的架子和几堵砌了一半的矮墙。

爱琳沉吟了片刻,她的眼中飘过了一抹难过的、困扰的表情,然后,她叹了口气:"好吧!我去!"

披了一件雨衣,她去了。一小时之后,她独自折了回来,雨珠在她雨衣上闪烁。她带着满脸怒气,满眼的暴躁和烦恼,气呼呼地把雨衣脱下来,摔在沙发上,洒了一地的水珠。她那暴躁易怒的本性又发作了,对着方丝萦,她大声地叫着说:"让他去死吧!"

"他在吗?"方丝萦担心地问。

"是的,像个傻子一样坐在一堵墙下面,淋得像个落汤鸡,我叫他回家,你猜他对我说什么?他大声地叫我滚!叫我不要管他!说我们都是千金贵体,要他这个瞎子干什么?他像只野兽,他疯了!我告诉你!他已经疯了!让他去死吧!那个不知好歹的浑球!我再也不要管他的事!永远也不要管他的事!他那个没良心的混蛋!"瞪着方丝萦,她喘了一口气,"我没有办法叫他回来,所以我把他好好地大骂了一顿!"

"你骂他什么?"方丝萦的心脏提升到了喉咙口。

"我骂他是个瞎了眼睛的怪物!我告诉他谁也不在乎他!那

个瞎子！那个残废！所以我叫他去死，赶快去死！"

啊！不！方丝萦脑中轰然一响，顿时觉得天旋地转。啊！
不！这太残忍了，太残忍了！一个人已经够了，怎能再加一个！
爱琳，你才是浑球！你才是傻瓜！啊，不！这太残忍！抓起了沙
发上那件雨衣，她向门外冲了出去。跳进了花园内的汽车，她对
老尤说："快！去含烟山庄！"

老尤发动了车子，风驰电掣地，他们到了山庄前面的大路
上，跳下了车子，方丝萦对老尤说："你也来，老尤，我们把柏
先生弄回家去！"

老尤跟着方丝萦向山庄内走，可是，才走了几步，柏霈文已
经从里面跌跌冲冲地、大踏步地迈了出来，他的衣服撕破了，他
浑身都是雨水和污泥，他的头发滴着水，脸上有着擦伤的血痕，
显然他曾摔了跤，他看来是狼狈而凄惨的。他的面色青白而可
怖，有股可怕的蛮横，那呆滞的眸子直勾勾地瞪着，他是疯了！
他看来像是真的疯了！

方丝萦奔上前去，一把拉住了他的手腕，她心如刀绞。含着
泪，她战栗地喊："霈文！"

"滚开！"他大声说，一把推开了她，他用力那样大，而下
过雨的地又湿又滑，她站不住，摔倒在地下，老尤慌忙过来搀扶
她。同时，柏霈文已掠过了他们的身边，一直往前冲去，他笔直
地撞在汽车上，撞了好大的一个跟跄，他站起身来。

于是，方丝萦看到他打开车门，她尖叫着说："老尤，别管
我，去拉住柏先生，快！"

老尤冲了过去，可是，来不及了，柏霈文已经钻进了驾驶

座，立即，他熟练地发动了车子。

方丝萦从地上爬了起来，奋力地追了过来，哭着大喊："需文！不要！需文，听我说……需文！"

车子"呼"的一声向前冲出去了，方丝萦尖声大叫，老尤追着车子直奔。方丝萦一面哭着，一面跑着，一面叫着，然后，她呆立在那儿，透过那茫茫的雨雾，看着那车子直撞向路边的一棵大树，再急速地左转弯，冲向山坡上的一块巨石，然后轰然一声巨响，车子整个倾覆在路边的茶园里。

30

好一阵的混乱、慌张、匆忙！然后是血浆、纱布、药棉、急救室、医生、护士、医院的长廊，等待，等待，又等待！等待，等待，又等待！急救室的玻璃门开了合了，开了，又合了，开了，又合了！护士出来，进去，出来，又进去……于是，几千几百个世纪过去了，那苍白的世纪，白得像医院的墙，像柏需文那毫无血色的嘴唇。

而现在，终于安静了。

方丝萦坐在病床边的椅子上，愣愣地看着柏需文，那大瓶的血浆吊在那儿，血液正一滴一滴地输送到柏需文的血管里去，他躺在那儿，头上、手上、腿上，全裹满了纱布，遍体鳞伤。那样狼狈，那样苍白，那样昏昏沉沉地昏迷着，送进医院里四十八小时以来，他始终没有清醒过。

病房里好安静，静得让人心慌。方丝萦一早就强迫那始终哭哭啼啼的亭亭回家去了，爱琳也不知道在什么时候离开了。现在，已经是深夜，病房里只有方丝萦和柏霈文，她始终用一对带泪的眸子，静静地瞅着他。在她心底，她已经念过了各种祷告的词句，祷告过了各种她所知道的神。她这一生全部的愿望，到现在都汇成了唯一的一个："柏霈文！你必须活下去！"

两天两夜了，她没有好好地合过眼睛，没有好好地睡过一下。现在，在这静悄悄的病房里，倦意慢慢地掩了上来，她靠在椅子中，合上眸子，进入了一种朦胧而恍惚的状态中。

时间不知道过去了多久，病床上的一阵蠕动和呻吟使方丝萦惊跳了起来，她扑到床边上，听到他在喃喃地、痛苦地呻吟着，夹着要水喝的低喊。她慌忙倒了一杯水，用药棉蘸湿了，再滴到他的唇里，他的嘴唇已在发热下干枯龟裂，那好苍白好苍白的嘴唇！她不住把水滴进去，却无法染红那嘴唇，于是，她的眼泪也跟着滴了下来，滴在他那放在被外的手背上。

他震动了一下，睁开了那对失明的眸子，他徒劳地在室内搜寻。他的意识像是沉浸在几千万尺深的海底，那样混沌，那样茫然，可是，他心中还有一点活着的东西，一丝欲望，一丝渴求，一丝迷离的梦……他挣扎，他身上像绑着几千斤烧红的烙铁，他挣扎不出去，他呻吟，他喘息，于是，他感到一只好温柔好温柔的手，在抚摩着他的面颊，他那发热的、烧灼着的面颊，那只温柔而清凉的小手！他有怎样荒唐而甜蜜的梦！他和自己那沉迷的意识挣扎，不行！他要拨开那浓雾，他要听清楚那声音，那低低的、在他耳畔响着的啜泣之声，是谁？是谁？是谁？他挣扎，终于，大声地问："是谁？"

他以为自己的声音大而响亮，但是，他发出的只是一声蚊虫般的低哼。于是，他听到一个好遥远好遥远的声音，在那儿啜泣着问："你说什么？需文！你要什么？"

"是谁？是谁？"他问着，轻哼着。

方丝萦捧着他的手，那只唯一没受伤的手，她的唇紧贴在那手背上，泪水濡湿了他的手背。然后，她清清楚楚地说："是我，需文，是我，含烟。"

这是第一次，她在他面前自认是含烟了。这句话一说出口，她发现他的身子不再蠕动，不再挣扎，不再呻吟，她恐慌地抬起头来，他直挺挺地躺在那儿，眼睛直瞪瞪的。他死了！她大惊，紧握着那只手，她摇着他，恐惧而惶然地喊："需文！需文！需文！"

"是的，"他说话了，接着，他长长地吐出一口气来，梦呓似的说，"我有一个梦，一个好甜蜜好疯狂的梦。"

方丝萦仰头向天，谢上帝，他还活着！扑到枕边，她急促地说："你没有梦，需文，一切都是真的，我在这儿，我要你好好地活下去！听着！需文，你要好好地活下去，为我，为亭亭，为——我们的未来。"泪滑下她的面颊，她泣不成声，"你要好好活着，因为我那么爱你，那么那么爱你！"

他屏息片刻，真的清醒了过来。血液重新在他的血管中流动，意识重新在他的头脑里复活。他从那几万丈深的海底升起来了，升起来了，升起来了，一直升到了水面，他又能呼吸，又能思想，又能欲望，又能狂欢了！他捉住了那甜蜜的语音，喘息着问："含烟，是你吗？真是你吗？你没有走吗？是你在说爱我，还是我的幻觉又在捉弄我？"

"是我，真的是我！"方丝萦——不，含烟迫切地回答。许许多多的话从她嘴中冲了出来，许许多多心灵深处的言语。她不再顾忌了，她不再逃避了，她也不再欺骗自己了。"我不再离去，十年来，我从没有忘记你，我从没有爱过另一个人！需文！从没有！这就是为什么我会在结婚前跑回来，为什么逗留在这儿，不愿再回去。我从没有停止过爱你！也从没有真心想嫁给亚力过！从没有！从没有！从没有！"

她一连串地说着，这些话不经考虑地从她嘴中像倒水般倾出来，连她自己都无法控制，都觉得惊奇。但是，当这些话一旦吐了出来之后，她却忽然感到轻松了。仿佛解除了自己某一项重大的问题，和感情上的一种桎梏。她望着他，用那样深情的眼光，深深地、深深地看着他。然后，她俯下头来，忘情地把自己柔软而湿润的唇贴在他那烧灼的、干枯的唇上。

"我爱你，"她哭泣着说，"我将永不离开你了，需文，我们重新开始！重新开始！你要赶快好起来，健康起来，因为——我需要你！"

"含烟！"他低呼着，从心灵深处绞出来的一声呼号，"我能相信我自己的耳朵吗？我不是由于发热而产生了错觉吗？含烟！告诉我！告诉我！向我证实！含烟！帮助我证实它！"他急切地说，"否则我会发疯，我会发狂！含烟，帮助我！"

"是的，是的！"她喊着，拿起他的手来，她用那满是泪痕的面颊依偎它，用那发热的嘴唇亲吻它，俯下身去，她不停地吻他的脸，吻他的唇，嘴里不住地说着，"我吻你，这不是幻觉！我吻你的手，我吻你的脸，我吻你的唇！这是幻觉吗？我的嘴唇不柔软不真实吗？噢，需文，我在这儿！你的含烟，你那个在晒茶场上捡来的灰姑娘！"

"哦，我的天！"柏需文轻喊，生命的泉水重新注入了他的体内，他虽看不见，但他的视野里已是一片光明。他以充满了活力的、感恩的声音轻喊："我不该感恩吗？那在冥冥中操纵着一切的神灵！"然后，他的面颊紧倚着含烟的手，泪，从他那失明的眸子里缓缓地、缓缓地流了下来。

当黎明来临的时候，医生跨进了这间病房，他看到的是一幅绝美的图画。病人仰卧着，正在沉沉的熟睡中，在他身边的椅子上，那娇小的含烟正匍匐在椅子的边缘上，长长的头发一直垂在病床上，那白皙的脸庞上泪痕犹新，乌黑的睫毛静悄悄地垂着，她在熟睡，而她的手，却紧握着病床上病人的手。早上初升的太阳，从窗口斜斜地射了进来，染在他们的头上、手上、面颊上，有一种说不出来的宁静与和平。

医生轻咳了一声，含烟从椅子里直跳了起来，紧张地看向床上，她失声地问："他——死了吗？"

"哦，不，"医生说，微笑着，"他睡得很好。"他诊视他，然后，他转过头来，对含烟温柔而鼓励地笑着，"你放心，柏太太，他会好起来。"

"没有危险了吗？"含烟急切地问。

"是的，他会复原的！"

哦，谢谢天！她站在床边，那样狂喜地看着在熟睡中的柏需文，她忽略了医生对她的称呼，也忽略了医生对她的道别，她只是那样欣慰地、那样带笑又带泪地看着柏霈文。这样不知看了多久，她才突然醒悟地冲到电话机边，她必须把这个好消息告诉亭亭！立刻告诉她们。她拨通了号码，立即，那面传来了爱琳的声音："怎样了？"

"哦，他会好！"她喘息着说，"医生说没有危险了！你告诉亭亭一声吧！等会儿你带亭亭来吗？"

"哦，可能，或者。"爱琳的声音有些特别，"总之，现在大家放心了。"

"是的。"含烟不能掩饰自己语气里的兴奋，"医生说，他很快就会复原，他现在睡着了。"

"好的，"爱琳轻声说，"那么再见吧！"

"再见！"

挂断了电话，她坐回到床边的椅子里，凝视着柏霈文，她现在已经了无睡意。抚平了柏霈文的枕头，拉好了他的棉被，她深深地、深深地望着那张饱经忧患的脸庞。然后，一层乌云轻轻地、缓缓地、悄悄地移了过来，罩住了她。哦，天！她曾对他有怎样的允诺！有怎样的招供！而事实上呢？她将如何向爱琳交代？爱琳，她同样有权占有她的丈夫呀！哦，天！问题何尝解决了？她曾对爱琳保证过她将离去，她曾发誓要成全另一份婚姻，而现在，自己对霈文说了些什么？永不分开！永不离去！但是……但是……但是……爱琳又将怎样？

她的心混乱了起来，而且越来越烦躁不安了！她眼前浮起了爱琳那对冒火的大眼睛，耳边似乎听到了她那坏脾气的指责与诟骂。啊！无论如何，爱琳毕竟是个合法的妻子，自己只是个天涯归魂而已！而现在，而现在……到底自己将魂归何处呢？

柏霈文在枕上蠕动，吐出了两声轻轻的呓语："含烟？含烟。"

她把头凑过去，含泪望着那张依旧苍白的脸。啊，霈文，霈文，郎情如蜜，妾意如绵，为什么好事多磨，波折迭起？我们已经经过了十载相思和两次生离死别的考验，难道直到今天，仍然必须分手？啊，啊，霈文！难道我们竟无缘至此？

她把手伸到唇边，下意识地用牙齿咬着自己的手指。她的思绪越来越像一团乱麻，越整理就越凌乱，而她的感情却越来越强烈、越鲜明，她不愿离开他！她爱他！就这样，她坐在那儿，不知想了多久，直到门上传来了轻微的敲门声。

她跳起来，爱琳来了，她知道。她将退开了，那个"妻子"来了。她叹息，无奈地走到门边，打开了房门。立刻，她呆了呆。门外，是亚珠牵着亭亭，没有爱琳的影子。她奇怪地问："太太呢？"

"她走了！"亚珠说，"她把她所有的东西都带走了！她说她不再回来了！"

"什么意思？"她瞪着亚珠。

"我也不知道，她叫我把这封信交给你。"亚珠递给她一个厚厚的信封，含烟狐疑地接了过来，看看封面，上面写的是：

章含烟女士亲启

她握住了信封，好一阵心神恍惚。然后，她把亭亭拉了进来，吩咐亚珠仍然回家去料理家里的事。关上房门，她叫亭亭不要惊醒了柏霈文。亭亭乖巧地点头，这孩子，自从知道父亲脱险后，就已经笑逐颜开了。搬了一张椅子，她坐在柏霈文的身边，安安静静地看着他，一声大气也不出。含烟坐回到椅子里，迫不及待地，她拆开了爱琳的信。首先，她抽出了一张信笺，上面是这样写的：

含烟：

真奇怪！我今天会写信给一个有这个名字的女人！含烟，含烟！我必须承认，这名字始终是我所深恶痛绝的，是我爱情生命上的一个恶瘤，但是，现在，我写这封信的时候，上帝知道！我已经不再仇视你了，奇怪吗，含烟？

记得那天晚上，你在我屋里，我们曾经第一次开诚布公地谈过，你告诉我，你不再爱霈文了，"恳求"我留下，你说，他还会爱上我，我不该轻易地放掉了我的爱情。啊，含烟，你说服了我。（现在想来，我是有点傻气的，不过，你比我更傻！）于是，我留下，徒劳地去筑我那堵爱情的墙。但是，含烟山庄的钢架都竖了起来，我这堵墙却依然连地基都没有！含烟！我惭愧！我不是个好的建筑师！

于是，我发现了，我在他心中根本连一丝一毫的地位都没有，我永不可能走进他的心灵，今生，今世，连来生，来世都不可能！他心里只有你！等到车祸事件发

生以后，我就更明白了。含烟，你欺骗了我，你爱他远
胜过我爱他！既然你如此爱他而肯退让，只为了我一时
醉后失言！你这样的胸襟，我还有什么话好说？含烟，
你折服了我。

今晨，我无意间在你的教科书中看到一张纸条（随
函附上），一切十分鲜明了！你的心愿、你的意图也表
明无遗。霈文是对的，我留下，是三颗心灵的破碎；我
离开，是一个家庭的团圆！所以，我走了！永远不再回
来了。

告诉他，我不要工厂，我不要金钱，我什么都不要
了！我并不穷困，这些年来，我手边也积了不少钱，我
会过得很好。也不必为我难过，谁知道命运怎样安排
呢？说不定离开霈文以后，我会找到一份真正属于我的
爱情，建立起我的"含烟山庄"！

再见了！含烟。我承认，当我写这封信时，我心中
酸楚。但是，我也有份快感，我想，最起码，我走得漂
亮，我做得潇洒！

最后，我祝福你们。请珍惜你们这份好不容易得来
的幸福吧！有位作者最喜欢在书中提一句话，是："愿
天下有情人皆成眷属，是前生注定事莫错姻缘！"我也
将这句话送给你们！

再祝福你们一次！

                                        爱琳

一口气将这封信看完，含烟说不出她心中的感觉，只觉得心灵悸动，而热泪盈眶。再拿起那个信封，她抽出的是一张爱琳已签好名、盖好章的离婚证书。另外，那里面附了一张纸条，打开来，竟是含烟在一个多月前，随意写下的那首小诗：

多少的往事已难追忆，
多少的恩怨已随风而逝，
两个世界，几许痴迷？
十载离散，几许相思，
这天上人间可能再聚？
听那杜鹃在林中轻啼：
"不如归去！不如归去！"

是的，她已经归来了，从另一个世界里归来了。她捧着那些信封信笺，俯身看向柏霈文。刚好霈文醒来，他用担忧的声音喊："含烟？"

"是的，我在这儿呢。"她用带泪的、轻快的声音回答。一面紧握住了他的手。一面，她把亭亭——那个满脸惊诧的孩子——也紧拥在怀中。三颗头颅紧靠在一起，不，是三颗心紧靠在一起。

于是，我们的故事完了。

于是，新的含烟山庄建造了起来，比以前的更华丽，更雅致，更精美。因为，除了用砖头石块建造以外，这山庄还用了大量的爱——这是世界上最美丽的华屋。

于是，在一个新的五月的清晨，那些在山坡上采茶的姑娘，都不由自主地抬起头来，对那栋树木葱茏、花叶扶疏的花园望去。因为，在那庭院深深之处，正飘出一个小女孩银铃似的笑声和高呼声："爸爸，妈！你们藏在哪儿呀？好，给我抓到了！"

接着，是一大串的笑声，和一个孩子快乐的歌声：

我有一只小毛驴，

我从来也不骑，

有一天我心血来潮，

骑着去赶集，

我手里拿着小皮鞭，

心里真得意，

不知怎么哗啦啦啦，

摔了一身泥！

快乐是具有感染性的，采茶的姑娘们都相视而笑，连那站在一边监工的高立德，也不由自主地微笑了起来。

含烟山庄的歌声仍然持续不断地飘出来，飘出来，飘出来……从那深深庭院中飘出来，从那爱的世界里飘出来，飘到好远、好远、好远的地方！

这是一个温馨的、有情的世界，不是吗？

——全书完——

一九六九年三月二十五日黄昏于台北

（京权）图字：01-2025-0195

图书在版编目（CIP）数据

庭院深深 / 琼瑶著. -- 北京：作家出版社，2025.1.

（琼瑶作品大全集）. -- ISBN 978-7-5212-3236-3

Ⅰ. I247.5

中国国家版本馆 CIP 数据核字第 20257SU556 号

庭院深深（琼瑶作品大全集）

作　　者：琼　瑶
责任编辑：邢宝丹
装帧设计：棱角视觉　纸方程·于文妍
责任印制：李大庆　金志宏
出版发行：作家出版社有限公司
社　　址：北京农展馆南里 10 号　　　　邮　　编：100125
电话传真：86 - 10 - 65067186（发行中心）
　　　　　86 - 10 - 65004079（总编室）
E - mail: zuojia@zuojia.net.cn
http: // www.zuojiachubanshe.com
印　　刷：中煤（北京）印务有限公司
成品尺寸：142×210
字　　数：243 千
印　　张：11
版　　次：2025 年 1 月第 1 版
印　　次：2025 年 1 月第 1 次印刷
ISBN 978-7-5212-3236-3
定　　价：2754.00 元（全 71 册）

品　琼　瑶　经　典

忆　匆　匆　那　年

琼瑶作品大全集